АЛЕКСАНДРА
МАРИНИНА

КОРОЛЕВА ДЕТЕКТИВА

ЧИТАЙТЕ ВСЕ РОМАНЫ
АЛЕКСАНДРЫ МАРИНИНОЙ:

Адрес официального сайта Александры Марининой в Интернете
http://www.marinina.ru

АЛЕКСАНДРА МАРИНИНА

БОЙ ТИГРОВ В ДОЛИНЕ

Том 2

ЭКСМО

МОСКВА

2012

УДК 82-3
ББК 84(2Рос-Рус)6-4
М 26

Разработка серии Geliografic

Оформление *А. Саукова*

Иллюстрация на переплете *И. Хивренко*

Маринина А.

М 26   Бой тигров в долине : роман в 2-х т. Т. 2 / Александра
Маринина. — М. : Эксмо, 2012. — 352 с. — (Королева детектива).

ISBN 978-5-699-55179-8

Упав с балкона одного из московских домов, насмерть разбилась
молодая девушка Екатерина Аверкина. Многие соседи, гулявшие в этот
момент во дворе, видели, как Катю столкнула вниз ее старшая сестра
Наташа. Ее сразу арестовывают. Девушка в шоке – во время трагедии
она... гуляла по Москве со своим молодым человеком Ленаром! Но доказать это невозможно – свидетельские показания перечеркивают все доводы Наташи, и, кажется, ничто не в силах ей помочь. Однако делом
Аверкиной-старшей заинтересовались адвокат Виталий Кирган и оперуполномоченный Антон Сташис. В ходе расследования они обнаруживают неожиданные факты, которые в конце концов приведут их к
ошеломляющей разгадке...

УДК 82-3
ББК 84(2Рос-Рус)6-4

ISBN 978-5-699-55179-8

Надежда Игоревна Рыженко уже научилась различать звук, который издавал адвокат Кирган, когда стучал в дверь ее кабинета. Звук был каким-то особенным, не отрывистым, а мягким, словно не зрелый мужчина стоял по ту сторону, а пушистый кот. И сегодня, услышав знакомый стук, Надежда Игоревна вздрогнула. В прошлый раз она дала слабину и позволила себе мысли вслух, усомнившись в собственной профпригодности. Нельзя так себя вести в присутствии адвоката, потому что адвокат — это всегда враг или в лучшем случае противник. Она непозволительно распустилась, она страшно устала и от работы, от волнений за дочь, но самое главное — она устала от тоски по мужу. Эта тоска выжгла все у нее внутри, высосала все соки, отняла все силы. Отсюда и ошибки — и в работе, и в том, как она ведет себя с адвокатом. Надо идти в отпуск. Надо отдыхать. Надо приходить в себя. А как это сделать?

Она решила занять жесткую позицию и ясно дать понять этому Киргану, что развалить еще одно дело ему не даст.

— Что у вас? — сухо спросила Рыженко.

— У меня очередное ходатайство, — весело сообщил адвокат. — Я прошу направить запрос нотариусу и истребовать копию завещания.

— Завещания? — Следователь не сумела скрыть удивление и на мгновение забыла о том, что должна быть холодной и неприступной. — Какого завещания?

— Завещания, согласно которому Екатерина Аверкина получила восемь миллионов рублей.

— Зачем? Что это даст для установления истины по делу?

— Мне кажется, это даст очень многое, — заговорил Кирган серьезно и настойчиво. — Вы же не можете не видеть, что убийству предшествовали более чем странные события: наследство, полученное неизвестно от кого и неизвестно по какой причине, затем появляется подружка, которая внезапно исчезает, как только погибает наследница, да и само убийство тоже вызывает массу вопросов. Надежда Игоревна, вы же опытный следователь, вы не один десяток убийств раскрыли, ну не можете вы не видеть, что здесь что-то не так. Не верю я, что вы не видите.

— Я не понимаю, какое еще отношение к убийству имеет наследство, кроме самого прямого: из-за этих денег Аверкина убила свою сестру, столкнув ее с балкона. Деньги у нее обнаружили, то есть корыстный мотив полностью доказан. А откуда появились эти деньги — дело десятое и к доказыванию вины Аверкиной ничего не добавляет.

— А подружка? — растерянно спросил адвокат, и следователь усилием воли подавила удовлетворенную улыбку. — Как же подружка, Яна Орлова? Я ведь рассказывал вам про продавщицу, и про покупку одинаковых вещей, я вам фотографии показывал, и вы со мной соглашались...

— Тогда соглашалась, а теперь — нет. Я подумала и сделала другие выводы. Вероятно, эти выводы вас не устроят.

Она видела, как на лице Киргана заходили желваки. Вот и славно, господин адвокат, не все коту масленица. Разумеется, она приобщила показания продавщицы Кривенковой к материалам дела, и оперативники пытаются девицу по имени Яна Орлова разыскать, но отчего-то говорить об этом адвокату не хотелось. В Надежде Игоревне закипали раздражение и злость, и у нее не было ни сил, ни желания этому сопротивляться. Не станет она признавать правоту Киргана, не станет! Хотя он, конечно, прав.

— Но вы хотя бы дали задание операм разыскать эту подружку, Орлову? — продолжал тем временем Кирган, и в его голосе, ставшем каким-то скрипучим и неприятным, Надежда Игоревна уловила нарастающее напряжение.

Вот она позволила себе минуту слабости — и немедленно получила результат. Этот Кирган уже считает, что может ею руководить и требовать отчета. Совсем спятил господин адвокат! Ничего, сейчас она ему ответит, да так, что мало не покажется.

— Вы что себе позволяете, господин адвокат? — надменно проговорила она. — Вы собираетесь меня контролировать? Возьмите себя в руки. Знаете, что сказал Вишванатан Ананд? — Рыженко выдержала выразительную паузу, чтобы дать Киргану время вспомнить, кто такой Ананд, и понять, что высказывания великого шахматиста ему неизвестны. — Он сказал: «Я — чемпион мира и не обязан ничего ни с кем обсуждать». Надеюсь, вы меня правильно поняли?

— Надеюсь, что правильно. — Кирган, казалось, совсем сник. — Я сам направлю нотариусу адвокатский запрос.

— Да ради бога, — пожала плечами Рыженко, — делайте, что хотите, только меня от работы не отвлекайте.

— Но когда я получу копию завещания, я буду ходатайствовать о приобщении ее к делу.

— Вы что, испугать меня решили? Подавайте ходатайство, я его рассмотрю в трехдневный срок, как положено, и направлю по почте письменный ответ.

Кирган некоторое время молча смотрел на нее, потом развернулся и направился к двери. У порога остановился и обернулся.

— Я очень надеюсь, что мне удастся вас убедить. И рекомендую обратить внимание на некую Евгению Головкину, ее имя в списке абонентов Екатерины Аверкиной. У меня есть все основания полагать, что она как-то связана с Яной Орловой. Всего вам доброго.

— И вам того же, — с усмешкой бросила Рыженко ему в спину.

Антон ненавидел себя. Он сам себе казался грязным и отвратительным. Ведь он пришел к Галине только для того, чтобы поговорить о наследстве и о Толике, ее брате, но не совладал с собой. От одного только вида ее белья у него в голове помутилось. И теперь, лежа рядом с ней в постели, он собирался с духом, чтобы после бурных утех начать серьезный разговор. Какое-то неподходящее место для этого... Надо, наверное, встать, одеться, выйти из спальни.

Но Галина вставать не собиралась, она разнеженно валялась в кровати и что-то тихонько мурлыкала.

— Может, кофе выпьем? — неуверенно спросил Антон, выискивая повод заставить подругу вылезти из-под одеяла.

— Ты хочешь кофе? Лежи, я сварю и принесу сюда.

Нет, он хотел совсем не этого. С одной стороны, он хотел поговорить, с другой стороны — снова нырнуть в водоворот ранее неведомых ощущений, ощущений человека, который одновременно наслаждается и презирает себя за это наслаждение. Никогда прежде близость с этой женщиной подобных чувств не вызывала. Но уж, во всяком случае, кофе он точно не хотел.

— Ну что ты будешь меня обслуживать, как падишаха? — делано возмутился Антон. — Давай встанем и вместе пойдем.

Галина не сопротивлялась, хотя он видел, что ей совсем не хотелось вставать. Она сварила кофе, Антон, внося свою лепту, порезал сыр.

Рассказ об убийстве Кати Аверкиной Галину не испугал, а ведь Антон так на это рассчитывал.

— Галка, тебе нужно быть осторожнее, — гово-

рил он. — Ты видишь, к чему может привести твое
наследство? Тебе нужно быть очень аккуратной,
особенно с новыми знакомыми. Чернецов оставил
деньги Кате — и ее убили. Неужели тебе не страшно?

— Да брось ты, — она вяло махнула рукой и от-
кусила кусочек сыра, — кто меня убьет? Не Толик
же? И потом, твою Катю убили за деньги, ты сам
сказал. А у меня уже ничего не осталось, я почти
всё промотала.

— Неужели всё? — ахнул Антон. — Не может
быть! Там же такая сумма...

— А, — недовольно передернула плечами Галина, — много ли времени нам, бабам, надо, чтобы
размотать такие бабки? Накупила черт знает чего и
непонятно зачем, шкаф ломится, а радости нет.
Знаешь, когда покупала все это барахло и цацки, то
казалось, что вот теперь только и начнется у меня
настоящая жизнь, сверкающая, радужная, ведь я теперь буду хорошо одета, буду ходить к дорогим па-
рикмахерам и косметологам, стану отлично выглядеть, и на меня начнут обращать внимание самые
крутые мужики. А оказалось...

— А что оказалось?

— Да ну... Ну выгляжу я на все сто, ну надето на
мне шмоток и украшений на бешеные деньги, ну
стрижка у меня стильная, а радости нет. И почему я
была уверена, что она непременно будет, радость
эта?

— А мужики-то посматривают? — осведомился
Антон. — Генеральная цель достигнута?

— Так в том-то и дело! — с досадой воскликнула
Галина. — Посматривают, даже засматриваются. А я

вдруг поняла, что мне это неинтересно. Представляешь? Столько деньжищ вбухать в то, что неинтересно и не приносит радости. Это какой же кретинкой надо быть! Лучше бы я эти деньги Толику отдала, он бы квартиру купил. А теперь он на меня обиделся, не звонит, не появляется. Я только сейчас поняла, что раньше он звонил часто и мы подолгу разговаривали. Мне казалось, что все так и должно быть, и будет всегда. А теперь, когда этого нет, я вдруг поняла, как много это для меня значило.

Ему стало жаль Галку. Она все же образумилась. Но если убийство Кати Аверкиной имеет не денежную подоплеку, а какую-то другую, то опасность для Галины все еще остается.

— Я все-таки прошу, будь осмотрительной, — сказал он. — Вспомни, не появились ли у тебя новые знакомые после получения наследства?

— Нет, никто не появился. Да и где мне их заводить, этих знакомых? Я допоздна работаю, если было свободное время, то по бутикам носилась, за три месяца четыре раза за границу летала, в Милан и в Париж, роскошный шопинг себе устраивала.

Она была такой печальной и подавленной, что у Антона от жалости сжималось сердце. Уходя от Галины, он вдруг спохватился, что за последние два часа не получил ни одной эсэмэски от дочери. Ах, да, Эля же с утра говорила, что записала детей на восемь вечера к стоматологу для прохождения профилактического осмотра. Черт возьми, ну что он за отец! Вместо того чтобы самому вести сына и дочь к врачу, он ложится в постель с любовницей. Да еще с такой, моральные качества которой оставляют желать много лучшего. Ему стыдно. Ему противно. Ему горько.

И что самое ужасное: он отдает себе отчет в том, что снова придет в эту квартиру и ляжет в эту постель.

Убийство произошло давно, в середине ноября, и сейчас Валентин Семенов докладывал Забродину и его помощникам о ходе следствия. Памятуя требование Владимира Григорьевича не называть никаких имен и фамилий, Валентин, рассказывая об истории двух друзей, называл одного Игроком, другого — Сыном. Так Забродину было понятнее, потому что участников игры много, про всех все помнить он не может, у него голова другим занята. Вот и приходится Семенову почти каждый раз на этих совещаниях пересказывать по новой то, что он уже десять раз говорил.

— Итак, Сын, которому нужно было поставить памятник на могиле родителей и который заказал для этого дорогой камень, убил Игрока, своего друга, который получил наследство и все промотал, но Сыну клятвенно пообещал дать денег на обустройство захоронения. Игрок, если вы помните, набрал долгов еще до того, как получил реальные деньги, и когда вступил в права наследования, то сразу все отдал. А Сын рассчитывал на эти деньги, сделал предоплату, взяв взаймы. Камень пришел, с заказчика стали требовать полную оплату, тем более что камень доставили давно и художник уже сделал всю работу. Договор составлялся заранее на все, то есть на камень, на работу художника и на обустройство захоронения. Сын внес аванс, работа выполнена, а оплатить ее нечем. И взятые ранее в долг деньги отдавать тоже не из чего, а кредитор напоминает, теребит, да и проценты капают. Кладбищенская же администрация регулярно насылает на Сына бандитов, которые его запугивают и истязают угрозами. Он просил, умолял, взывал к совести, но Игрок отвечал, что ничего не может сделать, денег нет и не будет. Сын понял, что попал накрепко, выхода не видел и запил, а в порыве гнева после очередной выпивки подкараулил Игрока и нанес ему одиннадцать ножевых ранений. Игрок скончался, Сын арестован, следствие на днях закончено, дело передано в суд.

— То есть вина Сына доказана? — уточнил Забродин.

— Полностью, — кивнул Семенов.

— Ну что ж, можно производить итоговую оценку. Сколько мы давали предварительно?

Владимир Григорьевич посмотрел на Юлию Шляго, но та молчала, словно не замечала взгляда шефа. Голос подал второй помощник, Суханов.

— Если я не ошибаюсь, — он повернулся к приколотым на демонстрационных досках схемам и поискал глазами нужный график, — мы давали семьдесят пять. Хотя лично я считаю, что и этого много. Пьяный мужик в состоянии аффекта, чувствует себя обманутым, преданным, попал в тяжелую финансовую ситуацию. Если все эти обстоятельства доказаны, то... — Он перевел глаза на Семенова, который кивнул, подтверждая, что все доказано. —

Тогда я бы предложил скорректировать предварительную оценку и снизить баллы до шестидесяти.

— Эк хватил, — усмехнулся Забродин. — Ты своего не упустишь, как я погляжу. Ну а ты, Юля, что скажешь? Согласна со Славой или у тебя свое мнение?

— Я, безусловно, согласна с тем, что говорит Вячеслав, обман и предательство — это очень болезненный удар, с которым не все могут достойно справиться. И согласна, что предварительную оценку можно скорректировать в сторону снижения. Однако я бы хотела, если позволите, поделиться другим соображением. — И она выжидательно посмотрела на Забродина.

Тот сделал разрешающий жест кистью руки, при этом сверкнули сапфировые запонки на манжете.

— Давай, говори.

— Если мы с вами сходимся во мнении, что обман и предательство — это сильный аргумент, то этот аргумент должен быть по достоинству и справедливости оценен в поведении Игрока. Поэтому я предложила бы повысить синие баллы в оценке убитого, который, по сути, спровоцировал Сына. Впрочем, окончательное решение, как всегда, за вами, Владимир Григорьевич. Я ни на чем не настаиваю.

Забродин довольно рассмеялся, и Семенов не понял, что ему так понравилось.

— Умно, — сказал Владимир Григорьевич. — Хвалю. Пятерка тебе, девочка. Ну, Славка, что ты на это скажешь?

Помощник, который продолжал с настойчивостью маньяка все записывать, только пожал плечами, не отрываясь от своего блокнота.

— Как скажете, Владимир Григорьевич, — проговорил он, не поднимая глаз. — Вам решать. Но лично я считаю, что поведение Игрока оценено вполне адекватно.

— Сколько мы ему в общей сложности насчитали? — спросил Забродин.

Семенов ухмыльнулся про себя. Шеф сидит совсем рядом с демонстрационными досками, ему стоит только голову повернуть, и он все графики увидит. А помощнику-писаке нужно всматриваться, потому что расстояние до плакатов получается не меньше пяти метров, номер-то президентский, комната для совещаний просторная, с длиннющим столом, и шеф сидит во главе, рядом с графиками, а Суханов — на противоположном конце, напротив Семенова. Графиков-то много, и не сказать, чтобы они были очень крупными. В общем, ведет себя заказчик как большой барин. Ну, да ладно, не ему, Семенову, судить, у них там свои таски.

— Сорок восемь синих и двадцать три красных, — отрапортовал Суханов.

— Значит, так, повышаем синие баллы до шестидесяти восьми, — вынес вердикт Забродин. — Это будет справедливо.

— Что же получается, у убитого синих баллов больше, чем у убийцы? — возмутился Суханов. — Так не может быть!

— Очень даже может, — невозмутимо произнес Забродин. — Этот игрок столько наворотил глупостей и гадостей, что шестьдесят восемь ему будет в самый раз. А ты, Славка, имей совесть, не торгуйся.

Семенов уловил полный ненависти взгляд, который Суханов бросил на Юлию. Ну, ясен пень, два помощника одного шефа никак хозяйскую любовь поделить не могут. Плавали, знаем.

Забродин нравился Семенову все меньше и меньше. На этих совещаниях они обсуждают человеческие судьбы и трагедии. Обсуждают даже убийства. И делают это цинично, сухо, обстоятельно, как будто товар на рынке выбирают. Ему, Валентину Семенову, повидавшему за свою службу немало трупов и убитых горем близких погибших, такой цинизм неприятен. И баллы какие-то... Спросить нельзя, а понять ничего невозможно.

Для того чтобы найти неуловимую Яну Орлову, оперативникам Роману Дзюбе и Геннадию Колосенцеву нужно было первым делом разыскать Евгению Головкину, чьей сим-картой, судя по всему, пользовалась Яна. Но это оказалось не так уж и просто. То есть сначала все пошло довольно быстро, а потом застопорилось: выяснилось, что Евгения нигде не учится, не работает, проводит время как ей вздумается и тусуется с компанией наркоманов. В частности, благодаря помощи местных милиционеров удалось выловить знакомых Жени, которые сказали, что вроде бы Женька уехала к кому-то на дачу, но к кому именно — никто не знал, и родители ее тоже этого не знали, только вздыхали и говорили, что не могут за ней уследить и она совсем от рук отбилась. Правда, вроде бы обещала вернуться в воскресенье вечером.

Пришлось тратить вечер выходного дня на очередную попытку встретиться с Головкиной. На этот раз попытка удалась: Евгения была дома. Дверь им открыла мать девушки, с которой они уже виделись, когда искали Женю. Женщина выглядела хмурой и расстроенной.

— Проходите, — буркнула она. — Женя в своей комнате. Только не знаю, станет ли она с вами разговаривать.

— А что, она не в духе? — весело поинтересовался Роман Дзюба, рыжеватый, крепко сбитый качок с мускулистой толстой шеей и широченными плечами.

— Да она всегда не в духе. — Мать обреченно махнула рукой. — Туда идите.

Оперативники без стука открыли дверь маленькой комнатки и вошли. Женя Головкина, худая, бледная до синюшности, в мешковатых джинсах и растянутой длинной майке, сидела на диване, забравшись на него с ногами, лицом к работающему телевизору, однако по ней было видно, что происходящее на экране ее мало интересует. Она медленно повернула голову в сторону вошедших и вяло спросила:

— Чего надо? Вы кто?

Оперативники почти сразу поняли, что большой пользы от разговора не будет. То ли Женя была под кайфом, то ли ее уже начало ломать. И в том, и в другом случае надежды на девчонку никакой. Но не разворачиваться же и уходить, раз уж приехали в такую даль!

Минут десять пришлось потратить на то, чтобы Евгения прониклась необходимостью отвечать на вопросы.

— Кому ты отдала свой телефон?

— Никому, вот он. — Девушка лениво протянула руку к висящей на стуле толстовке и достала из кармана мобильник. — Вы вообще чего?

— А как понять, что вот этот номер, — Колосенцев, стройный брюнет с ранней обильной сединой, сунул ей под нос бумажку с цифрами, — зарегистрирован на тебя? Кто им пользуется?

Женя наморщила лоб, пытаясь сообразить, чего от нее хотят. Потом лицо ее просветлело.

— А, вы про это... Это меня один хмырь попросил, прикинутый такой, прикольно было.

— Зачем?

— А я откуда знаю? Он мне не отчитывался.

— Ну, как он объяснил свою просьбу? — допытывался Колосенцев. — Он же должен был хоть что-то тебе сказать.

— Да не помню я, — раздраженно отмахнулась Женя. — Чего пристал?

— А ты вспомни, — ласково проговорил Геннадий. — Тебе же лучше будет. А то знаешь, как плохо у нас обращаются с теми, у кого проблемы с памятью?

Видимо, Женя или знала точно, или примерно представляла, насколько плохо обращаются «у них» с забывчивыми.

— Ну, этот чел сказал, что хочет подарить телефон своей подружке, но не хочет светить свое имя в базе данных телефонной компании, потому что у его жены есть возможность проверить, а она жутко ревнивая.

— А что, подружка без рук — без ног, — ехидно осведомился Колосенцев, — сама купить не могла?

— Так я тоже спросила, мол, чего ваша подружка сама не купит, на свое имя? А он говорит, что это вроде как подарок, сюрприз, у нее день рождения. Ну, а мне какая разница? Жалко, что ли?

— Он денег дал? — подал голос Роман Дзюба, до этого стоявший молча.

— Ну, а то! Стала бы я просто так колотиться.

— И много дал?

— Твое какое дело? — окрысилась Женя.

Колосенцев неодобрительно посмотрел на напарника: нельзя задавать такие вопросы, если хочешь добиться достоверной информации. Зачем людей злить и ставить их в неловкое положение? Они же не незаконное извлечение доходов расследуют. Ох, учиться еще этому пацану зеленому и учиться!

— Да мне без разницы, сколько он тебе дал, — сказал Геннадий как можно добродушнее. — Ты эти деньги честно заработала. Какой он, этот человек?

— Не помню.

Ну вот, началось... Все-таки разрушил Ромка своим дурацким вопросом едва наметившееся доверие.

— Когда это было?

— Не помню, но давно.

— Как давно?

— Да фиг его знает, может, месяц назад, может, два.

— А может, три?

— Может, и три. Отстаньте. Ничего больше не знаю.

Да, с Женей Головкиной каши не сваришь, у нее уже с памятью проблемы и с мозгами. Они еще минут двадцать задавали вопросы, пытаясь выяснить, как познакомилась Женя с этим неизвестным мужчиной и в каком офисе оформляла покупку сим-карты, но ясность так и не наступила. Женя помнила все очень плохо или не помнила совсем. Правда, судя по тому, как все происходило, приобретала она карту где-то поблизости, но что толку от этого знания?

Едва за оперативниками закрылась дверь квартиры Головкиных, как Роман Дзюба схватил Колосенцева за рукав.

— Ген, ты заметил насчет матери? — возбужденно зашептал он.

— Что насчет матери? — недовольно откликнулся Геннадий.

— У нее скованные движения, она двигалась осторожно, как будто ей очень больно. Поверхностное дыхание, такое бывает при ушибе или переломе ребер. И на лице синяки, замазанные тоном. Похоже, муж-то ее поколачивает. Не все ладно в этой семейке. Надо бы к ней присмотреться.

— Зачем? Что ты там хочешь высмотреть? Наша задача — выяснить про номер телефона, а не про то, как родители Головкиной между собой живут.

И вообще, с чего ты взял, что ее муж бьет? Может, ее хулиганы избили, или она в аварию попала.

— Нет, — упрямо возразил Роман, — если бы хулиганы, она бы обязательно с нами об этом заговорила. Я точно знаю, она бы стала нас упрекать, что мы ничего не делаем, только людям жить мешаем, и все такое, а хулиганы безнаказанно по улицам шастают. И не в аварии она пострадала.

— Почему ты решил?

— Мне кажется, я у ее мужа видел сбитые костяшки пальцев. Давай пойдем к участковому и поговорим с ним, предупредим, что семья неблагополучная.

— Да иди ты! Что у тебя за манера вечно лезть не в свое дело! — рассердился Колосенцев. — У нас своя работа, у участкового — своя. И он, между прочим, нашу работу за нас не делает. Кроме того, сегодня воскресенье, где ты собираешься участкового отлавливать? И вообще, мне пора закругляться на сегодня, у меня в девять игра начинается.

Геннадий Колосенцев был геймером, причем геймером оголтелым, на грани болезни. Самый разгар в онлайн «войнушках» начинается с девяти вечера и продолжается до двух-трех часов ночи, вот он и старался к девяти вернуться домой и сесть за компьютер. В своем «клане» Геннадий считался одним из лучших снайперов и горел желанием постоянно совершенствовать мастерство. Жил он с родителями, личной жизнью не увлекался, все свободное время проводил в игре и жил только ею. Поэтому не приветствовал никакой инициативы напарника и уклонялся от любой дополнительной работы, выполняя только то, что велено начальством.

— А как мы теперь будем искать эту Орлову? — спросил упавшим голосом Роман.

— Да хрен его знает! — отмахнулся Колосенцев. — Завтра подумаем. А сегодня мне бежать пора.

Анатолий Тишунин, брат Галины, был несказанно удивлен, услышав в телефонной трубке голос Антона, которого он давно знал: Толя был на пять лет старше сестры, учился в той же школе и Галкиных друзей видел постоянно. Еще больше удивился он предложению Антона встретиться.

— Зачем? — спросил он встревоженно.

Да, они давно знакомы, но никаких общих дел у них сроду не было.

— Это касается Галки, — осторожно пояснил Антон.

Но Анатолий все равно испугался.

— А что с ней? Она во что-то влипла?

— Да пока нет, но есть вещи, которые я бы хотел с тобой обсудить. Посидим в баре, пива выпьем, поговорим.

Они встретились в этот же день вечером, Антон объяснил Анатолию причины своего беспокойства и спросил, не было ли в его жизни в последнее время каких-то странных или подозрительных ситуаций.

— Да нет, вроде ничего такого странного не было, — задумчиво ответил брат Галины.

— В твоем окружении не появлялся кто-нибудь новый? Знакомый, приятель, может быть, на работе к тебе кто-то стал проявлять повышенное внимание?

— Да нет, на работе у меня вообще все сложно, знаешь, на фирмах не любят тех, у кого было свое дело и кто теперь прогорел и вынужден стать наемным работником. На таких, как я, будто клеймо неудачника стоит, нас избегают, с нами стараются дела не иметь.

— Ну, а не на работе?

Анатолий снова задумался.

— Ты знаешь, действительно, появился у меня новый приятель, Леха Гаврин.

— А отчество?

— Не спрашивал, — улыбнулся Тишунин. — Как-то ни к чему было.

— Кто он? Как вы познакомились?

— Я машину на техосмотр пригнал, встал в очередь, а он подъехал следом, ну, разговорились, то-се, я пожаловался, что с запчастями иногда бывает проблема, он пообещал помочь, обменялись телефонами. Он мне понравился, приятный такой мужик, веселый, умный, позитивный, одним словом. Сказал, что работает завредакцией в каком-то издательстве, которое издает научную и учебную литературу. И когда он позвонил и предложил посидеть выпить, я не возражал. Вот как-то так и начали общаться. А что? Думаешь, это как-то связано с Галкой?

— Не знаю, но надо проверить.

— Ах, черт, да что ж такое! — с досадой воскликнул Анатолий. — Не дай бог, Галка во что-нибудь впутается! Знаешь, она тут недавно приезжала, новогодние подарки моим детям привозила, тачка новая, шуба из какого-то невиданного зверя, сапоги и сумка из крокодила, а брюки вообще из питона. Можешь себе представить: штаны из питона? А мне жить негде, я на аренду квартиры всю зарплату отдаю, живем втроем на зарплату жены. Копейки считаем. И ведь Галка отлично знает мою ситуацию, знает, что я продал квартиру, чтобы спасти свой бизнес, и забыть она об этом никак не могла, потому что мы тогда у нее прописались, без этого мне не разрешали квартиру продавать. Бизнес не спас, пошел в менеджеры. И когда она мне про наследство сказала, я, честно признаться, духом воспрял, ведь сумма-то огромная, я почему-то был уверен, что она со мной поделится, и я смогу хоть какое-то жилье купить. А она начала деньги тратить на всякие глупости. Ты давно ее видел?

— Недавно, — коротко ответил Антон.

— Значит, вы по-прежнему встречаетесь?

— Толя, не хочется мне это обсуждать. Все не так просто, знаешь ли... На днях я к ней заехал, чтобы мозги попытаться ей прочистить. Но все без толку, не слушает она меня. Кстати, ты не знаешь, кто такой Чернецов и за что он оставил Галине такие бешеные бабки?

— Понятия не имею, — покачал головой Тишунин. — Мы с Галкой об этом говорили, я тоже ее спрашивал, а она ответила, чтобы я не забивал себе и ей голову всякой ерундой. Она, видишь ли, считает, что это мог быть ее отец.

— А что, есть такие основания?

— Ну... вообще-то есть, — признался Анатолий с кривой усмешкой. — Наша матушка покойная, не будь она тем помянута, очень любила погулять. Так что я допускаю, что такое возможно. И, главное, спросить не у кого, не у отца же...

— Ты можешь назначить встречу со своим новым приятелем?

— Легко. А зачем?

— Хочу на него посмотреть. Может быть, выясню, кто он на самом деле.

— Думаешь, он соврал, что в издательстве работает?

— Думать мне пока рано, — улыбнулся Антон. — Фактов не хватает. Вот когда факты соберу, тогда и начну думать. Попробуй пригласить своего нового знакомца пивка попить... — Он внимательно огляделся, прикидывая, подходит ли для его целей помещение пивного ресторана, где они сейчас сидели, и продолжил: — Да хотя бы здесь же. Позвонишь?

Анатолий взял телефон и нашел нужный номер. Приятель оказался сговорчивым и легким на подъем, он с удовольствием откликнулся на предложение Тишунина, который подробно объяснил, где находится ресторан. Встречу назначили на вечер следующего дня, после работы.

Антон еще раз осмотрел зал и остановил свой выбор на столике возле колонны. Народу было многовато, и, несмотря на то что свободные столики были, все самые лучшие, на профессиональный взгляд оперативника, оказались занятыми.

— Давай подойдем к администратору и зарезервируем на завтра два стола, — сказал он Анатолию.

— Зачем? — удивился тот. — Есть же места, здесь битком никогда не бывает.

— Битком, может, и не бывает, только не все столики нам с тобой годятся. Мне нужно хорошо видеть твоего Гаврина, но при этом он не должен видеть меня. Так что пошли, вот за этим столом будете сидеть вы, — он указал на столик у колонны, — а вот за этим устроюсь я. И постарайся завтра обо мне не думать, даже не вспоминать. Не нужно, чтобы ты оглядывался и искал меня глазами, понял? Придешь чуть пораньше, чем вы договорились, и сядешь с этой стороны, ко мне спиной. Тогда твой гость вынужден будет сесть напротив, и я его хорошо рассмотрю.

— Да что там, не первый день на свете живу, — хмыкнул Тишунин.

До конца отпуска оставалось совсем немного, и Антон Сташис поймал себя на том, что начал нервничать. Ему показалось, что история с наследством Галины намного сложнее и опаснее, чем он думал сначала, и теперь для него стало необыкновенно важным довести дело до конца. Если он не успеет, то начнутся рабочие будни, и на историю с наследством времени вообще не будет. Конечно, всем операм хорошо известна положительная сторона их деятельности: можно слинять, куда нужно, практически в любой момент, их передвижения в основном бесконтрольны, и всегда можно отбрехаться встречами с доверенными лицами, которые, к сожалению, результатов не дали... Что ж, бывает. Но ведь результат рано или поздно выдавать все равно надо, поэтому ни один мало-мальски уважающий себя опер не позволит себе тратить все рабочее время на личные дела.

Антон с самого утра начал корить себя за то, что не попытался организовать встречу Анатолия Тишунина с его новым приятелем сразу же, еще вчера. Вот теперь еще один день пройдет впустую...

Он забрал Васю из школы, пообедал вместе с дочерью и няней, потом сходил в химчистку за вещами, починил плохо открывающуюся дверцу кухонного шкафчика, привел из садика Степу, скачал ему на айпад новую игрушку и стал собираться.

— Степа, будь аккуратным, — строго наказал он сынишке, — это все-таки мой айпад, он мне нужен для работы.

— Хорошо, папа, я не сломаю, — послушно ответил мальчуган, забираясь на свое любимое место под столом.

У Антона сжалось сердце. Степа предпочитает одиночество, он любит заниматься своими малышовыми делами и не любит, когда его трогают и заставляют общаться. Конечно, как любому нормальному ребенку, ему нравится ходить в парк, развлекаться на аттракционах, смотреть мультики, кататься с горки, но Антон давно заметил, что сын при этом, получая несомненное удовольствие, не стремится общаться со сверстниками. Одиночкой растет. Ему будет трудно.

Погруженный в размышления о сынишке, он не заметил, как добрался до ресторана, в котором была назначена встреча. Оба намеченных накануне столика стояли пустыми, на обоих красовалась латунная треугольная табличка с надписью «Зарезервировано». Естественно, по-английски, как у «больших». До условленного времени оставалось полчаса, и Антон решил, что, как бы ни развивались события в дальнейшем, поужинать он вполне успевает. Пролистав меню, быстро сделал выбор и заказал еду и графин томатного сока. Подумал было о пиве, но решил не рисковать, за рулем все-таки, хотя ресторан пивной и выбор пенного напитка здесь просто роскошный.

Заказ принесли на удивление быстро, и Антон начал есть, поглядывая на дверь. Мысли снова вернулись к Степану. Вчера Эля говорила, что на него опять жалуются воспитатели: не слушается, от всего отказывается, в особенности когда детям предлагается что-то делать всем вместе — лепить, рисовать, идти строем на прогулку. Мальчишка растет индивидуалистом, он категорически не желает ходить в ногу со всей ротой. И что с этим делать, Антон не понимает. И вообще, надо ли что-то делать или пусть все идет, как идет? Была бы с ними Рита, она бы знала, как обращаться с ребенком, хоть и не имела специального образования, но матери как-то чутьем, инстинктом догадываются о таких вещах, а он — отец, у него инстинкта нет, один только разум, который подсказывает, что человеку с задатками индивидуалиста будет очень трудно адаптироваться в жизни. Степка еще долго не сможет жить сам по себе, еще два, а то и три года ему придется ходить в сад, потом школа, потом институт или армия, в любом случае еще как минимум восемнадцать лет ему нужно будет существовать в коллективе. А с коллективом надо считаться, это

Антон Сташис знал точно. И если Степку сейчас не перевоспитать, то ему будет потом очень трудно. И не только ему будет трудно с людьми, но и людям с ним будет нелегко. А как перевоспитывать? Ломать через колено? Плохо, что мальчик растет без матери. Конечно, рядом всегда Эля, но ведь Эля не мать, она всего лишь няня. У нее не было своих детей, и как знать, есть ли у нее тот самый инстинкт, который позволяет правильно вести себя со сложным ребенком. С Васькой-то проблем куда меньше, учится она не блестяще, в основном на четверки и тройки, но она добрая, хорошая девочка, покладистая, послушная, ей всегда можно все объяснить и обо всем договориться. Она разумная, хотя не особенно способная к учебе, по русскому языку успевает совсем плохо, делает такие орфографические ошибки, что Антон не знает, плакать ему или смеяться. Вася — обычная девочка, папина радость. А вот что делать со Степаном, который в свои четыре года демонстрирует способности явно выше средних, — совершенно непонятно.

И словно в ответ на его мысли звякнул телефон, пришла эсэмэска от Васи: «Папа я уроки зделала сичас будем ужинать». Вот так, без запятых и с тремя орфографическими ошибками в семи словах. Антон знал, что Эля занимается с Василисой каждый день, и диктанты писать заставляет, и правила учить, и читать. Конечно, какой-то результат есть, в начале учебного года в семи словах Вася сделала бы семь ошибок, а теперь только три. Как хорошо, что есть Эля... Только вот надолго ли она рядом с ними?

Антон Сташис запрещал себе думать о двух вещах: о том, как было бы хорошо, если бы Рита была
жива, и о том, что делать, если Эля от них уйдет. Но
запрет он регулярно нарушал. Вот и сейчас, глядя
на идущего через зал Анатолия Тишунина, он думал о том, какая Галка глупая, не ценит своего счастья, ведь у нее есть брат, и его жена, и их ребенок — Галкин родной племянник, и отец. У нее такая большая семья! И все эти люди могут быть
вместе, любить друг друга, помогать и поддерживать в трудные дни. Да просто собираться за одним
столом, в конце концов! А у Антона от его большой
дружной семьи не осталось ничего, он всех похо-
ронил: и отца, и маму, и брата, и сестру, и жену. Теперь у него есть только маленькие дети, два кро-
хотных осколочка огромного семейного счастья.

К Анатолию подсел мужчина в возрасте чуть за
тридцать, приятели обменялись рукопожатиями.
Лицо Алексея Гаврина было отлично видно, и Антон
сразу же узнал человека с фотографии, которую ему
показывал адвокат Кирган. Эту фотографию раздо-
были какие-то люди, Марго и Борис, которые помогают Киргану. Вот, значит, как! Таинственный
поклонник Кати Аверкиной оказался еще и поклонником Толика Тишунина. Любопытно.

Еще вчера они с Анатолием договорились, что
встреча не должна быть продолжительной, придумали легенду — Анатолию требовался совет, который можно получить легко и быстро. Как только
Тишунин и Гаврин пригубили пиво, Антон попросил счет, расплатился и вышел на улицу. Машину
свою он оставил за углом: перед рестораном в тот

момент не было ни одного свободного места. Теперь он завел двигатель и выдвинулся на позицию, с которой хорошо просматривался вход в ресторан.

Ждать пришлось дольше, чем он рассчитывал, но в конце концов Анатолий с приятелем покинули заведение, распрощались, и Тишунин отправился пешком: ресторан находился в пяти минутах ходьбы от дома, где он снимал квартиру. Алексей Гаврин сел в машину и через полминуты начал выруливать в сторону проспекта, ведущего в центр города. Антон двинулся за ним.

Он трезво оценивал свои профессиональные умения и знал, что не является таким уж мастером наружного наблюдения и слежки за объектом, просто делал так, как умел. И судя по тому, что Гаврин его не заметил, этот человек тоже не был «асом воздушного боя». Обыкновенный москвич, не знающий за собой грехов и не подозревающий, что за ним могут следить. Может, зря Антон все это затеял? Может, ему просто всюду мерещатся злодеи?

Однако вскоре Антону Сташису пришлось признать, что с выводами он поторопился. Машина Гаврина остановилась перед одноподъездным зданием, его входная дверь была снабжена серьезным электронным замком, который Гаврин открыл при помощи магнитной карты, и скрылся внутри. Антон подошел к подъезду и внимательно прочитал надписи на табличках, извещающие о том, какие организации здесь расположены. Турфирма, детективное бюро, независимый аудит, кабинет психологической помощи. Ну, и в какую из этих контор направился Гаврин? Он воспользовался магнитной картой, стало быть, он не посетитель, а сотрудник. Но сотрудник чего? Ни одна из указанных фирм на первый взгляд не связана с редактированием научной и учебной литературы, а ведь Гаврин сказал Толику, что он является заведующим редакцией издательства. Или у него есть еще одна специальность, которая позволяет зарабатывать на жизнь, потому что на зарплату, которую платят в издательстве, издающем научную и учебную литературу, не разбежишься. Кто он, этот Алексей Гаврин? Психолог? Бухгалтер-аудитор? Частный детектив? Специалист по туризму? И почему он приходит на работу в девять вечера?

Антон вернулся в машину, позвонил, продиктовал номер автомобиля Гаврина и выяснил, что тут все чисто: черная «Ауди» зарегистрирована на Гаврина Алексея Вадимовича, проживающего по адресу: Ореховый бульвар, дом 25. Антон дождался, когда Гаврин выйдет, и поехал за ним. На этот раз знакомый Анатолия Тишунина отправился, судя по всему, домой. Машину он загнал в гараж-«ракушку» и скрылся в одном из подъездов длинного дома на Ореховом бульваре. Значит, приятель Толика ездит на машине, оформленной на свое имя, и живет там, где официально зарегистрирован. Не прячется. Не таится. Может быть, все, что он о себе рассказал, правда, и подозрения Антона не имеют под собой никакой почвы?

Ладно, последний звонок — и все, он поедет домой. Правда, время позднее, в лицензионной службе уже давным-давно никого нет, но Антону, как и всем оперативникам, были известны номера, по которым в любое время суток можно быстро получить любую информацию, имеющуюся у органов внутренних дел. Еще через пятнадцать минут Антон Сташис выяснил, что два с половиной года назад на имя Алексея Вадимовича Гаврина была оформлена лицензия, позволяющая осуществлять частную детективную деятельность.

И еще Антон Сташис вполне отчетливо представлял себе, кто такой деятельностью занимается. Частные сыщики — почти все сплошь бывшие милиционеры. Бывают, конечно, и исключения, но, во-первых, нечасто, и во-вторых, в частные сыщики ни при каких раскладах не попадают заведующие редакциями издательств.

Антон клял себя последними словами за то, что отрывает время от общения с детьми, а ведь давал обещание посвятить им весь отпуск. Но он ничего не мог с собой поделать. Сперва лицемерно уговаривал себя, что выделит для слежки за Алексеем Гавриным только первую половину дня, когда Вася в школе. Степка все равно в садике до вечера. Но ведь его можно забирать пораньше...

Оказалось, что первой половиной дня дело никак ограничиться не может. Алексей Гаврин за кем-то следил. Как только Антон это понял, его начал душить хохот. Ну надо же, наблюдение за наблюдающим, как в старом анекдоте! Объектом внимания частного детектива Гаврина была серебристая «Шкода Октавиа», за которой он таскался с самого утра. Антон послушно следовал за ним, каждую минуту ожидая, что будет обнаружен. Но Алексей не обращал на его автомобиль ни малейшего внимания. Неужели он такой беспечный? Или ему действительно нечего опасаться? А может, он просто не особо внимательный? Кто сказал, что частные детективы — это гении сыскного дела? Они такие же, как все милиционеры, среди которых гениев что-то не наблюдается.

А водитель «Шкоды», похоже, «бомбила», берет пассажиров. И зачем он понадобился Гаврину? Впрочем, возможно, это и не слежка вовсе, а оперативная комбинация, в которую вовлечен водитель «Шкоды», и Гаврин его прикрывает. Ладно, посмотрим.

«Бомбила» высадил очередного пассажира, выехал на Садовое кольцо, попетлял по прилегающим улицам и остановился возле двухэтажного офисного здания. В здании он провел минут двадцать, все это время Гаврин ждал, припарковавшись метрах в пятидесяти от «Шкоды», причем в очень хорошем месте, которое не просматривалось от подъезда здания. Сначала Антон даже подумал, что частному сыщику несказанно повезло с парковкой, но потом понял, что, похоже, «бомбила» приезжает сюда не в первый раз, уж больно уверенно он подъехал и вошел внутрь. А Алексей Гаврин, сдается, следит за ним не первый день и хорошо знает это место, потому и встал так удобно.

«Бомбила» вышел, сел в машину и уехал. Антон собрался было двигаться, выжидая, пока следом за «Шкодой» поедет Гаврин, однако частный сыщик никуда не поехал. Он подождал, пока «Шкода» скроется из виду, запер свою машину и направился в офисное здание. Антон решил рискнуть: выскочил, быстрым шагом дошел до двери, прочитал название фирмы и вернулся назад. В здании располагалась организация под названием «Промедхелп». Что-то медицинское? Хорошо, что он взял с собой айпад. Набрав название в поисковике, Антон узнал, что фирма «Промедхелп» специализируется на организации лечения россиян за рубежом.

На сегодня слежку он решил прекратить. Хватит. Один звонок — и домой. Продиктовав в трубку номер серебристой «Шкоды», он записал на листке блокнота имя и адрес владельца. Павел Щелкунов, 1983 года рождения, прописан на улице Сталеваров, поставил машину на учет в декабре 2010 года. Машина новая, Щелкунов — первый владелец.

Все, хватит, надо возвращаться домой и заниматься детьми.

Но Антон Сташис, выруливая на шестиполосную дорогу, уже точно знал, что завтра утром поедет на улицу Сталеваров. Причем поедет очень рано.

Павел Щелкунов начинал свою деятельность в половине девятого, как раз тогда, когда наиболее активно ловят машины те, кто опаздывает на работу. Едва завидев знакомую фигуру, появившуюся в дверях подъезда, Антон встал со скамейки, на которой сидел с семи утра. Когда Щелкунов, спортивного сложения симпатичный русоволосый парень с открытым лицом, приблизился к машине, Антон припустил бегом.

— Мужик, не подбросишь? — задыхаясь, попросил он. — У меня тачка забарахлила, а мне срочно надо.

— Не вопрос, садись, — широко улыбнулся Щелкунов. — Мне все равно «бомбить», это мой хлеб. Даже хорошо, когда день начинается сразу с пассажира, значит, потом пруха будет.

Антон сел в салон и сразу увидел полиэтиленовые чехлы на сиденьях. Под ногами обнаружился заводской коврик. И запах, специфический запах новой машины.

— Отличная тачка, — одобрительно сказал он. — Хороша девочка! Завидую. Сколько лошадей? Семьдесят пять?

— Восемьдесят, — с гордостью уточнил Павел.

— А чего чехлы не снимаешь? Бережешь?

— Да нет, я тачку всего месяц назад взял, пока еще чехлы не подобрал.

— Значит, новая? Неплохо, видать, «бомбилы» зарабатывают, если такие тачки берут, — осторожно бросил первый пробный шар Антон.

— Да бог с тобой, — расхохотался Щелкунов. — Мне столько денег за всю жизнь не заработать. Это я наследство получил.

— Да ты что?! — делано изумился Антон. — Неужели так бывает? А я думал, что это все сказочки для кино. И кто у тебя преставился? Американский дедушка?

— Да хрен его знает! Понятия не имею, кто это был. Но деньги оставил. Тебя как везти, по Третьему кольцу или через центр?

— Давай по кольцу, — решил Антон, которому было все равно.

Он понял, что развивать тему неизвестного наследодателя Павел Щелкунов не собирается. Ну и ладно, давить не будем, чтобы не спугнуть. Да и не его это работа, пусть адвокат Кирган занимается.

Антон попросил водителя высадить его возле станции метро «Академическая» и, как только Павел отъехал, позвонил Киргану.

— Где вы? — спросил Кирган, едва Антон заикнулся о том, что у него появилась новая информация. — Давайте все обсудим при личной встрече. Куда мне подъехать?

Антон заколебался. Почему нельзя выслушать его по телефону? Что за тайны мадридского двора? Ему нужно каким-то образом вернуться на улицу Сталеваров, где осталась его машина. Впрочем... Если этот адвокат такой пугливый и подозрительный, то почему бы не обернуть ситуацию в свою пользу? Он быстро огляделся и увидел небольшую кофейню, в которой можно провести время. Вот пусть Кирган сюда приедет, а потом отвезет его в Новогиреево.

Кофе оказался таким плохим, что Антон при всей своей неприхотливости даже не смог его допить и попросил принести чаю. Зато сэндвич был очень даже ничего. Они договорились, что адвокат позвонит ему минут за десять до прибытия, чтобы Антон успел расплатиться и выйти на улицу.

— Не нужно, чтобы нас с вами лишний раз видели вместе, — бросил Кирган загадочную фразу, заканчивая разговор по телефону.

Как только Антон сел к нему в машину, он первым делом задал вопрос:

— К чему такая секретность? Почему нас не должны видеть вместе? И почему нельзя обмениваться информацией по телефону?

— А вы сами не видите? — усмехнулся Виталий Николаевич. — С одной стороны, очень большие деньги, которые непонятно как оказались у простого работяги Чернецова, с другой стороны, тонко и умно организованная подстава, жертвой которой пала моя подзащитная. Вы можете себе представить, какие силы тут задействованы? Можете дать гарантию, что люди, устроившие все это, не связаны с силовыми структурами или органами власти? Лично я не могу быть уверен, что мой телефон не прослушивается. А коль я вам звонил и вступил с вами в контакт, то и вас слушают тоже.

— Вы не преувеличиваете? — с сомнением проговорил Антон.

— Я перестраховываюсь, — коротко ответил Кирган. — Рассказывайте. Только давайте выключим мобильники, так спокойнее.

Антон пожал плечами, но телефон выключил. Странный все-таки народ эти адвокаты!

Ленар шагал рядом с Кирганом, предвкушая встречу с Павлом Щелкуновым. Когда он узнал о том, что у Чернецова выявился еще один наследник и адвокат собирается с ним встретиться, Ленар настоял на том, чтобы пойти вместе с ним. «Вот сейчас мы придем и наконец все выясним, — взволнованно думал он. — Станет понятно, кто устроил все это с Наташей. И следователь убедится, что она ни в чем не виновата».

Виталий Николаевич сказал, что Павел Щелкунов зарабатывает частным извозом и ловить его дома имеет смысл только в интервале с полудня до пяти, потому что утро и вечер — горячая пора для «бомбил». Он рассчитал правильно, и Павла они застали в квартире за установкой нового крана в ванной. Щелкунов оказался парнем сообразительным и быстро понял, о чем его спрашивают.

— Так я сам хотел бы знать, за что Чернецов оставил мне наследство, — заявил он. — Мы с Витькой разыскали племянника, Дениса этого, съездили к нему, только он ничего нам не объяснил.

— А Витька — это...

— Это брат, мы — близнецы. Мы с ним всю жизнь неразлейвода, — Павел улыбнулся смущенно и одновременно тепло. Было видно, что брата он очень любит. — А вы, собственно, почему интересуетесь?

— Видите ли, Георгий Петрович Чернецов оставил наследство не только вам, но и некой Галине Тишуниной, — ответил Кирган. — И Галина тоже не может понять, почему ей оставили деньги. Поэтому она наняла меня, чтобы я прояснил этот вопрос. Может быть, вы сможете ответить, почему и за что ей и вам оставлено такое большое наследство.

Ленар не понял, зачем Виталий Николаевич говорит неправду. Почему нельзя сказать все как есть? Почему нельзя рассказывать о Наташе? Что-то темнит этот адвокат, что-то крутит...

— Тишунина? — удивленно повторил Павел. — Никогда не слышал такой фамилии. Правда, я и

про Чернецова впервые услышал только от нотариуса, когда она меня разыскала.

— От Лилии Рудольфовны? — уточнил Кирган.

— Ну да, Муат Лилия Рудольфовна, совершенно
верно, — кивнул Щелкунов. — Я у нее спрашивал,
кто такой Чернецов и за что мне такое богатство,
но она ответила, что это не ее дело, у нее есть
оформленное по всем правилам завещание с пере-
числением всех наследников, и ее задача — обеспечить наследникам вступление в права наследования. А вопрос, сколько и за что, ее не касается. Во
всяком случае, при оформлении завещания Чернец-
цов ничего ей не объяснял. Мы с Витькой и к Дени-
су Чернецову ездили, я вам уже говорил, только он
нам тоже ничего не сказал. Уверял, что не знает.
Врал, наверное.

Но братья Щелкуновы на этом не остановились,
они оказались ребятами упертыми, выспросили у
Дениса адрес его матери — родной сестры наследодателя — и съездили в деревню, затерявшуюся
где-то в Нижегородской области. Мать Дениса
жила более чем скромно, честно говоря, просто
бедствовала. Сын как уехал три года назад в Москву, так больше не приезжал ни разу, только звонил
иногда, совсем редко.

— У меня телефона-то нет, — говорила женщина, — приходится к соседям бегать, если Дениска
позвонит. Так это надо еще, чтобы повезло и они
дома были, и я тоже, да не пьяные, потому что они
как напьются, так или к телефону не подходят, или
меня звать не хотят.

— Но он сообщил вам о том, что Георгий Петрович умер? — спросили братья.

— Это да, — с готовностью закивала она, — это он мне позвонил.

— А вы на похороны приезжали?

— Куда там! Дениска позвонил мне только через месяц после Жориной смерти. Сказал, что брат ему квартиру оставил и он теперь будет жить в Москве на законных основаниях.

— А деньги? Про деньги он вам сказал?

— Про деньги? — Было видно, что мать Дениса Чернецова действительно не понимает, о чем идет речь. — Какие деньги?

— Ваш брат ему еще и деньги оставил, очень большие деньги.

Женщина больше ни о чем не спрашивала, только сидела и молча плакала. И было в этих слезах не сожаление о неполученном наследстве, а искреннее горе матери, внезапно понявшей, что она вырастила нравственного урода.

Павел и Виктор вернулись в Москву, так ничего и не поняв, и сразу перевели матери Дениса деньги. Приличную сумму. Пусть думает, что сын опомнился.

О том, как поступить с полученным наследством, они долго не размышляли. Павел рано женился, у него рос ребенок, семью надо было содержать, а машину-кормилицу он разбил. У Виктора давняя травма колена, полученная во время занятий спортом, ничего угрожающего жизни, но нога побаливает все чаще, и с годами ему грозит сильная хромота, а в нашей стране такие травмы излечивать пока не умеют. У родителей в Подмосковье собственный дом, который давно уже требует капитального ремонта. Посему было решено, что в первую очередь к родителям пришлют строителей, которые осмотрят фронт работ и подготовят смету. Павел выделил на ремонт дома сумму с порядочным излишком, почти вдвое превышающую ту, которую указали в смете строители, а остальные деньги поделил пополам с братом. Виктор начал заниматься поисками хорошей клиники в Европе для операции, а Павел купил себе новую машину.

Ленар слушал рассказ Павла Щелкунова и ловил себя на том, что мысленно прикидывает, как бы он сам поступил с деньгами, если бы получил такое наследство. Почему-то раньше, когда речь шла только о том, что Катя получила целое состояние, подобные мысли в его голову не приходили. Катя — это Катя, она красивая девушка, она сестра Наташи, и Ленар при всем желании не смог бы себя идентифицировать с ней. А вот Павел — это совсем другое дело, он всего на год старше самого Ленара, он точно такой же, и встать на его место оказалось совсем нетрудно. И что бы он сделал с такими деньжищами? Ничего оригинального на ум не приходило. Наверное, купил бы квартиру в Москве. Хотя зачем? Оставаться здесь навсегда он не собирался, Москву не любил и жил в столице только для того, чтобы собрать материал для книги, в которой хотел объяснить людям, какой плохой, какой злой и жестокий город эта самая Москва. Лучше купить квартиру в Казани, куда он обязательно вернется. Или нет, не квартиру — дом, хороший просторный дом в красивом месте, куда он привезет Наташу и где будут расти их дети. Хотя какие дети, если у Наташи с этим проблемы... Значит, в первую очередь нужно было бы заняться здоровьем Наташи, а уж потом придумать, как с умом потратить то, что останется.

Да, это все хорошо, просто отлично, но Павел Щелкунов надежд Ленара не оправдал и света на тайну наследства Чернецова не пролил.

На обратном пути Ленар сидел в машине молчаливый и расстроенный.

— Ты чего такой кислый? — спросил Виталий Николаевич.

— Мы опять ничего не узнали, — сердито ответил Ленар. — Опять холостой выстрел получился. А я так надеялся!

— Да ты что! Мы узнали массу полезных вещей! — весело проговорил Кирган.

Ленар нахмурился. И почему этот адвокат всегда разговаривает так, что ничего не понятно? Специально, что ли?

— Каких, например?

— Например, что Денис Чернецов каким-то боком в этом замешан.

— Почему вы так решили? — удивился Ленар.

— Ну, ты сам смотри, ведь сначала к нему пришел Антон, но, когда пришел я, он мне ни словом не обмолвился о том, что кто-то еще интересовался его дядей и наследством. Я ведь только от соседей узнал, что Антон к нему приходил. А теперь выясняется, что еще раньше Антона к нему приходили братья Щелкуновы, но он ни Антону, ни мне об этом не сказал. То есть совершенно ясно, что он что-то знает и скрывает.

Ленар не очень понял логику Киргана, но промолчал, чтобы не показаться совсем уж тупым.

— А для Наташи это что означает? — спросил он. — Это как-то подтверждает ее невиновность?

— Пока нет. Но мы только в самом начале пути. Тебе надо набраться терпения.

Хорошо ему говорить про терпение! А там Наташа на нарах, в камере. Ей, наверное, уже совсем плохо. Одна минута в камере не сравнится с целым годом в домашних условиях. Уж Кирган-то должен это понимать. Но он, похоже, не понимает или не дает себе труда задуматься. Какой-то он равнодушный, холодный. Может, зря Ленар с ним связался? У этого адвоката душа за Наташу совсем не болит. С другой стороны, где взять адвоката, у которого бы душа болела за Наташу Аверкину? Для этого он должен знать ее лично, а знакомых адвокатов у Наташи нет. Так что какой бы ни был защитник, Наташа для него всегда останется чужой. С этим придется смириться. Никто не будет относиться к ней так, как Ленар Габитов. Ни для кого, кроме него, она не будет родной. Единственной.

Маргарита Михайловна Усольцева с удовольствием согласилась познакомиться с Антоном Сташисом, однако ни она, ни Борис Леонидович не могли взять в толк, почему частного детектива Алексея Гаврина нельзя просто вызвать повесткой к следователю. Для чего нужно устраивать тот цирк, который срежиссировали адвокат Кирган и молодой оперативник? Кирган и Антон по очереди объясняли, что следователь не будет вызывать Гаврина до тех пор, пока адвокат не убедит его в том, что новый свидетель располагает важной для дела информацией. А для того чтобы выяснить, какой информацией он располагает, адвокату надо сначала самому побеседовать с Гавриным. Однако же не все так просто. Нельзя не учитывать психологический феномен человека в погонах: он принадлежит государственной власти и у него есть полномочия, поэтому он подсознательно всегда спокоен и уверен, что эта власть позволит ему выбраться из любого затруднительного положения. Даже если на самом деле это не так, все равно есть ощущение власти за спиной. Сейчас у частного детектива этой власти нет, но они все — бывшие милиционеры, и привыкли эту власть ощущать и ею пользоваться. Если поставить такого человека в затруднительное положение, он сразу почувствует, что вот раньше ему это было — тьфу, а теперь проблема, и страшно разозлится.

— А зачем нам, чтобы он разозлился? — растолковывал Кирган. — Ведь если спрашивать напрямую, то ему придется признаваться в том, что он выполнял заказ; потом последует вопрос, чей заказ и в чем он заключался, это нарушение конфиденциальности и проблемы с заказчиком, а ему эти проблемы не нужны. Так что не надо ставить его в сложное положение, надо дать ему возможность соврать так, как ему удобно, и при этом дать нам ту информацию, которая нам нужна. Вот для этого мы цирк и устраиваем.

— Но как же он будет лгать? — недоумевал Борис Леонидович. — Если следователь его вызовет, он ведь обязан будет говорить правду. И в суде тоже с него подписку возьмут насчет ответственности за дачу заведомо ложных показаний.

— Вот именно! — подхватил Антон. — Поэтому мы и должны узнать то, что нам нужно, и при этом не заставить человека вступать в конфронтацию с законом. Скорее всего, до следователя дело вообще не дойдет. То, что сообщит нам Гаврин, будет считаться оперативной информацией. Но Гаврина ни в коем случае нельзя напугать, понимаете?

Антон Маргарите Михайловне понравился, была в нем какая-то зрелая мудрость, не свойственное молодым людям спокойствие, а главное — искренний интерес к другой личности. Они с Борисом Леонидовичем сразу сказали, что на их помощь можно рассчитывать, они готовы сделать всё, что нужно.

И вот теперь они сидели в машине Бориса вместе с Антоном и наблюдали за входом в здание, где располагалось частное детективное агентство, в котором трудился Алексей Гаврин. Антон предупредил, что ожидание может затянуться, потому что совершенно неизвестно, когда Гаврин соизволит появиться. Марго запаслась бутербродами и пирожками на троих и прихватила большой термос с горячим чаем. Как выяснилось — не напрасно. Первый день ожидания прошел впустую, Гаврин не появился. Они по очереди выходили на улицу, чтобы размять ноги и воспользоваться туалетом в ближайшем кафе, жевали бутерброды, пили чай, разгоvariвали, репетировали. Марго и Борис узнали Антона поближе, выспросили историю его жизни, подробнее рассказали про Ленара. Но в десять вечера пришлось отправиться домой. Антон пересел в свою машину и сказал, что будет ждать их завтра на этом же месте.

— Какой славный мальчик, — сказала Маргарита Михайловна, оставшись вдвоем с Райнером. — Жалко его. Такая трагическая судьба.

— Мальчик-то славный, — откликнулся Борис Леонидович, ведя машину на предельно допустимой в городских условиях скорости. — Только не знаю, что получится из его затеи. Завтра я еще смогу потратить день на пустое высиживание в машине, а вот послезавтра вам придется обойтись без меня, у меня две лекции, одна в девять утра, другая в четырнадцать тридцать.

— Боренька, может быть, не стоит так гнать? — мягко попросила Марго. — Мы никуда не опаздываем.

— Гошка, как же ты не понимаешь! — Повернувшись к ней, он гневно сверкнул глазами. — Я целый день провел в неподвижности, да я чуть с ума не сошел от этого тупого ожидания. Мне нужно ощущение скорости, чувство движения, иначе мне начинает казаться, что я умер.

Вот таким он был всегда, Борис Райнер. Огонь. Ртуть. Перпетуум мобиле. Сейчас Маргарите Михайловне даже трудно было представить, как они смогли бы жить вместе, если бы тогда, много лет назад, не поссорились и не разошлись. Наверное, их брак долго не продержался бы. Впрочем, как знать...

На следующий день все получилось неожиданно быстро: Алексей Гаврин появился около полудня. Дождавшись, когда он войдет в здание, Антон скомандовал:

— Вперед, уважаемые.

Борис, подойдя к двери, решительно надавил на кнопку домофона, рядом с которой была прикреплена табличка с названием агентства. Из динамика послышался приятный женский голос, спросивший, к кому они пришли.

— Мы хотели бы заключить договор, — ответил Борис Леонидович.

— Поднимайтесь на второй этаж.

Дверь зажужжала, и они вошли. Здание, такое неприметное снаружи, внутри оказалось хорошо отремонтированным, светлым и чистым, правда, не очень просторным. На первом этаже красовались вывески турфирмы и независимого аудита, а детективное агентство и кабинет психологической помощи располагались этажом выше.

Их приветливо встретила молодая женщина в строгом деловом костюме, на лацкане которого красовался бедж с именем «Светлана».

— Мне очень жаль, — сразу сказала она, — но в ближайшие несколько месяцев наше агентство новых договоров заключать не будет. Я могу вам порекомендовать...

— Как это — не будет? — вздернул густые брови Райнер. — Почему?

— У нас очень много работы, — пояснила Светлана. — У агентства хорошая репутация, и у нас множество клиентов. А количество сотрудников пока недостаточное, мы тщательно отбираем персонал, и найти высококвалифицированного специалиста не так-то просто. Я могу вам порекомендовать обратиться...

Ей снова не удалось закончить фразу, потому что дверь распахнулась и в комнату вошел Алексей Гаврин. Марго сразу же узнала человека, фотографию которого получила у Ксюши, соседки покойной Кати Аверкиной.

— Ой! — всплеснула она руками. — А я вас видела около нашего дома. Боря, ты помнишь этого молодого человека?

— Да, лицо знакомое, — поддакнул Райнер.

— Это же Катенькин поклонник. Ну помнишь, мы с тобой сколько раз видели, как он сидел в машине и ждал ее. Это ведь были вы, правильно? — обратилась Марго к Алексею. — Мы не ошиблись? Какое несчастье с Катенькой, какое несчастье!

В глазах Гаврина заметалось беспокойство, лицо непроизвольно дернулось.

— Вы ошибаетесь. — Голос у него внезапно сел, и ему пришлось откашляться, чтобы прочистить горло. — Я никого нигде не ждал.

— Ну как же так! — настойчиво продолжала Маргарита Михайловна. — Я хорошо вас запомнила. Это точно были вы. У меня прекрасное зрение и отличная зрительная память. Только на вас была другая куртка, такая приметная, светло-коричневая, с косой молнией, и воротник из белого меха.

— Точно, — вдруг вмешалась Светлана, — Леша, у тебя же есть такая куртка. Ну-ка признавайся, чей ты поклонник!

Она рассмеялась собственной шутке, а вот детективу Гаврину совсем не было весело. Марго заметила, какой взгляд он метнул в сторону незадачливой секретарши Светланы. Наверное, она работает недавно и еще не научилась держать язык за зубами, особенно в присутствии посторонних.

— Света, пойди к Сереге и распечатай мне все последние материалы, — приказным тоном велел Гаврин.

— Но я еще...

— Света, ты меня слышишь? — он чуть повысил голос. — Пойди и сделай то, что я прошу.

Светлана презрительно дернула плечиком и вышла из комнаты. Гаврин подождал, пока за ней закроется дверь, пристально посмотрел сначала на Марго, потом на Бориса и буквально процедил сквозь зубы:

— Ну хорошо, не стану отпираться, мне действительно нравилась Катя, но она не хотела со мной общаться. Я вел себя как дурак, как влюбленный пацан, но ничего не мог с собой поделать. Потом она погибла. У вас все?

— Простите, — покаянно произнес Борис Леонидович. — Мы не хотели вас задеть. Вы, наверное, очень переживаете Катину смерть. Но... Погодите-ка! Раз вы торчали у нашего дома и выжидали, когда вам представится возможность поговорить с Катей или хотя бы ее увидеть, то вы, наверное...

Он выразительно посмотрел на Марго. Пока все шло строго по сценарию, разработанному Кирганом. Теперь ее реплика.

— Ну конечно, конечно, Боря, как же я сразу не

подумала! В наш дом приходил адвокат, во все квартиры звонил и у всех спрашивал, не видели ли мы рядом с Катей каких-нибудь подозрительных людей. А ведь вы наверняка могли что-то заметить, вы же все-таки сыщик, не то что мы — простые обыватели. У вас глаз наметан и наблюдательность развита. Вы не возражаете, если я скажу этому адвокату про вас? Пусть он к вам придет и задаст свои вопросы. А вдруг окажется, что вы видели что-то очень важное!

— Почему же молодой человек должен быть против, — вступил Борис как по писаному. — Он сыщик, значит, юрист, а коль юрист, то должен понимать всю важность происходящего.

Они разыгрывали хорошо отрепетированную пьесу, в которой все реплики были настолько продуманы, а аргументы выверены, что уже через несколько минут отступать Алексею Гаврину оказалось некуда. Он молча вынул из кармана визитку и протянул Борису.

— Ваш адвокат может со мной связаться, я готов с ним встретиться и ответить на его вопросы, — неохотно сказал он. — Только зря все это, я все равно ничего не знаю. У вас всё?

Марго уже собралась было ответить, но первым заговорил Борис:

— Нет, не всё. Ну как же — всё? Нам нужно дождаться вашу девушку, Светлану, которую вы услали. Мы ведь пришли, чтобы заключить договор, нам необходимо воспользоваться услугами детективного агентства, у нас, видите ли, проблемы с внуком, он связался с... Впрочем, у вас, наверное, нет времени выслушивать все это. Светлана сказала, что ваше агентство сейчас новых клиентов не берет, и хотела порекомендовать нам какую-то другую фирму. Так что нам придется подождать.

Марго с облегчением перевела дух. Она совсем забыла, что Кирган предупреждал: нельзя уходить сразу же, как только от Гаврина будет получено согласие, иначе сыщик моментально догадается, что они пришли только за этим. А вот Борис все помнит, умничка!

Гаврин пожал плечами и вышел. Они дождались Светлану, влетевшую в комнату с кипой каких-то документов, получили от нее координаты другого детективного агентства, владелец которого является, как объяснила секретарша, «близким другом шефа», и благополучно отбыли.

Антон ждал их в машине.

— Неужели Гаврин так быстро раскололся? — изумился он, выслушав рассказ Бориса Леонидовича. — И это называется «сыщик»? Ему только в песочнице играть.

— А вы уверены, что он непременно был раньше сыщиком? — спросил Борис. — Смотрите-ка: девочка Ксюша его засекла и даже сфотографировала, вы за ним следили — он ни сном ни духом, мы, две старые развалины, заявились и за десять минут приперли его к стенке. Может, он просто глупый? Или у него опыта нет?

— Может, — согласился Антон. — Он мог работать в какой угодно службе, даже в паспортном столе или в патрульно-постовой.

— В нашей стране всегда отдавали предпочтение не уровню профессионализма, а степени родства или знакомства, — усмехнулся Борис. — Перестройка перестройкой, а все равно ничего не меняется.

Виталий Кирган договорился с Алексеем Гавриным о встрече. По голосу частного детектива было понятно, что желанием общаться с адвокатом он не горит, но Кирган знал: от встречи Гаврин не откажется, чтобы не влипнуть в еще более неприятные проблемы.

Очевидно, Гаврин понял, что с наблюдением за Катей Аверкиной он прокололся по полной, засветился, дал себя увидеть и запомнить, посему встречу с адвокатом никак нельзя было назначать в офисе детективного агентства, чтобы не вызвать вопросов, за которыми последуют далеко идущие и в общем-то справедливые выводы со стороны его шефа. Они договорились, что Гаврин приедет в адвокатскую контору к Киргану. Контора была богатой и могла позволить себе не только аренду помещения в центре Москвы, но еще и аренду помещения достаточно просторного, чтобы у каждого адвоката был свой отдельный кабинет, в котором никто не помешает приватной беседе.

— Я ищу подругу погибшей Кати Аверкиной, но никак не могу ее найти, — начал Виталий, предварительно угостивший Гаврина горячим чаем с печеньем и потратив несколько минут на выражение благодарности столь сознательному свидетелю. — Опрашиваю всех жильцов дома, и вот мне Борис Леонидович и Маргарита Михайловна сказали, что вы были Катиным поклонником. Может быть, вы что-то знаете про эту подругу?

Гаврин с момента неожиданной встречи с Борисом и Марго уже успел успокоиться и выстроить линию поведения, поэтому в кабинете Киргана он не нервничал и не злился. Все, что он собирался скрыть, он скроет, это Виталий понимал, а остальное спокойно расскажет. Подругу Кати Алексей видел неоднократно, она часто появлялась у погибшей, и Катя вместе с ней постоянно куда-то ходила, в основном по магазинам и в клиники пластической хирургии, видимо, на консультации. Однажды девушки дошли до Катиного дома, распрощались, Катя зашла в подъезд, а подруга направилась дальше. Гаврин решил, что сегодня ему уже ничего не светит, Катя вряд ли снова появится, и тоже решил уехать, но увидел, как подруга зашла за угол, а там стоял «Лексус»-седан, рядом с которым прогуливался мужчина. Этот мужчина открыл дверцу и предложил девушке сесть, она посмотрела на часы и помотала головой — видно, куда-то очень торопилась. Стала что-то быстро говорить, а мужчина слушал и кивал. Потом он сказал буквально несколько слов, и она, молча кивнув, ушла. Шла очень быстро. И пока они разговаривали, лицо у нее было серьезное и сосредоточенное, совсем не такое, какое Алексей видел, когда она была с Катей. С Катей девушка вела себя как легкомысленная хохотушка-веселушка, все время щебетала и смеялась, а тут ее словно подменили. Ну, детективу стало любопытно, он машину бросил и пошел за ней следом. Довел до фитнес-клуба и вернулся к своей машине. Регистрационные номера «Лексуса» не запоминал, не нужно было. Мужчину особенно не рассматривал, лет сорока или чуть меньше, среднего роста, одет как обычно, короткое пальто или длинная куртка, без головного убора, несмотря на зимний холод. Цвет волос не разглядел, уже были сумерки, но не черный, это точно. Обычная короткая стрижка.

Ну вот, это уже что-то. Не так уж много, но от этого можно двигаться.

— В какой фитнес-клуб пошла девушка? — спросил Виталий.

— В «Три ноля», это рядом с метро «Тушинская».

— Понятно. — Адвокат быстро записывал сведения на бланке. — А во что Катина подруга была одета?

— Обычно я ее видел в белой меховой куртке, или это у них называется короткой шубкой, или жакетом, я в этом не разбираюсь. Шапочка и шарф разноцветные, в зигзагообразную полоску, — добросовестно перечислял детектив, уже понявший, что ничего опасного у него спрашивать не собираются. — Джинсы светло-синие. Или темно-голубые, кто их разберет.

Виталий спросил, подтвердит ли Алексей Гаврин свои слова на допросе у следователя. Гаврин согласился, но с явной неохотой. Впрочем, Виталий задал этот вопрос на всякий случай, потому что понимал: следователь допрашивать частного детектива все равно не будет, ведь Гаврин не обладает важной для следствия информацией. Вот если удастся найти подругу и вытрясти из нее правду, тогда другое дело.

Гаврин подписал свои показания и торопливо покинул контору.

— Виталий, ты едешь? — в его кабинет заглянул один из адвокатов.

Ах ты черт! Он ведь чуть не забыл, что сегодня старший партнер их фирмы отмечает в ресторане пятидесятилетие. Разумеется, должны быть все сотрудники. Виталий и подарок на днях купил, большая перевязанная лентами коробка лежит в багажнике его автомобиля. Если бы он вовремя вспомнил про сегодняшнее торжество, то не поехал бы с утра на машине, воспользовался бы такси. А как теперь идти в ресторан на банкет, если потом надо будет садиться за руль? И бросать машину нельзя, завтра утром она ему понадобится, да и угнать могут или на штрафстоянку уволокут, ищи ее потом...

Впрочем, есть же замечательная служба, которая помогает напившимся водителям благополучно добраться до дома без риска попасть в аварию или лишиться прав за вождение в нетрезвом состоянии. Приезжает автомобиль с двумя водителями, один пересаживается за руль машины, хозяин которой позволил себе излишне расслабиться, и везет владельца домой или куда надо, а вторая машина едет следом и потом забирает другого водителя из конечной точки. Просто, как все гениальное.

Виталий давал себе слово не пить на банкете много, и в течение первого часа ему удавалось слово держать, но сидящие рядом с юбиляром жена и

два уже совсем взрослых сына действовали Киргану на нервы. Он думал о бывшей жене Миле и о
сыне, с которым его разлучили и которого он любил нежно и трепетно, и вид чужого семейного
благополучия не давал ему покоя, словно ржавым
ножом расковыривая рану в сердце.

В конце концов он все-таки напился.

Фитнес-клуб с загадочным названием «Три
ноля» располагался в отдельно стоящем здании в
четырех минутах ходьбы от станции метро «Тушинская» и имел собственную парковку, бдительно
охраняемую невысоким жилистым мужичком, который, судя по всему, нес вахту одновременно и на
входе, и на стоянке.

— Я хочу купить абонемент, — сказал Антон,
выйдя из машины. — Это мне к кому обратиться?

— Пройдите на ресепшен, по лестнице и сразу
направо.

— А цены здесь какие? Приемлемые?

Охранник усмехнулся и оценивающе осмотрел
Антона с ног до головы.

— Для вас — вряд ли. Но вы пройдите, поговорите, может, у них акция какая-нибудь проходит и
абонементы продают со скидкой.

Антон вошел внутрь, поднялся по трем ступень-
кам, повернул направо и увидел длинную полукруг-
лую стойку, за которой стояли девушки в унифор-
ме. Да, клуб дорогой, конечно, не Рублевка, но цены
намного выше средних. Значит, придется опериро-
вать определенной частью полученной информации.

Он подошел к одной из девушек и обворожительно улыбнулся. Девушка немедленно отреагировала. Приветливость в ее голосе просто-таки била через край.

— Здравствуйте, я вижу, вы у нас впервые. Хотите просто позаниматься или купить абонемент?

Антон изобразил смущение и наклонился к ней поближе:

— У меня необычный вопрос. Вы позволите?

— Конечно, — девушка непроизвольно понизила голос. — Что вас интересует?

— Меня интересует девушка, которая ходит к вам заниматься. Я увидел ее на улице, пошел следом, хотел познакомиться, но не успел — она вошла к вам. Вот хочу попросить у вас помощи. Не откажите безнадежно влюбленному.

Девушка весело рассмеялась и спросила:

— Она только что пришла? Прямо перед вами?

— Нет, это было на прошлой неделе.

Антон здорово рисковал, ведь адвокат Кирган утверждал, что Гаврин видел Яну Орлову входящей в этот клуб почти месяц назад, и не факт, что тот раз не был единственным или последним. Как знать, приходила ли девушка сюда после того еще раз, и уж тем более неизвестно, была ли она здесь на прошлой неделе. Но кто не рискует, тот и не выигрывает.

— Можете ее описать? — деловитым тоном осведомилась сотрудница клуба.

— Красивая, стройная...

— Ой, какой вы смешной! — девушка снова рассмеялась. — У нас тут все красивые и стройные, у нас же зона здоровья и красоты. Во что она одета?

— Такая меховая курточка, белая, но не очень... Как бы вам объяснить...

— Кремовая, — подсказала девушка. — А какой мех?

— Я не разбираюсь. Короткий такой.

— Стриженая норка, скорее всего, — сделала она вывод. — Еще что?

— Шапочка и шарф, такие симпатичные, в елочку, и цветов много — синий, голубой, бирюзовый, белый. Яркие очень.

— «Миссони», — уверенно констатировала девушка.

— Кто? — переспросил Антон. — Как вы сказали?

— Это бренд такой, многоцветность и «елочка» — их фирменный стиль. Брюки какие? Кожаные?

— Нет, джинсы. «Дольче и Габбана». Голубые.

Это тоже было рискованным ходом, потому что Алексей Гаврин фирму-производителя джинсов не назвал, но Кирган ссылался на свою подзащитную, которая, правда, не очень уверенно, но припомнила, как Яна вроде бы говорила, что джинсы у нее именно «Дольче и Габбана». Наталья Аверкина могла ошибаться. Яна могла носить и другие джинсы, все, что угодно.

— Ого! — глаза девушки задорно сверкнули. — Впервые в жизни вижу молодого мужчину, который на взгляд может определить фирму джинсов. Это высоко. Вы что, специалист?

Антон сделал усилие над собой и залился краской. Он долго этому учился и теперь мог изображать смущение в любой необходимый момент.

— Никакой я не специалист, — он понизил голос почти до шепота и наклонился к девушке еще ближе. — У нее такие бедра... просто взгляд не оторвать. Я к ним как глазами прилип, так и увидел эмблему на заднем кармашке.

— Все понятно. Это Лариса Скляр. Сейчас я посмотрю, по каким дням она бывает.

— Зачем?

— Ну как же, вы же познакомиться хотите. Я вам скажу, когда она бывает у нас, вы придете, оплатите разовое посещение, найдете ее в зале и познакомитесь.

А девица-то не промах! Видно, знакомство с красивыми обеспеченными клиентами клуба — дело более чем обычное. Во всяком случае, выяснить имя и прочие данные того, кто тебе приглянулся, не составляет никакого труда.

Она пощелкала клавишами и посмотрела на монитор компьютера.

— Лариса Скляр приобрела абонемент на три месяца, до конца февраля. Ее время — вторник и пятница с 17 часов.

Антон вышел на улицу вполне удовлетворенный. Значит, никакая она не Яна Орлова, а вовсе даже Лариса Скляр. Придется ехать в контору, без этого не обойтись. Хорошо бы иметь адрес этой Ларисы-Яны, а еще лучше — ее паспортные данные. Но это уж как повезет. Сегодня — понедельник, завтра — вторник, Лариса-Яна (если это вообще она и никто нигде не ошибся) придет в клуб, и появится возможность ее сфотографировать, чтобы предъявить снимок Наталье Аверкиной. Детектив Гаврин мог говорить совсем о другой подруге покойной Кати. Мало ли подружек у молодых девушек? А то, что и он, и Наталья упоминали белую меховую куртку, еще ни о чем не говорит, достаточно пару раз зайти в магазины одежды, чтобы убедиться, что и белый цвет имеет разные оттенки, и мехов огромный выбор, а уж про модели и фасоны и говорить нечего.

Виталий Кирган стоял в пробке и чертыхался: ведь он специально ездит в тюрьму только по утрам, пока «допросные» свободны и пока нет пробок, так надо же — попал все-таки в затор, хотя его тут в такое раннее время сроду не бывало. Машины стояли намертво, и Виталий, пользуясь временем, открыл портфель, достал фотографию Яны Орловой, которая оказалась Ларисой Скляр, и снова принялся рассматривать. Впрочем, еще ничего не известно, возможно, частный детектив Алексей Гаврин или солгал, или ошибся, а может быть, ошибся Антон Сташис, который разыскал в фитнес-клубе совершенно постороннюю девушку, не имеющую никакого отношения к убийству Кати Аверкиной. Антон выследил ее и тайком сфотографировал, чтобы можно было предъявить снимок Наташе Аверкиной и выяснить точно, Яна это или нет. Еще Антон сказал, что проследил за Яной-Ларисой, выяснил ее местожительство и собирается навести кое-какие справки в милиции, обслуживающей адрес. Квартира съемная, это ему удалось узнать легко, так что есть все основания полагать, что Яна — приезжая. Во всяком случае, начинать собирать сведения

Антон решил с миграционной службы. Посмотрим, чего ему удастся добиться.

А она ничего, симпатичная, даже хорошенькая. Антону удалось сделать очень хороший снимок, крупный план, анфас. То ли он мастер, каких поискать, то ли у него аппаратура хорошая. Киргану еще не приходилось видеть такое высокое качество фотографий, сделанных на улице в ходе наружного наблюдения, обычно они бывали намного хуже: то лицо слишком мелко, так, что узнать невозможно, то смазано, то человек вообще отвернулся. Интересно, что скажет Наташа, увидев этот снимок? Узнает она подружку своей сестры или заявит, что впервые видит эту девушку?

Из-за пробки он потерял почти сорок минут, и, когда приехал в СИЗО, все «допросные» оказались заняты. Кирган злобно выругался про себя и уселся на жесткий неудобный стул ожидать, пока какая-нибудь камера не освободится. Ждать пришлось почти полтора часа, потом ему сказали, что придется подождать еще, но уже в «допросной», потому что свободных людей нет и привести подследственную Аверкину пока некому. Ну, это дело обычное, Киргану не привыкать.

Наконец Наташу привели. Взглянув на фотографию, она сразу же подтвердила, что да, это та самая Яна Орлова, но при этом оставалась совершенно равнодушной, не выказывая ни удивления, ни надежды.

— Вы должны радоваться, мы же нашли подружку вашей сестры, — упрекнул ее Кирган. — Мы столько усилий приложили, чтобы ее найти, столько изобретательности проявили, а вы не радуетесь.

— А чему радоваться-то? — грустно спросила Наташа.

— Ну как же, Наташа! Для меня совершенно очевидно, что эта девушка для чего-то вас подставила, и теперь наша задача — выяснить, зачем она это сделала. Теперь все пойдет гораздо быстрее, и я могу вам обещать, что уже совсем скоро вы будете на свободе. Вам осталось потерпеть совсем немного. Ну же, Наталья, взбодритесь, возьмите себя в руки.

— Я не могу, — уныло прошептала Наташа. — Я уже ни во что не верю. Если такое могло со мной случиться, значит, в этом мире возможно вообще все, что угодно. Ни на логику, ни на здравый смысл, ни на справедливость рассчитывать не приходится.

— То есть вы хотите сказать, что я напрасно борюсь за ваше оправдание? — недовольно нахмурился Кирган. — Что вся моя работа лишена смысла и вам не нужна?

— Я вам очень благодарна за все, что вы делаете. Но не требуйте от меня невозможного. Я потеряла надежду, потеряла веру, и любовь, судя по всему, тоже потеряла. Мне ничего больше не нужно. У меня нет сестры, нет матери, нет любимого человека. Я совсем одна, пусть так и будет. Не имеет никакого значения, что со мной произойдет. Тюрьма — так тюрьма, срок — так срок. Пусть будет как будет.

Из СИЗО Виталий ехал в подавленном настроении. Впервые за все годы адвокатской практики он встретил подзащитного, которому не нужна его работа. Подзащитного, которому все равно, что с ним будет, которого не интересует, добьется успеха адвокат Виталий Кирган или нет.

«Ну и пусть, — с досадой думал он, выворачивая с Шоссейной улицы на улицу Полбина. — Мало ли, что она говорит, эта Аверкина. Пусть ей все равно, добьюсь я успеха в этом деле или нет. А вот мне, лично мне, не все равно. И я добьюсь, чего бы это ни стоило. Вот назло этой опустившейся, потерявшей надежду девчонке возьму и добьюсь».

К сожалению, отпуску пришел конец, но Антон честно все рассказал подполковнику Зарубину, потому что без его авторитетного «прикрытия» получить сведения о Ларисе Скляр было невозможно или крайне затруднительно. Это только в кино показывают, что можно просто так взять и узнать что угодно про кого угодно. На самом же деле для этого требуются либо хорошие личные связи, либо официально ведущаяся оперативная разработка. А никакой разработки в отношении Ларисы Скляр никто не вел.

Сергей Кузьмич Зарубин относился к Антону покровительственно, в положение вошел и помощь оказал. Поскольку Антон сумел не только сделать фотографию Ларисы, но и «проводил» ее до дома и выяснил адрес, поиск информации существенно облегчился. Начали с миграционной службы: Наташа, описывая подружку своей сестры, указала на ее «немосковский» говор, не очень явный, но все равно отчетливо слышный. Лариса действительно оказалась приезжей, хотя официально зарегистрирована она была вовсе не по тому адресу, куда «привела» Антона. Зато, получив ее паспортные данные, можно было узнать много интересного про Ларису Андреевну Скляр, 1985 года рождения, уроженку Пермской области.

Лариса судимостей не имела, но это, скорее всего, чистая случайность. Рождена она была вне брака, а когда девочке исполнилось пять лет, ее мать вышла замуж, после чего родила сначала сына, потом дочку. Муж матери Ларису удочерил, дал ей свое отчество и фамилию, относился к ней очень хорошо и изо всех сил старался наладить нормальные отношения в семье. Но всё было напрасно: Лариса люто ненавидела и приемного отца, и рожденных от него детей. Ей постоянно казалось, что младших любят больше, что покупают им все самое лучшее, а ей достаются крохи. Брата и сестру она начала истязать, когда мальчику было шесть, а девочке четыре, издевалась над ними, поколачивала, отнимала вкусности, запирала в подвале, ломала новые игрушки. Родители пытались справиться своими силами, и наказывали Ларису, и убеждали, и пугали милицией. Ничего не помогало, девочка озлоблялась еще больше, и пытки, устраиваемые малышам, становились все изощреннее. Тогда мать, потеряв всякую надежду, отправилась в школу, где училась Лариса, чтобы посоветоваться с педагогами, и, к своему ужасу, узнала, что ее дочь ведет себя агрессивно и жестоко не только дома.

— Мы вас не вызывали и ничего не сообщали, — говорила ей классная руководительница, — потому что ваш муж — уважаемый в городе человек, не хотелось его расстраивать.

С Ларисой попробовали совладать совместными усилиями семьи и школы, но результата никакого не добились. Видя реальную угрозу здоровью младших детей, родители обратились в милицию, и уже через два месяца четырнадцатилетнюю Ларису определили в специнтернат для несовершеннолетних, совершивших правонарушения. Но и там она постоянно давала волю кулакам и проявляла поистине изощренное коварство, издеваясь над теми, кто был младше или просто физически слабее.

После интерната Лариса Скляр начала работать, сперва уборщицей в магазине, потом доросла до фасовщицы на магазинном складе. Но жизнь в маленьком заштатном городке ее не устраивала, и она рванула в столицу. Брата и сестру она по-прежнему ненавидела, с родителями постоянно скандалила, и они без возражений отпустили ее в Москву, лишь бы от детей подальше. Муж матери, которого Лариса все годы категорически отказывалась именовать отцом, много работал, деньги в семье хоть и небольшие, но водились, и Ларисе пообещали высылать материальное вспомоществование каждый месяц. Этих денег хватало на то, чтобы снимать убогую квартирку за пределами Кольцевой автодороги и более или менее сносно питаться. Так и жила, во всяком случае, никаких данных о том, что она где-то работала, не было. Может, и подрабатывала, но каким-то «левым» способом, ничего не оформляя.

И вдруг она переезжает в однокомнатную квартиру возле Аэровокзала, покупает недешевые вещи, приобретает абонемент в дорогой фитнес-клуб. Знакомится с Катей Аверкиной, представляется вымышленным именем, врет ей, что работала в сети «Колесо». Это что? Это как понимать?

Антон Сташис посмотрел на дисплей мобильника, который за последние часы дважды известил о полученных сообщениях. Первое пришло в половине седьмого: «Ходили в зоомагазин смотрели черепашек здоровские». С ума сойти! Ни одной орфографической ошибки, только синтаксические. Неужели количество занятий с Элей перешло в качество и наметился прорыв? Второе сообщение поступило совсем недавно, несколько минут назад: «Я пишу проект мне нужно в инет Степка не дает айпад а сам играется и неспит». Похоже, он рано обрадовался, одна ошибка в правописании все-таки сделана. А с запятыми и точками совсем беда. Кстати, почему Вася жалуется, что Степка не спит? Который час? И куда Эля смотрит, если малышу пора в постель?

Он посмотрел на часы и вздохнул. Ну вот, начались трудовые будни, и снова он будет приходить домой, когда дети уже десятый сон видят. Конечно, еще не очень поздно, всего половина девятого, и Степка имеет полное право не спать: его укладывают после телевизионной вечерней сказки, а Васька жалуется, потому что ей нужен Интернет. Маленькая, вполне невинная детская хитрость. Но даже если он немедленно сядет в машину и помчится домой, бодрствующего сынишку ему застать не удастся. Да и Ваську, наверное, тоже. Так что для общения с детьми вечер все равно пропал.

Но можно использовать его как-то иначе. Например, связаться с Кирганом и передать ему данные на Ларису Скляр.

Надежда Игоревна Рыженко была у руководства на хорошем счету в частности и потому, что, во-первых, внимательно следила за процессуальными сроками и всё всегда делала вовремя, а во-вторых, крайне редко уголовные дела, передаваемые ею в суд, оказывались «разваленными». Собственно, прошлогоднее дело скинхедов было единственным, которое сторона обвинения бездарно проиграла именно благодаря промахам, допущенным следователем.

И как бы ни злилась она на адвоката Киргана, но не признать его правоту не могла: в протоколе осмотра места происшествия действительно отсутствовали подписи судебно-медицинского эксперта. Поэтому Надежда Игоревна, положив в папку протокол, отправилась в морг. Эксперта она знала давно, им приходилось сталкиваться, и Рыженко понимала, что если этот человек протокол не подписал, значит, во время осмотра трупа его что-то здорово достало. Наверное, следователь постаралась, совсем молодая девчонка, гонору выше головы, а вести себя со специалистами — участниками осмотра не умеет. Придется замаливать чужие грехи.

— Когда я была на вскрытии трупа Аверкиной, вы мне не сказали, что осматривали его на месте происшествия, — осторожно заметила она, убедившись, что эксперт находится в благодушном настроении.

— Не сказал, — кивнул он, усмехнувшись. — Но специально попросил отписать мне этот труп на вскрытие. Вы же понимаете почему.

— Следователь? Или криминалист? — спросила Рыженко. — С кем вы поляну не поделили?

— С девочкой. Уж больно нагла, не по годам. Хотел ее поучить жизни, думал, она на вскрытие приедет. Я же не знал, что дело вам передадут.

Надежда Игоревна пожала плечами. В конце концов, когда она приехала на вскрытие, он, увидев другого следователя, мог бы сказать ей, что не подписал протокол. Вредничал. Цену себе набивал. А она сама разве не то же самое делает по отношению к адвокату Киргану и его подзащитной? Так что нечего бочку катить на эксперта, все живые люди, у всех есть эмоции, личные обиды и амбиции.

— Она дежурила. Понятно, что убийство ей не отдадут, мала еще. Я протокол привезла. Подпишете?

— Для вас, милейшая Надежда Игоревна, все, что угодно, — расплылся в улыбке судебный медик. — Давайте ваши бумажки.

Она протянула ему папку с протоколом и спросила:

— А за рамками протокола можете мне что-нибудь сообщить?

Он не ответил, быстро пробегая глазами текст.

— Вот же коза! — воскликнул он. — И чему ее только учили?

— А что такое? — насторожилась следователь.

— Ну я же четко ей сказал: на суставе большого пальца правой руки кольцо желтого металла с камнем фиолетового цвета, повернутое камнем внутрь. А она что написала?

Рыженко не помнила в точности, что именно написано в протоколе, но что-то про кольцо было, это несомненно, и само кольцо лежало в пакете с вещами погибшей, она его своими глазами видела.

— Тут написано: на правой руке кольцо. Ни про большой палец, ни про то, что оно повернуто камнем внутрь, нет ни слова.

— Большой палец? — Рыженко озадаченно нахмурилась. — Это странно...

— Я вам больше скажу, — эксперт начал горячиться, — вы сами не обратили внимания во время вскрытия на то, что я говорил, и заключение потом не читали. Ведь не читали?

Он сердито уставился на следователя, которая и в самом деле в заключении судмедэксперта просмотрела только итоговую часть: причина смерти, наличие заболеваний, наличие в крови потерпевшей алкоголя, наркотиков или иных препаратов. Пришлось признаваться и каяться.

— Кольцо застряло на суставе, криминалист его с трудом стащил. На пальце есть посмертные повреждения, это когда криминалист кольцо стягивал, но есть и прижизненные, причем появившиеся незадолго до наступления смерти. Я все это и вслух проговаривал при вас, и в заключении отразил. Непонятно, для чего я вообще работаю, если вы все равно ничего не читаете!

— Извините, — мягко произнесла следователь, —

признаю свой промах. Но тогда получается, что Аверкина перед самым падением надела кольцо, которое ей мало, и... А более ранних царапин в этом месте не было?

Эксперт нашел в компьютере текст заключения и ткнул в него пальцем.

— Нет. Только те, что появились незадолго до наступления смерти, и посмертные, которые появились в результате усилий криминалиста по снятию кольца.

— То есть можно предположить, что Аверкина в тот момент впервые надела это кольцо? — уточнила Надежда Игоревна.

— Ну, милейшая, делать выводы — это ваша задача, я в это не лезу, — развел руками эксперт. — Впервые, не впервые надето кольцо — это выходит за рамки компетенции эксперта. Вот если бы это была девственная плева — тогда бы я точно сказал, впервые или не впервые...

«Старый пошляк, — подумала Надежда Игоревна. — Впрочем, почему старый? Он едва ли намного старше меня, а я себя как-то в старухи еще не записала». И продолжала, сделав вид, будто не слышала последних слов медика:

— Она его надела, попыталась снять, кольцо не проходило через сустав, девушка начала его крутить, чтобы... винтообразное движение... камень повернут внутрь... и в этот момент... Зачем она надела это кольцо, если оно ей мало? Примерить. Пришла сестра, показала новое кольцо, потерпевшая попросила примерить, так поступают почти все. Катя надевает кольцо на безымянный палец, оно ей велико и сваливается, тогда она пробует средний, потом указательный, смеется над сестрой, дескать, какие у той крупные руки и толстые пальцы, демонстрирует, что это кольцо не спадает только с ее большого пальца, подчеркивает собственное изящество. Сестра злится... не выдерживает... и сталкивает Катю с балкона. Так?

— Не знаю, не знаю, — в глазах у эксперта плясали черти. — Я только по медицинской части. Но исключительно из хорошего отношения к вам кое-что подскажу: в показаниях свидетелей есть сведения о том, как именно падало тело? Кто-нибудь видел само падение?

— Есть два свидетеля, — кивнула Рыженко.

— Вы их сами допрашивали или положились на протоколы тех допросов, которые провела ваша предшественница?

— Я их передопросила. Я, кажется, догадываюсь, о чем вы хотите спросить, — улыбнулась она. — Тело перевернулось на уровне между пятым и четвертым этажами. И второй раз — на уровне второго этажа.

— Вот именно! Это говорит о том, что падающему телу человека было придано дополнительное ускорение. А как это могло произойти? Скажу вам как, — хитро подмигнул он, — но только строго между нами. Я думаю, что убийца присел на корточки, подхватил потерпевшую под колени и резко дернул вверх. При той высоте балконных перил, которая там была, никак иначе столкнуть невысокую девушку невозможно. Вообще-то, этот вывод должны были делать вы сами; я уж так, по доброте душевной...

На обратном пути Надежда Игоревна мысленно представляла себе сестер Аверкиных, стоящих рядом на балконе. Катя крутит кольцо, морщится от досады и, вполне возможно, от боли, кольцо застряло на суставе, в это время Наталья приседает и хватает сестру за ноги под коленями... Нет, что-то не складывается. Очевидцы происшествия в один голос твердят, что видели, как Наташа столкнула Катю. Но если Наталья действительно присела на корточки, то ее в этот момент видно не было. Кто ошибается? Эксперт? Или очевидцы? Надо снова всех вызывать и допрашивать еще раз. Следователь Рыженко была достаточно опытной, чтобы понимать, как причудливы и непредсказуемы восприятие и память, как часто люди принимают кажущееся за действительное, как уверенно додумывают за других, сочиняют и клянутся, что это чистая правда.

Для поездки в морг она воспользовалась служебной машиной и, выходя из салона возле здания следственного комитета, увидела адвоката Киргана, который стоял у входа и разговаривал по телефону. Неужели опять к ней? Достал уже!

Рыженко поднялась на крыльцо, распахнула дверь, адвокат последовал за ней, все еще продолжая разговаривать. Она невольно прислушалась: Кирган давал кому-то консультацию по восстановлению пропущенного срока для заявления имущественных прав при расторжении брака. Надо же, юрист-многостаночник! Он не только за уголовные дела берется, но и гражданскими пробавляется. Впрочем, сегодня все юристы зарабатывают кто как может.

Адвокат закончил разговор только тогда, когда Надежда Игоревна уже вошла в кабинет, сняла шубу и повесила ее в шкаф, и с улыбкой извинился:

— Простите.

— Что у вас? — спросила следователь, открывая сейф, чтобы положить подписанный экспертом протокол в папку с материалами дела об убийстве Кати Аверкиной.

— У меня подруга потерпевшей, та самая Яна Орлова, о которой я вам столько раз говорил, но вы не хотели меня слушать.

Это было неправдой, следователь Рыженко услышала все, что сказал ей адвокат Кирган, и дала оперативникам задание во что бы то ни стало найти Орлову, только им это пока не удалось. Другое дело, что адвокату знать об этом совершенно не обязательно. Следователь обязан знакомить защитника только с тем, что касается непосредственно подзащитного, а подруга убитой — это совсем другая песня. И что же? Неужели адвокат ее нашел? Интересно, как?

— И что Орлова? — Надежда Игоревна старалась не выдать своей заинтересованности.

Кирган положил на стол перед ней пластиковый файл, в котором лежали фотография хорошенькой, модно одетой девушки и какие-то бумаги. Она вынула бумаги, пробежала глазами. Хорошо сделанные установочные данные. Сведения с прежнего места жительства, из Пермской области. Информация, полученная в миграционной службе, о регистрации в Московской области. Настоящие имя и фамилия, паспортные данные.

— Откуда у вас такое богатство? — Рыженко не скрывала своего скепсиса. — Она сама объявилась? И почему она пришла первым делом к вам, а не к следователю, ведущему дело? Господин адвокат, я вас предупреждала...

— Я работаю с частными детективами, — спокойно прервал ее Кирган. — Они очень постарались и нашли девушку.

— Вот даже как? — она слегка вздернула брови. — Напомните-ка мне, кто ваш доверитель. Если не ошибаюсь, не сама Аверкина.

Дел в производстве у следователя много, и разве может она упомнить, кто оплачивает услуги адвокатов, защищающих всех ее подследственных! Но к помощи частных детективов адвокаты прибегают не особо часто, все-таки это дорогое удовольствие, и далеко не каждый подследственный может себе позволить такие траты.

— У меня соглашение с господином Габитовым, Ленаром Ахатовичем.

— Ах, да, я вспомнила. Это сожитель Аверкиной. Ну и...

Надежда Игоревна быстро пролистала материалы дела. Все правильно, Ленар Габитов, уроженец Казани, год рождения... зарегистрирован... место работы — интернет-магазин, должность — курьер. Он должен зарабатывать около двадцати тысяч рублей в месяц, вряд ли больше. Этого не хватит не только на частных сыщиков, но и на адвоката, особенно на такого, как этот ненавистный Кирган.

— Ничего себе заработки у мальчиков, которые работают курьерами, — хмыкнула она. — Вы хотите меня уверить, что он способен оплачивать услуги адвоката и частных детективов? Не смешите, господин адвокат! Вы ведете какую-то хитрую игру, и мне это очень не нравится, имейте в виду.

— Я вас уверяю, Надежда Игоревна, все абсолютно прозрачно. — Кирган прижал руку к груди, словно клятву произносил. — Мальчик попросил денег у родителей. Не скажу, что все было просто, но он действительно любит Наталью Аверкину и готов ради нее на многое.

— В том числе на заведомо ложные показания, — с довольной улыбкой подхватила Рыженко. — Я понимаю. В этом пункте я с вами полностью согласна.

— Ну зачем вы так? — Казалось, адвокат был обескуражен ее последней репликой. — Я только хотел сказать, что, несмотря на все препоны и сложности, Ленар Габитов достал деньги, чтобы оплачивать мою работу и сбор информации, необходимой для оправдания его возлюбленной. Вы же не можете не знать, на что способна настоящая любовь.

Она посмотрела на Киргана и почувствовала внезапную ярость, охватившую ее. И этот человек, воспользовавшийся тем, что она потеряла любимого мужа, еще смеет что-то говорить о настоящей любви!

— Зато мне кажется, — дрожащим от злости голосом произнесла она, — что вы этого знать никак не можете.

Еще несколько минут она сидела неподвижно, уставившись взглядом в закрывшуюся за адвокатом дверь, потом встряхнула головой, сняла телефонную трубку и вызвала к себе оперативников, которые, в отличие от Киргана, Яну Орлову найти не сумели.

Роман Дзюба и Геннадий Колосенцев появились в ее кабинете ближе к окончанию рабочего дня. Рыженко передала им принесенные адвокатом материалы и насмешливо наблюдала, как на глазах меняются лица оперов. Конечно, кому такое понравится: какой-то адвокатишко сумел сделать то, чего не смогли профессиональные сыщики.

— Вот так, мальчики, — подвела она итог. — Адвокат навязал нам новую версию, придется ее проверять.

— Да бросьте вы, Надежда Игоревна, — пренебрежительно махнул рукой Гена Колосенцев. — С каких это пор вы начали прислушиваться к адвокатам? Они свои деньги отрабатывают, ну, это их проблема, а почему мы-то с вами должны эти проблемы решать?

Рыженко с неудовольствием посмотрела на оперативника. Никогда этот мальчик не искал лишней работы. У него всегда такой вид, словно его ждут неотложные и ужасно важные дела, а тут какие-то обвиняемые и подозреваемые требуют, чтобы он уделял им драгоценное время.

Ромчик Дзюба, наоборот, радостно подпрыгнул, услышав информацию, которую передал Кирган.

— О, здорово! Я тут подумал, Надежда Игоревна, что эта подружка может быть членом тайной секты.

— Чего-чего? — изумленно протянул Колосенцев. — Ты в своем уме, Рыжик?

— Погоди, Гена, — остановила его следователь, с трудом пряча улыбку. — Пусть Ромчик объяснит, что он имеет в виду.

Она знала эту чудесную особенность лейтенанта Дзюбы моментально придумывать самые невероятные истории, в которых причудливо сплетались уже установленные следствием факты и обстоятельства и добавлялись новые, им самим прямо на ходу изобретенные. Да, на первый взгляд то, что говорил Роман, казалось безумно нелепым, но Надежда Игоревна Рыженко хорошо знала цену свободной и не ограниченной рамками скуки и повседневности фантазии, без которой можно было бы раскрывать только самые банальные бытовые преступления. А дело Натальи Аверкиной после того, что рассказал адвокат Кирган, уже не выглядело банальным. Более того, оно выглядело устрашающе непонятным.

— Говори, Ромчик, не стесняйся, — подбодрила она молодого опера.

Дзюба вскочил и начал метаться по кабинету, бурно жестикулируя:

— Ну вот смотрите сами, — быстро заговорил он. — Одна сестра, Катя Аверкина, получает большое наследство. Тут же около нее нарисовалась некая Яна Орлова, которая, как потом выяснилось, назвалась фальшивым именем и на самом деле является... Как там, Надежда Игоревна?

— Ларисой Скляр, — подсказала Рыженко.

— Да, Ларисой Скляр. Уже одно это вызывает большие сомнения. Зачем придумывать себе другое имя, если все честно? Идем дальше. Всем нам известны случаи, когда секты начинают влиять на людей, имеющих большую собственность, чтобы убедить их отдать эту собственность в пользу братства или там кого еще. Вон сколько газеты про такое писали, и в Интернете я читал про подобные случаи. Скажете, нет?

— Не скажу, — кивнула Рыженко, — такие случаи хорошо известны.

— Ну так вот. Эта Скляр примазывается к Кате и начинает пытаться на нее влиять, с тем чтобы она все деньги отдала секте. А Катина сестра Наталья это дело просекла и начала ставить Ларисе палки в колеса и мешать влиять на Катю. Ей удалось прочистить Кате мозги, объяснить ей, что к чему, и Катя перестала поддаваться влиянию своей новой подружки. Вот тут подружка и решила разделаться с обеими сестрами. Одну убить, другую посадить.

— Но зачем? — Рыженко не без труда сохраняла серьезный вид. — Мотив-то где?

— Так месть же, Надежда Игоревна! — Дзюба на мгновение остановил свой бег по кабинету и вперил в следователя укоризненный взгляд пронзительно-голубых глаз. — Ну как же вы сами не понимаете! Такие секты потому и называются тоталитарными, что они не терпят и никому не прощают непослушания. Если кто идет поперек — сразу на цугундер. Поэтому и само убийство было таким демонстративным, средь бела дня, у всех на глазах. Это специально, чтобы все остальные знали: так будет с каждым, кто пойдет против братства.

— Ромчик, остынь, — снисходительно проговорил Колосенцев. — Тебе надо поменьше в Интернете сидеть, у тебя голова черт знает каким хламом забита. Вот не зря тебя в отделе Плюшкиным кличут, ты всякую дрянь к себе тащишь и копишь, складываешь, расстаться не можешь. Правда же, Надежда Игоревна?

Он посмотрел на Рыженко, ожидая поддержки, но следователь отвела глаза.

Она давно поняла, что Колосенцев хороший исполнитель, толковый, но ему скучно, он ждет, когда выйдет призывной возраст, и, как только минует угроза угодить на срочную службу, будет уходить из ментовки. Инициативу он ни в чем не проявляет, и вообще парень не креативный, без воображения, делает строго то, что сказано, ни миллиметром больше. Все время осекает Ромчика Дзюбу и высмеивает его фантазии и предложения. Гена, конечно, человек неплохой, грамотный к тому же, но нет в нем полета. А без полета разве можно работать? Тогда уж проще удавиться сразу. А вот рыжий Ромчик Дзюба — это настоящий Икар сыскного дела. Да, молодой, да, неопытный, да, у него пока еще мало что получается, но он пытается летать, а это уже очень много. Роман всю жизнь занимался спортом — готовился к профессии с детства. И с детства же специально тренировался запоминать предметы, их вид и расположение, и страшно гор-

дился тем, что в средней школе был непревзойден-
ным по этой части, на него ходили смотреть, а он
гордо выступал перед одноклассниками, демонстрируя чудеса запоминания за короткое время. Другие тоже пытались, но сравниться с ним даже близко никто не мог. Внешне накачанный, голубогла-
зый, рыжеволосый, с мягким добрым лицом, Дзюба
производил впечатление плюшевого увальня, и Рыженко знала, что коллеги, с подачи Колосенцева,
называют его Плюшкиным за страсть к накопи-
тельству ненужной информации и ненужных, на
их взгляд, знаний. Однажды Колосенцев сказал Роману, нимало не смущаясь присутствием следователя:

— Ты как щенок сенбернара — здоровенный,
мягкий, рыжий, все кусты тебе надо обнюхать, все
столбы обоссать.

Ее покоробили тогда эти слова, но она промолчала. Оперсостав — не ее епархия, и воспитывать
их — не ее работа, у оперов есть свои начальники.
Но выводы о Колосенцеве она сделала.

— Значит, так, мальчики, — строго заговорила
Надежда Игоревна, — ничего не обсуждаем. Я вам
даю задание отработать Ларису Скляр, вот и выпол-
няйте. Если кто со мной не согласен — это его пер-
сональная головная боль. Поставьте за ней ноги,
соберите информацию, в общем, просветите мне
ее с пяток до макушки. И обязательно выясните, не
видел ли ее кто-нибудь в день убийства возле дома,
где проживает Наталья Аверкина, и возле места
преступления. Вопросы есть?

— Что, и насчет секты тоже узнавать? — ехидно
осведомился Геннадий.

— Насчет всего узнавайте. И не забудьте биллинг номера Головкиной. Если действительно телефон Ларисе Скляр передал кто-то, кто хотел бы оставить их контакты в тайне, то с этим неизвестным она, скорее всего, тоже общалась при помощи телефона с этой же «симкой».

— Так она, может, на летающей тарелке к нам прибыла, — продолжал ерничать Колосенцев. — Про это тоже узнавать? К уфологам обратиться?

— Гена! Прекрати. — Рыженко сердито хлопнула ладонью по столу и заметила благодарный взгляд Дзюбы, брошенный в ее сторону.

— Ладно, понял, — буркнул Геннадий. — Вот вы Ромку защищаете, а потом наплачетесь, попомните мое слово.

Он встал и стал натягивать теплую куртку, небрежно брошенную на пустой стол, где всего час назад сидел адвокат Кирган. Дзюба замешкался, он никак не мог отыскать свой шарф, который в конечном итоге оказался засунутым в карман.

— Идите уже, — рассмеялась следователь.

Она с удивлением поняла, что от недавней ярости не осталось и следа. Да, адвокат Кирган ей категорически неприятен, но в его словах очень много убедительного, и как Рыженко ни сопротивлялась внутренне его доводам, будучи профессионалом, признавала, что он во многом прав. В конце концов, она сама заинтересована в том, чтобы дело потом в суде не развалили. Невиновный не должен сидеть. А судя по всему, Аверкина все-таки невиновна.

И с кольцом ерунда получилась... Надежда Игоревна видела в материалах дела вынесенное следователем прямо на место происшествия постановление о производстве дактилоскопической экспертизы кольца, изъятого с руки потерпевшей. И, конечно же, эта малограмотная девочка о медико-биологической экспертизе даже не подумала, просто отдала кольцо криминалисту, чтобы он передал в экспертно-криминалистический центр вместе с постановлением. Что она хотела получить? Зачем назначала эту экспертизу? В общем-то понятно: от дактилоскопии она ничего особенного не ожидала, а постановление вынесла просто на всякий случай, а то прокуратура потом претензиями замучит, дескать, раз изъяли — назначайте экспертизу. Ну обработали эксперты кольцо магнитным порошком, ну увидели, что пригодных для идентификации следов рук на нем нет, и собрали, как обычно, магнитный порошок назад в банку. А поскольку так делали неоднократно, то на этом порошке уже столько биологических следов других лиц собралось! И теперь все эти следы вместе с остатками порошка присутствуют на кольце, и поди выдели из этой каши следы именно тех людей, которые надевали кольцо на палец... Все испорчено с самого начала. Если предупреждения о сохранении биологических следов в постановлении нет, они гарантированно будут испорчены в ходе проведения дактилоскопической экспертизы. А ведь судебный медик говорил следователю, обращал ее внимание на неестественное положение кольца, вот бы ей в тот момент призадуматься, не имеет ли это отношения к картине преступления! Но не призадумалась. А следователю Рыженко теперь разгребать.

Вооружившись фотографиями Ларисы Скляр, Роман Дзюба и Геннадий Колосенцев приступили к опросу людей, проживающих в том же доме, что и подследственная Наталья Аверкина.

— Вот было бы хорошо, если бы оказалось, что на доме есть камеры наружного наблюдения, — ерзал на сиденье машины Роман. — Мы бы сразу ее вычислили, эту Ларису.

— И не мечтай, — усмехнулся сидевший за рулем Колосенцев. — Такая везуха редко бывает. Ты поменьше телик смотри, там тебе еще не такое покажут. На крупных торговых центрах или на ювелирных магазинах камеры, конечно, есть, это без вопросов, а на жилых домах — наищешься. На доме Екатерины Аверкиной камер нет, и на этом доме они вряд ли висят.

Слова Геннадия оказались пророческими: никаких камер видеонаблюдения на доме Натальи Аверкиной не оказалось. И сыщики пошли по квартирам, показывая фотографию Ларисы Скляр и задавая один и тот же вопрос: не видел ли кто-нибудь эту девушку вблизи дома?

Они приготовились к длительной и кропотливой рутинной работе, но уже через полтора часа им повезло.

— Я видел эту девушку, — сказал серьезный мужчина лет пятидесяти с небольшим, — это совершенно точно. Мы вместе поднимались в лифте. Только она была по-другому одета. Здесь она такая нарядная, яркая, а в тот раз была одета как-то неприметно. Но это, несомненно, она.

— Не припомните, когда это было? — возбужденно спросил Роман.

— Да уж порядочно времени прошло, — мужчина задумался. — Кажется, еще до Нового года... Или сразу после него... Вспомнил: на следующий день у нас весь дом гудел, потому что накануне вечером, уже ближе к ночи, поймали каких-то преступников и у них в квартире делали обыск! Вы ведь можете узнать там, у себя, какого числа это было, правда?

— Правда, — согласился Геннадий. — Спасибо вам большое. Не возражаете, если вас следователь вызовет?

— Приду непременно, — очень серьезно ответил потенциальный свидетель.

И оперативники ни минуты не сомневались в том, что он действительно придет.

— Всё, — радостно говорил Геннадий по пути от подъезда к машине, — теперь можно ехать к дому Екатерины. Нам сегодня пруха, есть все шансы пораньше отстреляться и разбежаться.

— Ген, наверное, надо будет вернуться сюда еще раз вечером, когда люди с работы придут, — осторожно проговорил Роман.

— Зачем? — не понял Колосенцев.

— Ну, а вдруг кто-нибудь еще видел Ларису и сможет ее опознать?

— И что? Тебе мало одного свидетеля? Он согласился прийти завтра к следователю и все рассказать под протокол. Чего тебе еще надо?

— А вдруг он не приедет? Что тогда?

— Почему это он не приедет? Он обещал. Такие, как он, всегда приходят, он мужик надежный, это сразу видно, можешь мне поверить, — заверил напарника Геннадий.

Мысль о продолжении работы вечером его совсем не грела, он, как и многие оперативники, собирался отчитаться о выполненном задании только завтра, изобразив, что свидетелей искали до глубокой ночи. Если им повезет и удастся найти такого же крепкого свидетеля среди жильцов дома Кати Аверкиной, то можно будет вообще забить на все и валить по своим делам, а в девять вечера сесть за игру. Если же пойти на поводу у неугомонного рыжего Ромчика, то придется возвращаться сюда часам к восьми вечера, и тогда уже ни о каком начале игры в девять и речи быть не может.

— А если он умрет сегодня вечером или ночью? — настырно продолжал Дзюба, доводя Геннадия до бешенства. — Или поедет завтра к Надежде Игоревне и попадет под машину? Тогда как? Нет, Ген, одного свидетеля мало, надо еще поискать. У нас семнадцать квартир осталось, где нам дверь никто не открыл, это же сколько возможностей! Давай вернемся вечером.

Колосенцев резко остановился и взялся одной рукой за длинный теплый шарф, торчащий из-под воротника куртки Романа.

— Слушай, уймись уже, я тебя умоляю! У нас с тобой есть четкая ориентирующая информация о том, что Лариса Скляр здесь была в день убийства Аверкиной. Этого достаточно. Нас Надежда за этим посылала? За этим. Мы выполнили? Выполнили. И все. Разговор окончен. Нам еще второй адрес отрабатывать надо, времени и так не хватает.

Они сели в машину. Дзюба полминуты обиженно сопел, но когда заговорил снова, голос у него был дружелюбным и веселым, как обычно.

— Ген, притормози у магазина, я пожрать куплю, — попросил он.

Колосенцев демонстративно закатил глаза.

— Господи, когда же ты насытишься?! Сколько в тебя влезает?

— Много. Ген, я же не виноват, что мне все время есть хочется. У меня природа такая.

— У тебя же утром была куча бутербродов и пирогов, я сам видел, когда ты меня угостить пытался. Где все это богатство?

— Так я съел уже... — растерянно ответил Роман, который, казалось, и сам забыл о том, сколько еды у него было в начале рабочего дня, а теперь вот вспомнил и страшно удивился: куда же это она вся подевалась?

Колосенцев остановил машину возле кафе-кондитерской.

— Подойдет? — спросил он с усмешкой. — Или ты по сладкому не очень?

— Да мне все равно, лишь бы калории. Они у меня почему-то очень быстро сгорают. Мама говорит, что я слишком много тренируюсь в зале, поэтому такой аппетит.

— А что еще мама говорит?

— Что я продолжаю расти, поэтому мне надо много кушать, — рассмеялся Дзюба, который был парнем покладистым и необидчивым. — Тебе взять что-нибудь?

— Да нет уж, уволь, расти сам, я как-то уже подрос, мне больше не надо. Иди, я посплю пока.

Дзюба еще не успел захлопнуть за собой дверцу машины, а Колосенцев уже спал. Он постоянно хотел спать, так же как Ромчик постоянно хотел есть. Игра длилась обычно до середины ночи, и Геннадий Колосенцев хронически не высыпался. Зато он обладал полезной способностью засыпать мгновенно и в любом положении.

Они приехали к дому, где жила и была убита Катя Аверкина, и снова начали звонить во все квартиры подряд и показывать фотографию Ларисы. На этот раз удача решила оперов не баловать, и на поиски свидетеля у них ушло довольно много времени. Но все равно они его нашли: одна молодая женщина вспомнила, что в день смерти Кати она видела девушку, изображенную на фотографии, идущей от дома в сторону метро.

— Вы уверены, что видели именно ее? — настороженно уточнил Колосенцев.

— Да, конечно, — уверенно кивнула женщина, — я не могла ошибиться. Это ведь подруга той девушки, которая погибла? Я их часто видела вместе.

— Как она была одета?

Женщина задумалась, вспоминая.

— Вы знаете, я хорошо помню, что в тот раз удивилась: она была одета очень просто, какая-то темная куртка, явно дешевая, какие-то штаны... Я даже сейчас не восстановлю в памяти, какие именно. Что-то очень неброское. И сумка через плечо, большая спортивная сумка. А до этого я ее видела всегда в броской модной одежде.

— А вы кому-нибудь об этом говорили? — спросил Дзюба. — Следователю или, может, участковому? Вы же знали, что Катя погибла, а вы видели ее подругу как раз тогда, когда девушку сбросили с балкона.

— Ну и какая связь? — пожала плечами свидетельница. — И вообще, молодой человек, все было не так, как вы себе представляете. Катя упала с балкона, выходящего во двор, а двери подъездов у нас выходят на улицу. Я в это время уходила на работу и о смерти Кати ничего не знала, потому что с улицы не видно и не слышно, что происходит во дворе, понимаете? Я вышла из дома, из соседнего подъезда вышла эта девушка с фотографии, я направилась на остановку автобуса, а она пошла в сторону метро. Была суббота, после работы я, не возвращаясь домой, уехала на дачу к друзьям кататься на лыжах, вернулась в понедельник, и никакие следователи и участковые ко мне не приходили и ни о чем не спрашивали. О том, что Катя упала с балкона, я узнала только вечером в понедельник, когда пришла с работы домой.

Эта женщина к перспективе быть допрошенной следователем отнеслась вовсе не благодушно.

— У меня совсем нет времени, чтобы ездить к вашим следователям, — сердито сказала она. — Если кому-то очень нужно, пусть приезжают ко мне домой, но меня трудно застать. Вам сегодня просто повезло, я совершенно случайно оказалась в это время дома, обычно я здесь только ночую, да и то не каждый день.

Ничего, подумал Колосенцев, она просто не

знает, с кем связывается. У Надежды не забалуешь. Впрочем, его мало волновал вопрос о том, как следователь будет вызывать на допрос строптивую свидетельницу, его дело — найти человека, он и нашел, а уж как там дальше — не его вопрос.

— Смотри, что получается, — говорил ему тем временем неугомонный Дзюба, — входящей в дом видели Наташу, а выходящей Ларису-Яну. Как выходила Наташа, никто не видел.

— Ясное дело, Лариса пришла одетая, как Наташа, в парике и в темных очках, убила Аверкину, сменила одежду и обувь, сняла парик и очки и спокойно вышла. Одежда была у нее с собой в большой спортивной сумке, — лениво протянул Геннадий. — Потом поехала к Наташе, вскрыла квартиру, подбросила деньги. Все вроде сходится. Только с очками непонятно. Все-таки зима, а она в солнцезащитных очках. Неужели не боялась, что всем эта странность в глаза бросится?

— Ген, ты только не смейся, но я проверил, какая была погода в день убийства, — робко проговорил Роман. — В течение нескольких дней было ясно и солнечно, а поскольку нападало много снега, все поголовно ходили в очках: очень глаза слепило.

Колосенцев в изумлении уставился на коллегу, потом покачал головой.

— Ну ты даешь, Ромчик! Ты зачем погодой-то интересовался? С какого перепугу?

— Я просто подумал... Ну, мне в голову насчет очков пришло еще тогда, когда Надежда Игоревна про покупку второго комплекта одежды нам рассказывала, но это было уже спустя много времени после преступления, я сам-то не помнил, какая в тот день была погода, вот и... А что, не надо было?

Надо было, не надо было... Да какая разница! Неприятно только, что этот пацан сопливый, только-только Университет МВД окончивший, думает быстрее него, Колосенцева, который в отделе считается лучшим опером и которого начальник определил в наставники молодому неопытному Плюшкину.

На вопрос Дзюбы Геннадий не ответил, молча открыл машину и сел за руль. Роман устроился рядом, он словно не замечал, как помрачнел его товарищ.

— Ген, а как, по-твоему, частные детективы Ларису установили? Чего они такое умеют, чего мы с тобой не можем?

— Мы с тобой можем всё, — коротко отрезал Колосенцев. — Не забивай себе голову.

— Но они же ее нашли, а мы с тобой — нет, — зудел Роман. — Почему так вышло?

— Потому что. Вышло и вышло. Кому-то везет, вот как нам с тобой сегодня, а кому-то нет. Им просто повезло. И не парься, — резюмировал Геннадий, который больше всего на свете хотел избавиться от зануды Ромчика, приехать домой и завалиться на диван: до начала игры еще есть время, и можно поспать. Только надо этот рыжего придурка как-то так ловко наладить, чтобы он не вздумал ехать на службу и всем рассказывать, что они задание выполнили. Выполнять свое задание они будут аж до полуночи, раньше не управятся.

— Стало быть, ты и есть тот частный детектив, который Ларису вычислил? — спросил Геннадий Колосенцев, с интересом разглядывая Антона Сташиса.

— Ну, я не один был, — уклончиво ответил Антон, которому совсем не хотелось рассказывать про Маргариту Михайловну и Бориса Леонидовича и их участие в поисках Ларисы Скляр. С Геннадием он пару раз сталкивался раньше, а вот его рыжего мускулистого напарника видел впервые, потому и проявлял вполне понятную осторожность.

Выяснить, кто из оперативников работает по делу об убийстве Екатерины Аверкиной, никакого труда не составило. Антон позвонил Колосенцеву, представился и назначил встречу, предупредив Геннадия, что об их контакте до поры до времени никому рассказывать не нужно, ни руководству, ни следователю.

Встречались они на квартире, хозяевами которой была пожилая супружеская пара, оба — пенсионеры, бывшие сотрудники МВД, хорошо знавшие Антона и позволявшие ему использовать одну из комнат для таких встреч, которые лучше не афишировать.

Антон не стал темнить и добросовестно поведал обо всем, что знал. По мере того как он рассказывал, рыжий качок по имени Роман все больше оживлялся, а вот рано поседевший красавец Колосенцев мрачнел прямо на глазах.

— Я понял, — сказал Геннадий, когда Антон закончил. — Похоже, вляпались мы... Ладно, теперь самое главное, чтобы про тебя никто не узнал.

— А почему? — В голубых глазах рыжего Романа плескалось искреннее недоумение. — Почему нельзя сказать, что Антон нам помогает? Зачем такие секреты разводить? Надежда Игоревна умная, она все понимает, она возражать не будет.

— Да понимал бы ты что-нибудь! — с досадой воскликнул Колосенцев. — Есть порядок, есть служба, и никакой самодеятельности эти понятия не терпят. Никто не должен знать, что опер с Петровки Антон Сташис подключен к этому делу, заруби это на своем любопытном носу.

— А если... — начал было Роман, но Геннадий тут же перебил его:

— А вот если Антон нароет что-то важное для нас, то будет считаться, что это мы с тобой нарыли, понял, недоумок?

— А как же...

Он снова не успел договорить, потому что Колосенцев читал его мысли, словно открытую книгу. Молодец Генка, подумал Антон, только почему он так грубо разговаривает с пареньком? Никто ведь не рождается опытным профессионалом, все когда-то начинают, все учатся, задают вопросы, не понимают, ошибаются, и сам Колосенцев наверняка был таким же.

— А так же, — ехидно протянул Геннадий. — Заработаешь себе славу лучшего агентуриста округа, а то и всей Москвы, — и хлопнул Дзюбу по налитому плечу, обтянутому толстым свитером.

— Почему? — не понял тот.

— Молодой ты еще, — притворно вздохнул Геннадий. — Элементарных вещей не понимаешь. Ты как собираешься следаку представлять информацию, которую для нас нароет Антон? Придешь и скажешь: «А вот Антон Сташис с Петровки мне сказал»? Нет, Рыжик, тебе придется бумагу строчить о том, что ты встречался с источником, и источник тебе поведал, что случайно познакомился с неким господином, который, оказывается, знаком с Ларисой Скляр и рассказывал о ней то-то и то-то. Представляешь, сколько агентурных сообщений ты накропаешь с подачи Антона? Вот так, Ромчик. Учись, пока есть у кого.

— Получается, врать придется? — Дзюба огорчился и даже не пытался это скрыть. — Это же натуральная подделка документов. Разве это правильно?

Антон улыбнулся. Нравится ему этот парнишка своей непосредственностью и открытостью. Наверное, эти качества не особенно хороши для сыщика, но зато им нет цены в обычных человеческих отношениях. С самого начала встречи он внимательно наблюдал за обоими оперативниками. Мнение о Геннадии Колосенцеве у него уже было составлено во время первого знакомства, и мнение это никаких изменений не претерпело. Все жесты, мимика, выражение лица и позы не просто говорили — кричали об одном: оставьте меня в покое, дайте мне быстро выполнить поручение следователя и отвалить, в моей жизни есть вещи куда более интересные и важные, чем раскрытие каких-то там преступлений. Интересно, что это за нужные и важные дела, которые так манят Геннадия? Надо будет при случае спросить у Дзюбы. А вот Роман никакого второго дна не имеет, он что думает, то и говорит, что чувствует, то и демонстрирует, ничего не скрывая и не пытаясь выдавать одно за другое. Через десять минут после начала встречи Антон перестал следить за внешними проявлениями рыжеволосого оперативника и только слушал то, что он говорил. Для чего наблюдать, если и без того все видно и слышно?

— Ну, Ромчик, как теперь выглядит твоя теория с сектой? — поддел Дзюбу Геннадий. — Не укладываются в нее другие наследники, верно? Что ты теперь придумаешь?

— Почему это не укладываются? — возмутился Роман. — Очень даже все складно получается. Секта подбирается ко всем наследникам, деньги-то немалые. В случае с сестрами Аверкиными дело дошло до убийства, потому что Катя вышла из подчинения. А во всех других случаях все идет хорошо, поэтому больше трупов нет.

— Ромчик, ты так увлекаешься своими глупостями, что не замечаешь очевидного, — Геннадий укоризненно покачал головой. — В эту схему не вписывается частный детектив, который следил за Катей Аверкиной и продолжает следить за Анатолием Тишуниным и братьями Щелкуновыми. Он-то тут с какого боку?

— Так его секта наняла, — не сдавался Дзюба. — Секта наняла детектива наблюдать, а если что не так идет, то уже посылают исполнителя.

Геннадий расхохотался громко и самозабвенно.

— Ромчик, тебя только в цирке показывать. На тебя всегда будет аншлаг.

Антон в их перепалку не вмешивался. Он внимательно наблюдал, слушал и думал о Ларисе Скляр, с которой собирался в самое ближайшее время познакомиться.

Видимо, новым своим номером Лариса Скляр пользовалась не особенно активно, потому что в списке абонентов, с которыми контактировала «Евгения Головкина», она же Яна Орлова, кроме номера Кати Аверкиной, числился только еще один, зарегистрированный на Жмурова Леонида Алексеевича. Получив в компании сотовой связи адрес и паспортные данные Жмурова, Дзюба и Колосенцев отправились его искать. Это оказалось делом не в пример более легким, нежели поиски Евгении Головкиной: Леонид Алексеевич был пенсионером, сильно пьющим и не удаляющимся слишком далеко от места проживания. Он и не собирался скрывать, что сим-карту купил «для какого-то мужика».

— Он заплатил денег и попросил кого-нибудь нанять для покупки карты, тоже за деньги, но я делиться не захотел и купил сам, а ему сказал, что все сделал, как он велел, — охотно рассказывал Жмуров, чрезвычайно, по-видимому, довольный своей ловкостью.

— А он не проверил? — усомнился Колосенцев.

— Интересное кино! — презрительно фыркнул Жмуров. — Как это он проверит? Ну, спросил, конечно, кого я наладил карту покупать, я и соврал чего-то, что первое в голову пришло. Не пойдет же он искать и выяснять, не того полета птица.

— А какого? — живо поинтересовался Роман Дзюба. — Что он был за мужик?

— Да хрен его знает, — Жмуров неопределенно мотнул головой, — мужик и мужик, обыкновенный.

— А вы говорите, что он не того полета птица, — возразил Геннадий. — Вы что имели в виду? Может, он одет дорого? Или машина хорошая? Или что?

— Ну, это я не разбираюсь насчет одежды, дорогая она или какая. И машины его я не видал, врать не стану. А только повадка у него такая... важная. Самоуверенная, вот.

— Сколько ему лет примерно?

— Около сорока.

— Рост? Лицо? Прическа? Особые приметы? — наседал Колосенцев.

— Да я не всматривался, мне не нужно, главное, что он заплатил сразу половину суммы, — пожал плечами Леонид Алексеевич Жмуров. — Особых примет я не заметил.

— Может, усы? Очки?

— Не, усов точно не было. А очки вроде были.

— Так вроде или были? — не отставали оперативники.

— Не, на морде у него очков точно не было, а вот когда я «симку» принес вместе с конвертом, он из кармана достал очки и вот так, — Жмуров поднял руку и остановил ее где-то на полпути к глазам, — не надевая на нос, посмотрел, чего там написано. Потом очки спрятал.

— Очки были в очечнике или без?

Жмуров на секунду задумался, вероятно, пытаясь представить себе, что такое очечник, потом кивнул:

— Он какую-то маленькую коробочку достал, овальную такую, вынул очки и разложил их, типа складные.

— На чем он приехал? На машине?

— Не, я же сказал, машину я не видел.

— Может быть, он сам говорил, что приехал, скажем, на метро или на автобусе, не помните?

— Да не говорил он мне ничего! — Жмуров внезапно рассердился.

— Как он был одет?

— Обыкновенно, куртка длинная, без шапки. Все, пацаны, не помню больше ничего, у меня голова болит.

Жмурову срочно требовалось выпить, он начал нервничать и злиться, и оперативники оставили его в покое. Все равно больше из него ничего не вытрясешь.

Они на всякий случай предупредили пенсионера о том, что его может вызвать следователь для допроса. Ни малейшего восторга это сообщение у Жмурова не вызвало, он, казалось, разозлился еще больше и поспешил ретироваться.

— Ты смотри, какая завышенная самооценка у этого таинственного кренделя, — задумчиво проговорил Роман Дзюба, когда оперативники сели в машину.

— Чего-чего? — прищурился Колосенцев. — Чего у него с самооценкой?

— Она завышенная. Вот смотри, он поручил Жмурову нанять человека, который купил бы ему сим-карту, а Жмуров его обманул. Причем обманул в легкую, наш крендель даже не попытался его проверить и проконтролировать.

— И чего?

— А того, что он, видать, считает себя самым умным и главным и уверен, что никто не посмеет его обмануть и не выполнить его указания. Это и называется завышенной самооценкой.

— А ты-то откуда это знаешь? — ехидно поддел Романа Колосенцев.

— Так я научную работу на эту тему писал по кафедре психологии, — простодушно признался Дзюба.

— Погоди-ка, ты же говорил вроде, что ты по кафедре криминалистики писал и по ОРД. А теперь еще психология нарисовалась.

— Да ты что, Ген, я почти на всех кафедрах в научные кружки ходил и работы писал на конкурс. Только по тактико-специальной подготовке не писал и еще по иностранному языку. А на всех остальных я активно занимался.

— Ну и на фига тебе это надо было? — В голосе Геннадия звучало неприкрытое пренебрежение.

— Так интересно же!

— Да иди ты! — расхохотался Колосенцев. — Интересно ему! Чего там может быть интересного? Я сам там учился, так что ты мне не втирай про интерес. Нет, Ромчик, ты все-таки какой-то недоделанный. Нормальный слушак живет совсем иначе.

— Но ты послушай меня, Гена! Этот крендель совершенно точно большой начальник, раз он так привык, что его все слушаются. Понимаешь? У него такая модель поведения. Даже этот алкаш Жмуров — и тот заметил, что он не «того полета птица».

— Еще раз вякнешь какую-нибудь заумь — я тебя забаню на хрен, — не на шутку рассердился Геннадий. — Ну что ты фантазируешь на пустом месте? Какой большой начальник станет связываться с наркоманкой Головкиной и алкашом Жмуровым, чтобы добыть «симку»? Сам подумай своей рыжей головой. Других способов нет, что ли, чтобы руки не марать?

— И все-таки он начальник. Или долгое время им был, — упрямился Дзюба. — И очки у него дорогие.

— С чего ты это взял? — удивился Колосенцев.

— Так Жмуров же сказал, что они складные. Насколько я знаю, складные очки в овальных футлярах делают только очень дорогие фирмы. Это не каждому по карману.

— Насколько он знает! — фыркнул Колосенцев. — Да что ты вообще можешь знать, Ромчик? Ты дитя еще, только-только учебу закончил, чего ты понимаешь-то? В очках он разбирается! Видали? Ты вообще очки когда-нибудь вблизи видел, специалист-оптик? Ладно, заканчивай свои беспочвенные фантазии. Делать ни хрена не умеешь, а всякую пургу гонишь.

— Почему пургу-то? — обиделся Роман. — Честно говоря, про очки я действительно не совсем уверен. Но я сегодня вечером посмотрю в Интернете и завтра тебе точно скажу, сколько они стоят. Или давай я тебе вечером сегодня позвоню и все скажу.

— Ага, спасибо! Всю жизнь мечтал, чтобы ты

мне по вечерам мозг выносил всякой хренью. Не вздумай даже номер мой набрать. У меня сегодня игра, сегодня наш самый лучший ломоганщик в клане будет играть; он часто в командировки ездит, и поймать игру с его участием — большая удача.

Вещей в шкафу было не так уж много. Антон раскрыл дверцы и стал внимательно оглядывать свой гардероб. У него есть все, что нужно для работы и жизни, но... Не для похода в дорогой фитнес-клуб и не для знакомства с такой девицей, как Лариса Скляр. Судя по всему, она выбрала клуб «Три ноля» не потому, что собирается наилучшим образом сформировать фигурку, а исключительно потому, что именно в таких клубах можно подцепить денежных мужичков, которые, естественно, в клубы попроще просто не ходят. Для Ларисы нужно выглядеть, причем так, чтобы она все поняла, а это задача не из простых, если учесть, что деньги у девушки появились сравнительно недавно и разбираться в вещах она вряд ли успела научиться. Крайне маловероятно, чтобы она могла с одного взгляда отличить джемпер из первой линии последней коллекции, к примеру, «Валентино» или «Прада» от джемпера, купленного на вещевом рынке. Стало быть, предстать перед ее глазами следует в такой одежде, фирма-изготовитель которой сомнений не вызывает. А ничего подобного в шкафу Антона Сташиса и близко не было.

Он закрыл шкаф и оглядел в зеркале свою высокую худощавую фигуру. Да, на его рост не так-то просто что-нибудь найти у друзей-приятелей-коллег, они все пониже будут. Как же выходить из положения?

И вдруг он вспомнил Бориса Леонидовича. Ну конечно, он такой же высокий, у них, вероятно, один размер! И судя по тому, на какой машине он ездит, дорогая одежда у него должна найтись.

Мобильный Райнера не отвечал, и Антон набрал номер Маргариты Михайловны.

— У Бори встреча, — Антон не понял, отчего голос Марго был таким игривым, — но он освободится примерно через час. Я думаю, он сможет вам помочь, приезжайте.

Он вышел в прихожую и начал собираться. В глаза бросились яркие детские пуховички, побольше — Васин, поменьше — Степкин. Дети дома, ему удалось вернуться с работы в восемь вечера, ну куда его несет? Почему он уходит, вместо того чтобы побыть с сыном и дочкой? Зачем занимается этой непонятной Ларисой Скляр и, в конечном итоге, Галкиными проблемами, в которых она сама не хочет отдавать себе отчет?

— Вы уходите? — из комнаты появилась Эля. — Надолго? Мне оставаться ночевать или вы скоро вернетесь?

— Я вернусь часа через два, — пообещал Антон, — максимум — через три. А вы хотели уже уехать? Я вас задерживаю?

— Нет-нет, не беспокойтесь, все в порядке, мне спешить некуда, — улыбнулась няня. — Я вас дождусь и поеду.

Дорога до бульвара, где жили Марго и Борис, много времени не заняла, и уже через сорок минут

Антон Сташис снимал куртку в квартире Маргариты Михайловны.

— Вы хотите надеть на себя что-нибудь дорогое, я правильно поняла? — спросила она.

— Ну... в общем, да, — кивнул Антон.

— А знаете, что сказал на этот счет Конфуций? «Тот, кто стремится познать правильный путь, но стыдится плохой одежды и пищи, недостоин того, чтобы с ним вести беседу».

Ну вот, теперь еще и Конфуций... Впрочем, Антон всегда был открыт любому новому знанию.

— Вы не так меня поняли, Маргарита Михайловна. Мне нужно одеться не для себя, а для Ларисы. А Лариса, насколько я понимаю, еще не научилась разбираться в дорогих вещах, поэтому нужно, чтобы фирменные логотипы были хорошо видны. Например, если это «Богнер», то чтобы буква «В» во всю грудь, если «Армани» — то серебряная птичка, если «Берберри» — то чтобы узнаваемая клеточка. Иначе Лариса на меня не клюнет.

— А-а-а, — протянула Марго, — теперь я поняла, в чем суть. Боря скоро освободится, но, боюсь, таких предметов в его гардеробе вы не найдете.

— А как же быть? — огорчился Антон. — Я так рассчитывал на Бориса Леонидовича, среди моих знакомых он единственный имеет такой же рост и размер, как я. Мне больше не к кому обратиться.

Марго потянула его за руку и усадила за стол в гостиной.

— Вы кушать хотите? Ничего не говорите, я вижу, что хотите, сейчас я вас покормлю, и мы что-нибудь придумаем.

Есть Антону не хотелось, дома Эля накормила его ужином, но он был так уверен в правильности своего решения, что совершенно растерялся и не успел отказаться от угощения. Марго принесла большую тарелку, на которой красовались три сосиски и гречка. У Антона ком встал в горле: так кормила его в детстве мама, когда в магазинах было совсем пусто, а гречка и сосиски считались дефицитом и потому лакомством. Примерно так же готовила и Рита, пока была жива, а вот в последние два года он не видел дома ни сосисок, ни гречки в качестве гарнира: гречневую кашу Эля варила только для детей, а для него старалась изобрести что-нибудь изысканное, при этом питательное и вкусное.

Он вялым движением отрезал кусочек сосиски, ему казалось, что вставший в горле ком не даст ему проглотить пищу, но неожиданно выяснилось, что вкус знакомой с детства еды пробудил аппетит, и когда через десять минут от дверей послышался звучный баритон Бориса Леонидовича, Антон добирал ножом и вилкой уже последние крупинки. Он слышал, как Марго что-то быстро и негромко говорила своему соседу.

— О! — раздалось из прихожей. — У нас же есть Олежка! По-моему, он даже чуть выше меня, такая же дылда.

Марго и Борис вошли в комнату и сразу заговорили о том, что у них есть знакомый с примерно такой же фигурой и обширным модным гардеробом, и самое главное — чтобы он оказался в Москве, потому что работа у него связана с постоянными командировками, но у него прелестная жена, которая, безусловно, поможет, даже если Олежки сейчас нет...

У Антона голова моментально пошла кругом, из всего потока выдаваемых в два голоса слов он уловил только одно: есть некий человек, к которому можно обратиться. А это главное.

Борис тут же принялся названивать по телефону, а Марго отправилась заваривать чай.

— Все в порядке, — торжественно заявил Борис Леонидович, — Олежка подберет вам вещи и пришлет с водителем. Вы все примерите и выберете, что вам нужно.

— А когда? — спросил Антон.

Сегодня четверг, завтра пятница, Лариса должна появиться в клубе, и если он пропустит завтрашнюю возможность познакомиться с ней, то в следующий раз это можно будет сделать только во вторник. Время, время... Он засветился в клубе, его видели девушки на ресепшене, он озвучил свой интерес к Ларисе, и если он попытается познакомиться с ней в каком-нибудь другом месте, есть риск спалиться. Она поймет, что он за ней следил.

— Сейчас Олег вызовет водителя, пока тот доедет из гаража, он соберет сумку с вещами, плюс дорога от дома Олега до нас, — ответил Райнер. — Примерно полтора часа. Сможете подождать?

А куда деваться?

В кармане блямкнул телефон, Антон вытащил его и прочитал сообщение: «Эля сказала ты будишь позно иду спать». Нет, все-таки плохой он отец.

Ему казалось, что дома у Марго все произошло быстро и сумбурно, однако выяснилось, что его поняли абсолютно правильно, и когда прибыл водитель с огромной дорожной сумкой, набитой вещами, там нашлись не только джинсы, свитера, пиджаки и меховая куртка, но и перчатки, и шарф с характерной клеточкой фирмы «Берберри», и короткие зимние сапоги, и даже форма для занятий фитнесом, включая кроссовки. Сапоги, правда, оказались чуть великоваты, но это не страшно, главное — не малы.

Он купил разовый абонемент, переоделся и вошел в зал. Ларису Скляр Антон увидел почти сразу: девушка занималась на велотренажере, крутя ногами с весьма невысокой скоростью, которая не мешала пристально осматривать присутствующих здесь мужчин. В яркой маечке и таких же шортиках, с полоской на лбу, она выглядела очень привлекательно, и, насколько Антон сумел заметить, мужчины поглядывали на нее, не скрывая интереса. Однако ни один из них к Ларисе не подошел и познакомиться не попытался. Уже через четверть часа она оставила в покое тренажер и скрылась в раздевалке, хотя до конца оплаченного времени оставалось еще порядочно. Значит, Антон не ошибся, девушка ходит сюда не фигуру поддерживать, а знакомиться. А коль так, то ее, скорее всего, можно будет найти в баре.

Он выждал минут пять после ее ухода, не успев даже вспотеть на беговой дорожке, и тоже двинулся переодеваться.

Бар находился на первом этаже позади стойки

ресепшена. Лариса сидела за столиком одна, перед ней красовался бокал с соком противного зеленоватого цвета и креманка с фруктовым салатом. Ну конечно, вспомнил Антон, здесь же зона здоровья, одни сплошные витамины и ничего вредного. Интересно, из чего это зеленое пойло сделано? Небось, из сельдерея. Девушка была одета в джинсы и белоснежный свитер, вокруг шеи обмотан тот самый шарфик в «елочку». Антон после первого посещения клуба не поленился и посмотрел в Интернете цены на продукцию фирмы «Миссони». Все понятно, девушка ловит знакомства и для этого пытается демонстрировать благосостояние, иначе зачем ей сидеть в баре в шарфе? Здесь очень тепло. Значит, познакомиться с ней будет несложно.

Он подошел и непринужденно заговорил с ней. Лариса откликнулась охотно и тут же начала оценивающе рассматривать его одежду. Он все правильно рассчитал, все логотипы на виду, в глаза бросаются. На вопрос, можно ли присесть за ее столик, девушка ответила широкой улыбкой. Антон положил на стол мобильник в одолженном у Бориса Леонидовича футляре из кожи крокодила, с хорошо видимой и узнаваемой монограммой, и ключи от машины с дорогим брелоком в виде золотого ягуара — подарком Эли на Новый год. От него не укрылся жадный взгляд, который Лариса бросила на эти предметы.

— Чем я могу вас угостить? — спросил он.

Лариса попросила коктейль «Сарагоса». Интересно, из чего это сделано? Антон подошел к барной стойке, сделал заказ и быстро глянул на выставленный прайс-лист: «Сарагоса» был самым дорогим напитком здешнего репертуара. Н-да, не дура наша девочка, раскручивает клиента по полной программе.

Коктейль оказался совсем невкусным, слишком приторным, и Антон взял для себя еще бутылку воды без газа.

— Давно вы здесь занимаетесь? — поинтересовался он. — А то я в первый раз и пока не понял, как здесь.

— Ой, здесь, конечно, не самый лучший клуб, есть и покруче, — с готовностью ответила Лариса. — Но мне удобно, я в этом районе часто бываю по делам. Я собираюсь скоро машину покупать, тогда и в другой клуб переберусь. Старую тачку я продала, а новую все никак не куплю. Надо было, конечно, сначала новую купить, потом уже старую продавать, но я что-то не сообразила, думала, что просто пойду и куплю. А как пришла — так и поняла, что не могу выбрать. Никак не решу, какая лучше. Да и то, что нравится, не всегда есть, то цвет не устраивает, то комплектация. Вот и зависла. А пока я без машины, приходится заниматься здесь, чтобы лишние концы не делать и в метро не давиться. Терпеть не могу метро. Какие-то все грязные, вонючие, непромытые. И дышать нечем, одна гарь и пыль в нос лезет. Не посоветуешь, какую тачку лучше брать? У тебя самого какая?

Все это она выпалила на одном дыхании, без остановок, ни разу не сбившись. Антон понял, что текст был давно заготовлен и выучен наизусть. Никакой машины у Ларисы Андреевны Скляр отродясь не было.

Он небрежно назвал марку дорогой машины, принадлежащей Эле.

— Ой, класс! — восторженно воскликнула Лариса. — Сколько ты за нее отдал?

Антон эту машину не покупал, ее дала Эля, в распоряжении которой остался еще дорогущий внедорожник, на котором она ездила сама и возила его детей. Но не признаваться же в этом девушке Ларисе, когда нужно втереться к ней в доверие?

— Нескромный вопрос, — уклонился от ответа Антон. — А ты на какую сумму рассчитываешь? В зависимости от этого я тебе и совет дам.

— Да мне все равно, сколько она будет стоить, главное, чтобы мне понравилась и чтобы все было, как я хочу.

— А как ты хочешь? — поинтересовался Антон.

— «Порш Кайенн», беленький такой. И обязательно рисунок сделаю на капоте и на дверях. Настоящую аэрографию.

— Ничего себе запросы у тебя! — Антон сделал удивленное лицо.

Лариса самодовольно усмехнулась.

Звякнул лежащий на столе телефон: Антону пришла эсэмэска от Васи. Он достал телефон из футляра и стал читать. Лариса протянула руку, взяла футляр и довольно бесцеремонно принялась его рассматривать. «Чуть не нюхает, — подумал Антон, искоса поглядывая на широкую крупную кисть девушки с выступающими узловатыми суставами пальцев. — Еще бы на вкус попробовала». Особенно внимательно она изучала монограмму известной фирмы. Антон прочел сообщение и потянулся за футляром, оказавшимся в руках у Ларисы, которая явно не хотела его отдавать: у нее на лице было написано, какое наслаждение она испытывает, прикасаясь к дорогой вещице.

— Почем платил? — спросила она, с явной неохотой кладя футляр на стол.

«Почем платил»! Девушка живет в Москве и даже не пытается научиться говорить так, как здесь принято. Тоже черточка характера, надо ее не забыть.

— Детка, я не имею обыкновения запоминать, что сколько стоит, — снисходительно улыбнулся Антон. — И потом, я зачастую вообще не смотрю на цену.

Глаза Ларисы округлились.

— Как это?

— Я прихожу в магазин, выбираю все, что мне нужно, продавец относит это на кассу, и я плачу. Вот и все.

— Но ты же помнишь, сколько платишь?

— Я плачу кредитной картой и не всегда смотрю на чек. Просто подписываю его — и все. Да какая разница, сколько это стоит? Тоже такой хочешь? Могу сказать, где продается.

Лариса промолчала, но в ее взгляде явственно читалось: «Пока что я не могу себе это позволить, но ничего, скоро у меня все это будет. И даже больше». Она потянулась к лежащим на столе ключам от машины Антона и начала вертеть в руках брелок в виде прыгающего ягуара. Ягуар был золотым с изумрудными глазами. Когда Эля подарила его Антону на Новый год, тот даже брать не хотел, слишком дорогой подарок. Но Эля, как, впрочем, и всегда, сумела его убедить, как сумела в свое время уговорить ездить на принадлежащей ей дорогой машине. Вот и ягуар оказался полезным, сыграл свою роль.

— Золото? — спросила Лариса полным зависти голосом.

— Само собой, — небрежно бросил Антон.

— А глаза? Настоящие изумруды или стекло?

— Обижаешь, детка. Конечно, настоящие изумруды. Кто же стекло в золото вставляет, сама подумай.

Он видел, как Лариса судорожно сжимает в кулачке золотого ягуара, и понимал, что она смертельно жаждет обладания всеми внешними атрибутами успешности и состоятельности. У нее даже костяшки пальцев побелели — так сильно она сжимает в руке брелок.

— Ну так что, будем здесь сидеть или поедем?

— Куда? — в глазах Ларисы мелькнула и зажглась надежда. «Вот оно, — прочитал Антон на ее лице. — Вот тот самый принц на белом коне, который сейчас посадит меня в роскошную машину и повезет в дорогое красивое место. Он будет угощать меня шампанским и экзотическими фруктами, потом поведет в спальню, а потом все будет так, как я мечтала».

— Мне надо ехать по делам. Но если ты готова отсюда уйти, я могу тебя подвезти куда-нибудь. Далеко живешь?

— Напротив Аэровокзала, метро «Аэропорт», такая большая «сталинка», знаешь?

Вот же типичный пример мышления человека из маленького городка: он полагает, что в Москве все друг с другом знакомы и знают все адреса и дома! Впрочем, «сталинку» напротив аэровокзала Антон как раз знал, там находился магазин, в который они несколько раз заходили вместе с Ритой. Пока она была жива...

По дороге Антон дежурно поддерживал беседу, намекая на возможное развитие романтических отношений, и видел, что Ларисе это явно нравится. Она попросила остановить машину возле того самого дома «сталинской» постройки, до которого он ее недавно «провожал». Антон бывал в таких домах и знал, что даже однокомнатные квартиры там могут оказаться огромными, с высоченными потолками. Такие квартиры стоят очень недешево, да и абонемент в фитнес тоже не даром ей достался, это Антон специально сегодня выяснял. А цена за шапочку с шарфом? А норковый жакет? А джинсы? Совершенно очевидно, что не так давно у Ларисы Скляр появились деньги. Большие? Вряд ли, ведь машину-то она так и не купила. Но какие-то приличные, раз хватило на все прочие траты. О чем это говорит? По всей видимости, о том, что ей за что-то заплатили, но не всю сумму, только аванс. А вот когда она получит всю сумму, тогда и машину купит.

— Вот здесь я и живу. — В голосе Ларисы послышалось самодовольство.

Антон вышел из машины, задрал голову и посмотрел на ряды окон.

— Высоко живешь? На каком этаже?

— На шестом.

Ох, врет девка, не на шестом этаже у нее квартира, а на четвертом, это Антон уже успел выяснить. Почему она говорит неправду в таком простом вопросе? Зачем?

— Вид, наверное, хороший, — предположил он.

— Ну... так, ничего. Я в окно не особо смотрю, мне есть чем заняться.

На прощание Антон попросил у Ларисы номер телефона, который она с нескрываемым удовольствием продиктовала. Это был совсем не тот номер, который зарегистрирован на Евгению Головкину. Стало быть, Лариса пользуется двумя сим-картами, одной — для общения с неизвестным мужчиной, разъезжающим на «Лексусе», и второй — для контактов со всеми остальными людьми.

Лариса скрылась в подъезде, а Антон вернулся в машину, мысленно анализируя поведение девушки. Она — отъявленная лгунья. И если ее сказки про продажу старой машины и покупку новой можно вполне объяснить желанием выглядеть состоятельной и не стесненной в средствах, то ложь насчет этажа объяснению не поддается. А ведь пока они ехали в машине, Лариса упомянула о том, что у нее есть старшая сестра. Тоже ложь, потому что у нее никакой старшей сестры нет, а есть младшие брат и сестренка. Про сестру-то какой смысл придумывать? Впрочем, по привычке искать оправдания для всех Антон подумал, что, может быть, Лариса с детства мечтала о старшей сестре, насмотревшись кино или начитавшись книжек, вот и соврала, чтобы хотя бы в разговоре осуществить давнюю мечту.

И еще одно наблюдение сделал Антон Сташис: главная характеристика Ларисы Скляр — завидущие глаза и загребущие руки. Она старается все потрогать, при этом в глазах появляются жадность и жажда обладания. Если судить по материалам, которые удалось раздобыть Антону о ее поведении в детстве и юности, выходило, что ей всю жизнь казалось, будто у других всё лучше и всего больше, а ей недодали. Она не хочет видеть, что у многих людей ровно столько же, а то и меньше, ей всегда кажется, что ее обделили, что другие урвали себе лучший кусок, а ее незаслуженно оттеснили от кормушки. И это породило в ней лютую ненависть. Она ненавидела брата и сестру, теперь она ненавидит всех, кто живет и зарабатывает деньги в Москве, но при этом каждый ее жест, каждый взгляд, каждый звук ее голоса буквально кричит: «Ничего, у меня тоже скоро все будет!!!»

Хотелось бы знать откуда?

Владимир Григорьевич Забродин плавал в бассейне, мерно двигаясь от бортика к бортику и обдумывая новую информацию. Сегодня Семенов дал им прослушать запись разговора двух подруг, работающих в каком-то микробиологическом институте. Подруги вместе отвели сына одной из них на занятия в спортивную секцию и пошли в кафе ждать, пока мальчика можно будет забрать. Вот в этом кафе и удалось записать их разговор. Семенов давно уже предупредил, что нарушать закон они, конечно, будут, без этого нельзя, но все-таки грубых нарушений постараются избегать, неприятностей никому не хочется. Закон о частной детективной и охранной деятельности строго запрещает применение технических средств аудио- и видеонаблюдения в жилищах граждан без их согласия. В общественных местах — другое дело, тут есть возможность и пофотографировать, и на видео поснимать скрытой камерой, и разговоры записывать. Забродину все эти ограничения, конечно, не по вкусу, он давно уже привык к тому, что нужно только платить деньги — и все будет сделано в лучшем виде. Но пришлось смириться, искать другое детективное агентство не хотелось: не нужно расширять круг информированных людей.

Так вот, разговор двух подруг в кафе Забродина изрядно позабавил. Судя по более ранним докладам, дамочки всерьез занимались проработкой вопроса о своей стажировке в одном из университетов США и закупке новейшего оборудования для научных изысканий. И вдруг на днях что-то ударило им в голову, и, сидя в кафе в ожидании конца занятий в секции, они завели речь о заведующем лабораторией, в которой они обе работают. Оказывается, у этого завлаба тяжело болен ребенок, ему требуется дорогостоящая операция, которую делают только за рубежом и без которой он проживет еще максимум полгода. Очень забавно было слушать, как одна подруга осторожно, робко прощупывала почву, пытаясь понять, поддержит ли другая ее порыв или весь разговор приведет к ссоре и разрыву отношений. Но выяснилось, что обе подруги думают одинаково, более того, вторая, услышав, наконец, что задумала первая, страшно обрадовалась и заявила, что тоже об этом думала, но стеснялась сказать, потому что деньги все-таки не ее, а подруги. Занятия в секции длились полтора часа, плюс полчаса ребенку на то, чтобы дважды переодеться. Итого — два. И этих двух часов дамам хватило на то, чтобы принять такое сложное и нелегкое решение. Воистину, многие знания — многие горести, а когда знания нет, то и горести как-то стороной проходят. Чем больше знаешь, тем труднее принимать решение, потому что знания позволяют предвидеть все возможные варианты развития событий, и пока эти варианты рассмотришь, пока оценишь, пока выводы сделаешь... А когда в голове ничего нет, тогда и решения любой сложности принимаются за пять минут, ибо человек просто не видит всех вероятных последствий своего шага. Вот и с этими микробиологинями точно так же. Надо же, за два часа пристроить восемь лимонов! Двести тысяч евро! И ведь за два часа они не просто решение приняли, но успели созвониться со своим заведующим и уговорить его принять эти деньги. Вот мастерицы, едрен-батон! А туда же, за женскую эмансипацию борются, рвутся во власть, в выборах участвуют. Да разве можно таких придурочных до власти допускать? Они же всю страну за месяц разорят. Нет, нельзя бабам в руки деньги давать, это уж точно.

Владимир Григорьевич вылез из воды, накинул длинный махровый халат и пошел на массаж. Массажист приезжал к нему три раза в неделю. Крепкий мужичок с сильными руками, много лет проработавший массажистом в известном спортклубе,

уже ждал, переодевшись в светло-голубую унифор-
му. Забродин лег на стол лицом вниз и снова по-
грузился в размышления.

Конечно, то, что сделали эти две ученые дурехи,
иначе как глупостью не назовешь. Но надо быть
справедливым — это была благородная глупость.
Высшее проявление доброй воли. Интересно, на
такое способны только женщины, или у мужиков
тоже встречаются подобные порывы? Взять для
примера парочку, в которой муж получил наследство, а у жены после автоаварии изуродовано лицо.
И что этот хрен моржовый сделал? Нашел себе мо-
дельку, с тугим кошельком это не составило особо-
го труда, а жену с ребенком бросил. Вот тебе и весь
сказ. Но, с другой стороны, есть же братья, у одного
из них машина пострадала, у другого колено боль-
ное. И ничего, как-то решили все вопросы полю-
бовно, и родителям дом поставить помогли, и свои
проблемы порешали, и, что самое удивительное,
Денискиной матери бабла отстегнули, не пожале-
ли. Так что, наверное, неправильно думать, будто
бабы лучше и благороднее мужиков, туфта все это.
Но менталитет у них все-таки разный, вот с этим
уж точно не поспоришь. Вон Славка с Юлей вчера
чуть не подрались, когда баллы обсуждали. Нет, не
в буквальном смысле, Юленька-то, как обычно, все
больше молчала, сложив ручки на груди, и говорила только тогда, когда к ней напрямую обращались,
но уж какие взгляды она на Славика Суханова кида-
ла — просто смерть! Попадешь под такой взгляд —
сгоришь дотла, даже головешек не останется.
А Славка ничего не замечал, он с Забродина глаз не

сводил или в бумажки свои смотрел, в общем, на Юлю не глядел. А зря. Зря он ее недооценивает, эта девочка еще себя покажет. Ох, и любопытно же за ними наблюдать! Едва ли не интересней самой игры. Впрочем, игра тоже себя окупила, хоть и не в материальном смысле, во всяком случае, она оправдала возложенные на нее надежды и развеяла скуку, опутавшую душу Владимира Григорьевича Забродина мутной тусклой паутиной.

Придумать повод для посещения квартиры Ларисы Скляр оказалось делом непростым, учитывая, что визит не должен был ни в коем случае иметь романтического подтекста. Антон долго размышлял, потом решил не мудрствовать и посоветовался с Маргаритой Михайловной и Борисом Леонидовичем. В том деле, которое он задумал, ему без помощников никак не обойтись.

После того как они все обдумали, Антон позвонил Ларисе и договорился о встрече. Вроде как на свидание пригласил. Но цветов не покупал: молодые мужчины, которые ездят на ТАКИХ машинах, носят ТАКУЮ одежду и расплачиваются кредитными картами, не глядя на ценники, не дарят цветы малознакомым девушкам, если, конечно, не имеют определенных намерений. Антон решил, что намерений у него быть не должно по одной простой причине: цветы покажут Ларисе, что он готов к ухаживаниям, стало быть, зависим от ее настроя, а вот отсутствие этих самых цветов заставит девушку напрячься и делать все возможное, чтобы понравиться перспективному кавалеру. Тогда она и вопросов задавать не будет, и послушной станет.

— Мы с тобой сегодня идем в гости к очень интересным людям, — заявил Антон безапелляционно, едва Лариса подошла к нему. — Она — мастер йоги, он — таролог.

Лариса наморщила носик, глянула непонимающе.

— Кто?

— Таролог. Гадает на картах Таро.

— Ух ты! Круто! — глаза девушки загорелись. — А мне он погадает?

— Если попросишь, я думаю, он не откажет.

Антон критическим взглядом осмотрел Ларису с ног до головы. Девушка поежилась, ей явно было неуютно от такого пристального рассматривания.

— Чего ты? — спросила она неуверенно. — Чего так смотришь?

— Можешь расстегнуться? — спросил Антон вместо ответа.

В ее глазах мелькнула подозрительность. Расстегиваться? Прямо на улице? В такой холод?

— Зачем? — совсем растерялась она.

— Надо.

Лариса расстегнула куртку, под ней был надет белый свитер, тот же самый, что и в день их знакомства в фитнес-клубе. Антон покачал головой:

— Если хочешь, чтобы Борис тебе погадал, надо переодеться.

— А это еще для чего?

— Для гадания, — спокойно пояснил Антон. — Борис мне говорил, что лучше, когда клиент в темном, в черном или хотя бы в темно-сером. Если клиент одет в светлую или яркую одежду, это ему мешает, и он карты хуже чувствует. Тарологи же работают интуицией и ясновидением, для них очень важно все, что связано с энергетикой.

Он лепил все подряд, лишь бы вынудить Ларису заехать домой переодеться. Ему обязательно нужно было посмотреть ее жилище. Еще накануне, разговаривая с Борисом Леонидовичем, они придумали эту маленькую невинную ложь насчет одежды. Если бы Лариса оказалась в свитере любого другого цвета, то, разумеется, для успешного гадания на Таро понадобился бы свитер именно белый.

— У меня есть черный свитер.

— Отлично! — Он подхватил ее под руку и повел к своей машине. — Сейчас поедем, ты переоденешься.

Все-таки правильно он сделал, что не подарил ей цветы. В противном случае девица сейчас начала бы капризничать, что и расстегиваться не будет, и в гости не хочет, и переодеваться не станет. А так — слушается, как миленькая, понравиться стремится. Чем меньше женщину мы любим, тем легче нравимся мы ей... Бессмертное наблюдение.

Встречу Антон специально назначил в таком месте, от которого до Аэровокзала было совсем недалеко. Он вышел из машины вместе с Ларисой и направился к подъезду, не спрашивая позволения зайти. Чем увереннее он будет себя держать, тем послушнее будет девушка. Они зашли в лифт, и он потянулся к кнопкам.

— Шестой?

— Четвертый, — ответила она.

Естественно, четвертый, Антон и сам это знал. Но ведь Лариса в день знакомства сказала ему, что живет на шестом этаже.

— Ты же говорила, что живешь на шестом, — напомнил он. — Или я путаю?

— Путаешь. — Она коротко глянула на него и перевела глаза на свое отражение в мутном зеркале. — Я говорила, что на четвертом.

Ну и врушка! Ни слова правды. И главное — зачем? Смысл-то в чем? Какая разница, четвертый этаж или шестой?

Лариса открыла оба замка в дорогой металлической двери и вошла первой, следом в квартиру шагнул Антон. Первый же взгляд — на вешалку в просторной прихожей. Вот она, ярко-красная куртка с узором из стразов. А вот и сапоги-ботфорты, стоят здесь же, на полу, прямо под курткой. А вот белые джинсы и парик на виду не валяются, наверное, в шкафу спрятаны. Впрочем, парик может оказаться даже выброшенным, джинсы-то еще можно поносить не без удовольствия, а от парика какой прок? И очки тоже где-то лежат.

— Ты меня подожди здесь, я переоденусь быстренько, — сказала Лариса, скрываясь в комнате.

Дверь распахнулась всего на мгновение, но его хватило, чтобы Антон успел оценить размер комнаты. Ничего не скажешь, хорошая квартирка.

Н-да, а воспитанием-то девушка не блещет. Привести в дом гостя и оставить ждать в прихожей? Воспитанный человек в такой ситуации пригласил бы в комнату, взял бы из шкафа нужную одежду и переоделся в ванной или на кухне. Но Ларисе Скляр, видимо, такие нюансы в голову не приходят. Простая душа...

Антон ловким движением проверил карманы красной куртки и ничего в них не обнаружил. Лариса сменила свитер действительно очень быстро, так что на дальнейшие изыскания у него времени не хватило, но и того, что он увидел, было более чем достаточно.

— Чаем не угостишь? — спросил он, когда Лариса вышла из комнаты.

— А в гости? — удивилась она. — Мы что, не едем? А зачем я переодевалась?

— Едем-едем, — рассмеялся Антон. — Но время у нас есть, а я что-то подмерз, пока тебя ждал, чайку горячего хочется.

— Ну давай, — согласилась Лариса. — Пошли на кухню.

Кухня оказалась длинной, не очень уютной и не очень прибранной, видно, хозяйка не горела желанием регулярно заниматься уборкой. На столе стояла немытая чашка со следами кофе на донышке, а среди хлебных крошек, рассыпанных по столешнице, Антон заметил расческу. Лариса перехватила его взгляд, смутилась и схватилась за тряпку.

— Извини, я торопилась, у меня не убрано.

— Ничего, — великодушно бросил он.

Приведя стол в порядок, она включила электрический чайник и стала доставать чашки и сахарницу.

— А меда у тебя нет? — спросил он. — Я сахар не ем.

Лариса удивленно обернулась к нему:

— Сахар не ешь? Почему?

— Не люблю, — пожал плечами Антон. — С детства привык пить чай с медом. И на хлеб его намазываю вместо бутербродов с колбасой, и вкусно, и полезно. Так что, нет у тебя меда?

— Нету, — виновато проговорила девушка. — Я же не знала... Я его не покупаю.

— Жалко, — протянул он, подбираясь к самому главному, к тому, ради чего он, собственно, и чаю попросил, и разговор этот завел. — А я вот покупаю регулярно, каждый месяц езжу на ВВЦ на ярмарку меда, она круглый год работает. Там такой выбор!

— Да ну! — Лариса снова наморщила носик, и Антон подумал, что это, вероятно, ее любимая гримаска, которой девушка выражает и удивление, и непонимание, и пренебрежение, и еще бог знает что. — Была я там недавно, где-то осенью. Ничего особенного.

Вот оно! Она сама все сказала.

— Зачем же ты ездила, если мед не покупаешь? — дело удивился Антон.

Лариса растерялась и сразу не нашла, что ответить, поэтому сделала вид, что поглощена отмериванием заварки, которую сыпала в чайник.

— Да так, интересно стало, по телику рекламу часто вижу, вот и решила поехать посмотреть, — наконец ответила она.

Значит, что получается? Лариса Скляр часто бывала дома у Кати Аверкиной и регулярно встречалась там с ее сестрой Наташей. То есть доступ к сумке и, соответственно, ключам Наташи Аверкиной у нее был. Улучив удобный момент, Лариса сделала слепки и отнесла их в мастерскую металлоремонта, где ей сделали ключи от квартиры Наташи. Слепки лучше всего делать на воске. А где взять воск? Естественно, там, где продают мед, на ярмарке. В продуктовом магазине воск не продают.

Ну что ж, первую часть намеченного на сегодня плана Антон Сташис успешно выполнил, он убедился в том, что Лариса Скляр — именно тот человек, который покупал одежду, идентичную Наташиной, и в том, что у нее была возможность приобрести воск. Для следствия это ничего не значит, так, пустое сотрясание воздуха, а вот для оперативной работы эта информация дает очень много.

Накануне, когда Марго предложила устроить Ларисе показательное выступление с картами, Борис Леонидович идею не одобрил.

— Я не гадалка, а ученый, — говорил он, — я исследователь, гадать умею еще совсем плохо.

Но Антон идею оценил по достоинству и поддержал Маргариту Михайловну.

— Это же не настоящее гадание, это оперативная комбинация. Мне нужно посмотреть на реакцию Ларисы, когда она услышит определенную информацию. Надо обязательно сказать ей, что денег у нее не будет. А еще нужно прощупать, кто заказчик, мужчина или женщина.

— Женщина? — удивился Райнер. — А какие у вас основания так думать?

— Понимаете, наша основная версия — месть Наташе. Уж за что именно — мы пока не знаем, но так подставить человека можно только из мести.

А так отомстить, как это сделано, может только женщина, это совершенно не мужской тип поведения.

— Ну-ну, — хмыкнул Борис Леонидович. — Ладно, уговорили. Но у меня есть условие: гадать буду не у себя, а здесь, у Марго. Не хочу эту противную девицу вести к себе в кабинет, у нее наверняка плохое поле, она энергетически меня истощит и квартиру мне всю своей плохой энергетикой загрязнит. Гоша, ты же меня пустишь со всеми моими причиндалами?

— Конечно, — заверила его Маргарита Михайловна.

— Нет, — возразил Антон, — пожалуйста, Борис Леонидович, давайте проведем мероприятие у вас. Вы поймите, мне нужна атмосфера, которой в квартире Маргариты Михайловны нет. Мы должны обмануть Ларису, разыграть спектакль, а для этого все должно быть настоящим, чтобы она поверила, расслабилась и перестала себя контролировать. Стол, свечи, музыка, обстановка, ваша одежда — все будет играть на то, чтобы заморочить ей голову.

— Что с вами сделаешь! — горестно вздохнул Райнер. — Только ради Ленара...

И вот теперь Антон привел сюда Ларису. Он заранее предупредил Маргариту Михайловну, что у девушки есть неприятная привычка трогать чужие вещи и бесцеремонно хватать все руками, и, хотя хозяйка была к этому готова, Антон замечал, что Марго с трудом сдерживается, видя, как нахальная гостья перебирает подряд все вещи, которые попадаются ей на глаза: фигурки из поделочного камня, подсвечники, фотографии в рамках, маленькие вазочки «на один цветок», мобильный телефон Марго, перекинутый через спинку стула кашемировый кардиган, книги, журналы — одним словом, все, что находилось в гостиной.

— А это что? — спрашивала она, нимало не смущаясь. — А можно посмотреть? А можно примерить? А из чего это сделано? А сколько это стоит?

Все, к чему она прикасалась, было недорогим, и как только Лариса это понимала, на лице ее появлялось выражение надменного пренебрежения. Антон внимательно наблюдал за ней и ловил невысказанные девушкой слова: «Фу, какая дешевка! Когда у меня появится свой дом, у меня будут только самые дорогие вещи!» Исключение составил лишь кашемировый кардиган, цена которого определялась даже на ощупь — таким он был мягким, шелковистым и одновременно пушистым. Кардиган Лариса, конечно же, нацепила на себя и даже выходила в прихожую посмотреться в большое зеркало, и было видно, что снимать его ей не хотелось.

— Когда будем гадать-то? — шепотом спросила она у Антона, придвигаясь к нему поближе.

— А ты попроси, — слегка улыбнулся Антон. — Борис Леонидович не знает, что ты хочешь погадать.

По-видимому, стесняться Лариса Скляр не умела вообще, потому что деловито кивнула и громко спросила:

— А вы мне погадаете?

— Я? — Райнер изобразил крайнюю степень изумления. — Что вы, я так, я не профессионал, я любитель...

— Ну пожалуйста, — взмолилась Лариса, — ну что вам стоит? Антон сказал, вы умеете. На этих, как их, на Таро.

— Да нет, милая, — продолжал, как и было условлено, Борис, — это несерьезно. Вы молодая красивая девушка, у вас впереди блестящее будущее, зачем вам мое гадание? Вы же современный человек, живете в компьютерную эпоху, а мои экзерсисы хороши для разуверившихся в жизни возрастных дамочек.

По сморщенному носику Ларисы Антон понял, что слова «экзерсисы» она не знает.

— Ну я вас очень прошу, — продолжала ныть она, — мне важно точно знать, что меня ждет.

Поломавшись еще немного, Борис Леонидович встал и пригласил Ларису в свою квартиру.

— Антон, я могу попросить вас пойти с нами? — обернулся уже в дверях Райнер.

Это тоже было частью спектакля. Антону необходимо присутствовать при гадании, чтобы наблюдать за реакцией Ларисы, но проявлять инициативу он не должен: с каких это пор при гадании присутствуют третьи лица, если они не самые близкие?

— А что, нужно? — прикинулся непонимающим Антон.

— Желательно, — усмехнулся историк-таролог. — У вас хорошая энергетика, когда вы рядом, я чувствую более сильные потоки. Ваше присутствие мне очень помогло бы.

— Ну, если Лариса не возражает, — пожал плечами Антон. — Может быть, у нее какой-то интимный вопрос...

— Нет-нет, Антон, пойдем, пожалуйста, — быстро заговорила девушка, хватая его за руку. — Я хочу, чтобы у Бориса Леонидовича все получилось как можно лучше. Ничего интимного, можешь не ревновать. — Она кокетливо улыбнулась и на мгновение прижалась к Антону. Этого еще не хватало!

Войдя в кабинет Райнера, Антон первым делом посмотрел на стол: не забыто ли то, о чем они вчера договаривались? На столе стояли пирамидка из голубоватого стекла и хрустальный гладкий шар, переливающийся под ярким электрическим светом всеми цветами радуги. И пирамидка, и шар должны были быть тщательно протерты... Остается надеяться только на то, что Борис Леонидович сделал все, как просил Антон. Ну и еще — чтобы Лариса не подвела.

Она и не подвела. Привычки никуда не денешь, они врастают в нас так крепко, что мы перестаем их замечать. Первое, что сделала девушка, переступив порог кабинета, — схватила шар и принялась рассматривать и вертеть в руках. Потом та же участь постигла пирамидку.

— А это для чего? А из чего сделано? А дорого стоит?

Борис в двух словах объяснил, что это необходимые для гадания атрибуты и лучше их не трогать, чтобы не нарушать энергетические потоки, которые непосредственно влияют на достоверность гадания. Лариса тут же испуганно поставила пирамидку на место, но следов ее пальцев на гладких отполированных поверхностях осталось предостаточно.

— Ну-с, — Борис потер руки и открыл ящик стола, в котором хранились колоды, — на что будем гадать? На любовь? На работу? На здоровье? На деньги?

— На деньги, — быстро ответила Лариса, тревожно вглядываясь в таролога.

— Как скажете.

Райнер достал колоду, разложил на столе кусок красного бархата и принялся выкладывать карты. Долго изучал получившийся расклад, качал головой, вздыхал, потом поднял на Ларису глаза и негромко проговорил:

— Денег, милая, у вас никогда не будет. Будет успех у мужчин, будет хорошее здоровье, будут интересные путешествия, а вот денег не будет. Деньги — это не ваше.

На лице Ларисы отразились возмущение и недоумение.

— Как это так? — сердито произнесла она. — Этого не может быть. Наверное, вы просто плохая гадалка, вы ничего не умеете. Да вы просто шарлатан!

— Хорошо, — совершенно серьезно согласился Борис Леонидович, — давайте проверим. Хотите, я раскину карты на ваше детство и юность? Проверим, насколько правильно я толкую расклад.

— Давайте, — Лариса решительно тряхнула головой. — Проверим, проверим.

Борис Леонидович достал другую колоду, тщательно перетасовал и выложил по кругу семь карт.

— Попробуем расклад Планетарный, — сказал он. — Так, что мы тут видим... Вы — старший ребенок в семье, росли с матерью и неродным отцом... Нет, отчима я в вашем раннем детстве не вижу, он появился позже, лет через пять-шесть после вашего рождения.

Антон заметил, как напряглась Лариса, стараясь скрыть удивление. Ну что ж, Борис Леонидович не забыл ничего из того, что Антон ему вчера рассказывал о Ларисе Андреевне Скляр.

— Потом рядом с вами появляются другие дети... — продолжал монотонно гудеть Борис. — Сначала мальчик, потом девочка.

— А вот и нет! — торжествующе перебил его Антон. — У Ларисы есть старшая сестра, а младших как раз нету. Ошиблись вы, Борис Леонидович. Так ведь, Лариса?

— Ну... — невнятно пробормотала девушка. — Ладно, это неважно. Давайте дальше рассказывайте.

«Ах ты врушка! Не нашлась, что ответить? Ничего, то ли еще будет!» — злорадно подумал Антон.

— А дальше... У вас было трудное время, где-то лет с четырнадцати-пятнадцати вы были оторваны от дома, жили с чужими людьми. Вот, собственно, и все про ваше детство.

— А потом что? — с жадным нетерпением спросила Лариса.

— А потом вы вернулись домой, и на этом ваше детство закончилось. Ну что, достаточно?

— Да, — кивнула она. — Все сходится. — Бросила опасливый взгляд на Антона и добавила: — В основном.

Ну конечно, куда старшую сестру-то денешь, когда на самом деле двое младших?

— Давайте еще раз на деньги попробуем, — попросила она. — Может быть, у вас что-то сбилось?

— Ради бога, — развел руками Борис Леонидович. — Если хотите, я попробую сделать расклад на другой колоде.

— А вот я заметила, что вы в первый раз карты клали не так, как во второй, — в голосе Ларисы зазвучала подозрительность. — Почему?

— Таролог сам выбирает расклад в зависимости от проблемы, с которой пришел клиент. И колоды можно использовать разные.

— Но мне не понравилось, как у вас получилось в первый раз, — капризно заявила она. — Вы можете мне на деньги погадать на той же колоде, на которой вы про детство гадали? И расклад такой же сделайте.

— Как хотите, — равнодушно согласился Райнер.

Он снова перетасовал колоду и сделал Планетарный расклад.

— Нет, с деньгами не все гладко... Но в этом раскладе появились некоторые детали. Я вижу рядом с вами женщину, от которой может напрямую зависеть ваше благосостояние.

— Почему женщину? — Удивление Ларисы было неподдельным, Антон мог бы в этом поклясться.

— Видите ли, вот карта Папесса, это Папесса Иоанна, которую все считали до определенного момента мужчиной, а она оказалась женщиной. Так что эта карта может обозначать и мужчину, но мне отчего-то кажется, что в данном случае это именно женщина.

— Да нет, — махнула рукой Лариса, — это мужчина, ваша карта правильно показывает.

— Да? — Борис приподнял густые темные брови. — Так значит, у вас есть состоятельный поклонник? Хотите, я вам раскину на любовь? Вдруг вам суждено выйти замуж именно за него, за богатого?

— Нет, не нужно, — отказалась Лариса. — Это не то. А вы точно знаете, что денег не будет?

Она выглядела расстроенной и озадаченной.

— Я так вижу, — ответил Борис Леонидович. — Так истолковывается расклад. И судя по тому, что историю вашей жизни я рассказал правильно, и в вопросе с деньгами вряд ли ошибся.

Они все втроем вернулись к Марго, посидели еще полчаса, ведя ни к чему не обязывающий разговор, и Антон с Ларисой ушли.

Проводив гостей, Маргарита Михайловна принялась мыть посуду, а Борис Леонидович устроился на кухне у нее за спиной.

— Ну, Гошка, с голоду мы с тобой не помрем, в крайнем случае в цирке будем выступать, — весело говорил он. — А Антон оказался умничкой, все правильно рассчитал. И получается, что деньги эта девица получила не все, за заказчиком еще должок остался. Услышав от меня, что денег она от него не получит, она была в шоке. И кстати, стало ясно, что это мужчина, так что тут наш Антон слегка ошибся.

— Но мужчина мог быть посредником, который только общался с Ларисой и передавал ей деньги, а у истока замысла стоит все-таки женщина, — возразила Марго. — Я склонна согласиться с Антоном, уж очень как-то по-женски все выглядит.

— Ну, может быть, может быть. — Борис качал ногой в такт произносимым словам. — Антон хороший парень, жаль, что его судьба так тяжело сложилась. Видно, у него в голове много чего есть. Бедняга! Как ему, наверное, тяжело общаться с такой непроходимой дурой и врушкой, как эта Лариса! И как он только выдерживает? Впрочем, ему с его работой, наверное, выбирать собеседников не приходится.

Марго ответила, не оборачиваясь и чуть повысив голос, чтобы перекрыть шум льющейся из крана воды:

— «Когда видишь мудрого человека, подумай о том, чтобы уподобиться ему. Когда видишь человека, который не обладает мудростью, взвесь свои собственные поступки».

— Гошка, опять? — взвыл Борис Леонидович. — Ты хоть меня-то не изводи, уж гостям — ладно, цитируй своего обожаемого китайца, но меня-то за что?

— Терпи, — усмехнулась Марго. — Если ты считаешь Конфуция, а заодно и меня глупыми, то смотри пункт второй. А если нет. — то смотри пункт первый. В любом случае, взвесить свои собственные поступки никогда лишним не будет.

— Это ты про меня или про Антона? — весело осведомился Райнер.

— Про всех, — неопределенно ответила Марго. — А что еще ты можешь сказать про девочку, кроме того, что она дурно воспитана, глупа и лжива? Поделись наблюдениями, Боря, они же наверняка у тебя есть, ты ведь к симпатичным девочкам всегда внимательно приглядываешься. Ну?

— Ох-ох-ох, — вздохнул Борис Леонидович, — и когда ты перестанешь меня ревновать? Наверное, когда замуж за меня выйдешь. То есть никогда. Кроме того, к тому, что ты сама сказала, мне добавить нечего.

— А вот Конфуций...

— Гоша!!! Я же просил! Ты своими словами можешь сказать или тебе обязательно нужна ссылка на первоисточник?

— Но, Боря, разве я виновата, что первоисточник выражается точно и кратко?

— Ладно, — махнул он рукой, — давай, цитируй своего ненаглядного.

— «Когда природа берет перевес над искусственностью, мы имеем грубость, а когда искусственность преобладает над природой, мы имеем лицемерие; и только пропорциональное соединение природы и искусственности дает благородного человека». В этой девочке нет пропорции, в ней все время перевешивает то одна, то другая сторона. Поэтому в целом она производит впечатление грубой лицемерки. Согласен?

— На все сто, — тут же отозвался Борис. — Редчайший случай, когда твой Конфуций пришелся ко двору. Действительно, ни прибавить — ни убавить.

Самолет приземлился на двадцать минут раньше времени, указанного в расписании, и Виталий Кирган, стоя в очереди на паспортный контроль, нетерпеливо поглядывал на часы. Вполне возможно, он успеет сегодня заехать к следователю и подать ходатайство о повторном осмотре квартиры Натальи Аверкиной. Хотя чувствовал он себя ужасно уставшим, потому что вставать пришлось в пять утра: на более удобные рейсы билетов не было.

Он добросовестно и терпеливо ждал, когда вернутся из отпуска супруги Шубарины, работавшие в московском филиале швейцарского медицинского центра, и когда настало время их выхода из отпуска, снова явился в клинику, где услышал отнюдь не радостную новость: Шубарин серьезно заболел, находясь за границей, попал в госпиталь, жена находится при нем постоянно, и в Москве в ближайший месяц они точно не появятся. Виталий долго переваривал неожиданное осложнение, пытаясь решить, так ли уж обязательно ему нужно опрашивать сотрудников медицинского центра. В конце концов, если они не появятся в Москве, то и следователь Рыженко до них не доберется, так что, какими бы сведениями они ни располагали, навредить его подзащитной Шубарины никак не смогут. Но все-таки... Чем дальше, тем больше Виталием Кирганом овладевала уверенность в том, что Наташа Аверкина невиновна; значит, его задача не в дискредитации материалов следствия, а в доказывании ее непричастности к преступлению. Он и сам не ожидал, что это дело, за которое он так не хотел браться, зацепит его, затянет, разбередит.

И он решился. Имея трехгодовую шенгенскую визу, Кирган созвонился с Аллой Шубариной, телефон которой ему дали в медицинском центре, купил билет и полетел в Цюрих, где находился госпиталь и где проходил стационарное лечение доктор Шубарин. Управиться удалось за один день, и поездка оказалась, по мнению Виталия, не напрасной. Алла Шубарина хорошо помнила ту субботу — свой последний рабочий день перед отпуском — и рассказала, что накануне, в пятницу, ей позвонила Наталья Аверкина, сказала, что решила вопрос с деньгами на лечение, и попросила подготовить счет. Она хотела заехать за ним на следующий день и говорила, что уже в понедельник-вторник собирается подавать документы в посольство для оформления визы, поэтому хотелось бы получить счет на руки как можно скорее, чтобы в понедельник с утра его оплатить и как можно быстрее получить подтверждение. Алла обещала все подготовить. На следующий день, в субботу, Аверкина примчалась, буквально ворвалась в ее кабинет, прямо с порога спросила, готов ли счет, схватила его и убежала. Да, Алла Шубарина совершенно уверена, что это была Наталья Аверкина, однако взглянув на предъявленные фотографии Наташи и Олеси Кривенковой, засомневалась. Да, прическа такая же, и куртка красная, Наталья в ней приходила за счетом. А вот лицо... На ней были солнцезащитные очки. Но какие у Аллы основания сомневаться? Она же звонила накануне, предупреждала, что придет за счетом, вот и пришла. А голос — что ж, она не настолько хорошо знает пациентку, чтобы распознать по телефону ее голос. Да, вполне возможно, что звонила и не Аверкина. И вполне возможно, что девушка, получившая счет, тоже не Аверкина. И самое главное, что порадовало Киргана: лже-Наташа попросила Шубарину положить счет в прозрачный файл. И еще Алла припомнила, что пациентка очень торопилась и даже не сняла перчатки. К сожалению, поговорить с доктором Шубариным адвокату не удалось, он находился в реанимации, но и показаний его жены было вполне достаточно.

Кирган точно помнил, что в деле не было постановления о направлении изъятого в ходе обыска у Наташи счета для проведения дактилоскопической экспертизы. Следователь, занимавшаяся убийством Кати Аверкиной в день его совершения, видно, так устала к вечеру, что уже плохо соображала. Счет был приобщен к материалам дела в качестве вещественного доказательства, опираясь на которое сторона обвинения может утверждать, что Наталье срочно требовались деньги, их она и забрала у убитой сестры. И хотя Наталья категорически отрицала, что получала этот счет, и говорила, что видит его в первый раз, никому почему-то в голову не пришло проверить, есть ли на документе ее отпечатки. Это как раз те самые ошибки и промахи, которые закрутившиеся в водовороте дел следователи совершают на радость адвокатам.

Еще Виталий на всякий случай тщательно проверил всех понятых, указанных в протоколах осмотра места происшествия, обыска квартиры Натальи Аверкиной, предъявления для опознания ее одежды, опознания самой Аверкиной очевидцами произошедшего. Понятые — это слабое место уголовного процесса, он давно об этом знал. Институт понятых изжил себя много лет назад, потому что очень трудно найти людей, которые будут добросовестно и терпеливо ждать, пока следственная группа осматривает место происшествия или проводит обыск, поскольку занимает это иногда по пять-шесть часов. Виталию в период активной адвокатской практики не раз удавалось опровергнуть результаты обыска, потому что либо выяснялось, что понятые покидали место проведения следственного действия и потом возвращались, либо их не было вовсе, а данные, внесенные в протокол, оказывались липовыми. Однажды, как он помнил, для обыска пригласили пожилую пару, проживавшую в соседней квартире. Они пришли, сели рядышком, а через полчаса мужчине стало плохо, пришлось вызывать ему «Скорую», и совершенно естественно, что они с супругой ушли к себе, а когда обыск закончился, следователь просто зашел к ним, и они все подписали. В другой раз в качестве одного из понятых пригласили молодую мамочку, сидящую дома с трехмесячным ребенком, ну и, конечно же, через час с чем-то она заявила, что ей нужно кормить, и вообще ребенок остался с бабушкой, которая с ним одна не справится. Сказала — и ушла. Потом еще не хотела дверь открывать и даже отказывалась подписывать протокол, дескать, я своими глазами ничего этого не видела. Еле уговорили. А бывало, что указанные в качестве понятых люди вообще не находились.

Кирган старательно выписал из материалов дела имена и адреса всех понятых и потратил уйму времени на то, чтобы встретиться с каждым из них и дотошно выпытать, присутствовали ли они при производстве следственных действий с начала и до самого конца. В этой части никаких промахов ни дежурный следователь, ни Надежда Игоревна Рыженко не допустили. А вот то, что кто-то из них проморгал дактилоскопическую экспертизу счета, Виталий собирался использовать на полную катушку. Теперь он был абсолютно уверен в том, что ни единого следа Наталья Аверкина на этом документе не оставила. Таким образом, можно поставить под сомнение выводы следствия о ее намерении убить сестру из корыстных побуждений. Она действительно не видела этого счета и не получала его. Но и следов Ларисы Скляр на счете, скорее всего, не будет, не зря же она попросила файл, и перчатки не сняла тоже неслучайно.

Дожидаясь в аэропорту Цюриха посадки на рейс, он успел созвониться с Антоном Сташисом, который сообщил, что негласное дактилоскопирование Ларисы прошло вполне успешно, ему удалось получить два объекта со следами ее рук, и эти объекты он передал оперативникам, которые должны направить их экспертам для исследования. Интересно, хорошо ли знакомы эти мальчики с экспертами? Смогут ли они просто принести им изъятые объекты или придется идти к руководству розыска и просить сделать то, что на кондовом канцелярском языке называется «вынести отношение»? Судя по тому, что рассказывал о них Антон, оба опера — ребята еще молодые, так что с экспертами у них личных контактов может и не быть. Зато теперь ему, адвокату Киргану, есть с чем идти к следователю. Хотя надежды маловато, Рыженко начнет, как обычно, упираться. Но пробовать надо.

Некрасивая девушка в форме погранвойск быстро шлепнула в паспорт Киргана штамп о пересечении границы, и уже через минуту он оказался в толпе встречающих. Рядом слышались голоса:

— Такси!

— Такси до города!

— Такси не нужно?

Машина была нужна. Виталий оглядел «бомбил» и выбрал самого, на его взгляд, надежного: мужичка лет шестидесяти с небольшим. Почему-то ему казалось, что молодые водители плохо знают Москву и не умеют выбирать правильные маршруты с учетом возможных пробок. Расчет оказался верным, «бомбила» был коренным москвичом и все трудности трафика знал, как свои пять пальцев. У Киргана появились реальные шансы успеть в следственный комитет. На всякий случай он позвонил Рыженко и, стараясь не обращать внимания на ее холодный недовольный голос, выяснил, что, если не случится ничего экстраординарного, в течение полутора часов он сможет застать ее на месте.

К его огромному удивлению, Надежда Игоревна молча кивнула, выслушав из его уст суть ходатайства.

— Хорошо, — коротко сказала она, — можете считать, что ваше ходатайство рассмотрено и удовлетворено. Вы настаиваете на своем присутствии?

— Конечно, — обрадованно откликнулся Виталий. — Значит, вы согласны, что квартиру Аверкиной необходимо повторно осмотреть?

— Не возражаю.

— И эксперта пригласите?

— Приглашу. У вас все?

Он растерялся. Он не был готов к тому, что на этот раз все получится так легко и быстро. Что происходит? Рыженко одумалась? Или в деле появилось что-то радикально новое? Надо обязательно встретиться с Антоном, это его единственный источник информации, потому что оперативники все равно не имеют права ничего говорить адвокату.

— Когда вы планируете провести осмотр квартиры? — спросил Кирган.

— В ближайшее время. Я вас извещу.

Вот так. Ни одного лишнего слова. И ни одного взгляда. Но она хотя бы удовлетворила его ходатайство, а это уже кое-что.

Рыженко не обманула, повторный осмотр квартиры Натальи Аверкиной был назначен уже на следующий день. Кирган приехал к дому Наташи первым и еще минут двадцать ждал, пока подтянутся следователь, криминалист и кто-нибудь из оперативников. Виталий знал, что Антон щедро делился с операми своими наблюдениями за Ларисой Скляр, и надеялся, что результаты этих наблюдений принесут определенную пользу.

Осмотр начался с изъятия дверного замка. Потом группа вошла в прихожую.

— Ну? — ворчливо спросил криминалист. — Реконструировать будем? Или так пойдем?

Вперед выступил крепкий рыжеволосый паренек, которого Киргану представили как оперативника по имени Роман.

— Есть данные, что подозреваемая имеет привычку все брать в руки и рассматривать, — сказал он. — Если исходить из причин, по которым подозреваемая проникла в квартиру, она должна была сразу направиться к туалетному столику, где были обнаружены деньги. Надо посмотреть, есть ли на этом столике что-нибудь яркое, броское, крупное, что могло бы привлечь ее внимание.

— Ну, иди и смотри, — все так же ворчливо проговорил криминалист. — Найдешь чего — зови, я следочек скопирую на пленку.

Кирган с любопытством взглянул на рыжего Романа. Значит, это тот самый паренек, о котором так хорошо отзывался Антон. Интересно, а где второй, кажется, его зовут Геннадий? Решили одним сотрудником розыска обойтись? Ну, в общем-то верно, двоим тут делать нечего, вполне достаточно одного опера и следователя с криминалистом.

Рыжий Роман подошел к туалетному столику с зеркалом и, заложив руки за спину, стал внимательно вглядываться во флакончики и коробочки с косметикой, безделушки и бижутерию. Кирган вытягивал шею, но ничего не видел за широченной спиной молодого лейтенанта.

— Посмотрите, — рыжий обернулся и жестом подозвал криминалиста, — видите, какой крупный камень? И гладкий. И цвет такой необычный. Наверняка она его схватила, чтобы рассмотреть. И вот еще баночка какая-то, тоже гладкая и яркая, прямо сама в руки просится.

— Ты поосторожней, — криво усмехнулся криминалист, — баночка с кремом ему в руки, видите ли, просится. За базаром-то следи, а то насчет ориентации могут подумать.

Оперативник смутился и залился пунцовой краской. Криминалист подошел к туалетному столику и начал вытаскивать из чемоданчика пленку и химикаты. Кирган, стоя на пороге комнаты, обводил глазами все пространство, задерживая взгляд по очереди на каждом предмете обстановки, и пытался представить себе Ларису Скляр, которая явилась сюда, чтобы подбросить деньги и счет. Как она двигалась? Где останавливалась? За что могла схватиться руками? Пожалуй, Антон прав, надо в первую очередь смотреть на туалетный столик, в ящике которого обнаружился пакет с деньгами. Больше Ларисе здесь делать было нечего. Она должна была положить деньги, файл со счетом и быстро уйти.

Полтора месяца назад в этой квартире проводили обыск, допрашивали Наташу и Ленара, потом хозяйку увезли в отдел милиции. И все эти полтора месяца жилище стояло неприбранным, каким-то разоренным, брошенным, несчастным. Но даже сквозь причиненный обыском беспорядок и скопившуюся пыль проглядывала подзащитная Аверкина со своим характером и материальным положением. Видно, что до появления милиции здесь царили чистота и порядок, вещей было немного, только самое необходимое из мебели, на книжных полках — обилие медицинской литературы, диван собран и покрыт красивым клетчатым пледом, на тумбочке у изголовья — две фотографии в паспарту, на одной — сестра Катя, смеющаяся, счастливая, красивая, на другой — угрюмая женщина с неприятным лицом, вероятно, мать.

— Надежда Игоревна, — тихонько окликнул он следователя, — взгляните на фотографии. Это сестра и мать Аверкиной?

Рыженко сделала несколько шагов и остановилась перед диваном.

— Да, это их мать. А что?

— Ничего, — пожал плечами Кирган. — Просто спросил.

Он ждал, пока криминалист сделает свою работу, и продолжал думать о Наташе. Эта тетка с противным угрюмым лицом бросила старшую дочь с несовершеннолетней сестрой и десять лет не появлялась. Приехала только тогда, когда случилось несчастье, выспросила про наследство и уехала, даже не повидавшись с Наташей. А Наташа хранит ее фотографию, да не где-то в альбоме, засунутом в глубину книжных полок или вообще заброшенном на антресоли, а на прикроватной тумбочке, чтобы каждый день видеть. Неужели человеческая способность к любви настолько безгранична?

Рыженко тем временем стала что-то рассматривать на туалетном столике, открывая и закрывая круглые фарфоровые коробочки, в которых обычно хранятся колечки и серьги.

— Андрей Васильевич, — она протянула эксперту два колечка, — у тебя есть приборчик для определения размера? Ну или просто диаметр измерить.

Криминалист недоуменно посмотрел на нее, взял оба кольца и через очень короткое время произнес:

— Пятнадцать с половиной. Ручки как у птички лапки.

Надежда Игоревна удовлетворенно кивнула, но что она имела в виду — Кирган не понял.

По договоренности с Ленаром Виталий созвонился со знакомым слесарем, который заверил, что по первому же звонку подъедет и вставит в дверь новый замок. Не оставлять же квартиру открытой! Конечно, следователь ее опечатает, но при отсутствии замка кого может остановить бумажка с печатью и подписью? Вообще-то брать у Натальи особо нечего, но все равно надо принять меры к тому, чтобы квартиру не обнесли подчистую.

— Надежда Игоревна, как вы думаете, долго еще? — обратился он к следователю.

— А вы что, торопитесь, господин адвокат? — недовольно взглянула на него Рыженко.

— Нет, но я должен вызвать слесаря, чтобы он вставил новый замок.

— Еще час, не меньше. Надо все проверить.

Ну, час так час. Кирган посмотрел на понятых, которые маялись без дела и явно скучали. Ничего, им еще повезло, в отличие от тех, которые были здесь при обыске, когда фотографировали и описывали денежные средства. Вот это была морока!

Он вытащил телефон и позвонил мастеру:

— Замок можно вставлять через час-полтора.

— Лады, тогда я выезжаю потихоньку, — ответил слесарь.

Кирган смотрел, как работает криминалист, и про себя молился, чтобы следы, которые ему удастся обнаружить и зафиксировать, оказались пригодными для идентификации и принадлежали Ларисе Скляр. Если все получится, то совсем скоро его подзащитная выйдет на свободу.

Надежда Игоревна сидела, опершись лбом на руку, и перечитывала заключение эксперта-трасолога. Неужели Кирган был прав с самого начала? Неужели она проявила слепоту и недальновидность? «... Врезной сувальдный замок с одним ключом... осмотром внутренних поверхностей корпуса замка и деталей запирающего механизма под различными углами к источнику освещения и с помощью приборов увеличения установлено: наличие на крышке и основании корпуса в месте расположения ключевой скважины следов скольжения в виде концентрических дугообразных и кольцевых трасс. Форма, размеры, степень выраженности, расположение и механизм следообразования данных следов свидетельствуют о том, что они оставлены торцами бородок и могли быть образованы в результате эксплуатации замка приданными ключами. Однако наряду с тем выявлены следы, отличные от следов, образованных приданным ключом, по степени выраженности (глубина, наличие грубых задиров металла). Наличие данных следов позволяет сделать вывод о том, что исследуемый замок мог быть отперт не приданным ключом, а другим ключом со схожими размерными характеристиками». Вот, значит, как! «Ключ со схожими размерными характеристиками» — это ключ, сделанный в мастерской по образцу или слепку. А приданный — заводской, тот, который идет в комплекте с замком.

Результаты исследования объектов со следами рук еще не готовы, но эксперты обещали сделать быстро, потому что в данном случае речь шла об ориентирующей информации, необходимой для оперативной работы. Но отчего-то Надежда Игоревна уже не сомневается в том, каковы будут эти результаты. Есть свидетель, который в день убийства видел Ларису Скляр возле дома Екатерины Аверкиной. И есть свидетель, видевший Ларису в тот же день, часом позже, поднимающейся на лифте в доме Натальи. И есть заключение трасолога о наличии следов, свидетельствующих о том, что замок в двери квартиры Натальи могли открывать «неродным» ключом. Вроде бы все сходится.

Но зачем? В чем смысл? Где мотив?

Может быть, она что-то проглядела? Надежда Игоревна бросила взгляд на часы: половина седьмого. Надо остаться и еще раз внимательно изучить материалы дела, которое она начала вести полтора месяца назад и уже основательно подзабыла, поскольку дел-то в производстве много, поди упомни все. Да и время прошло. Принимала она дело Аверкиной к производству накануне Нового года, когда началась обычная запарка со сроками и отчетностью, голова была занята черт знает чем, могла и пропустить что-то важное. Вот не заметила же она, что в протоколе осмотра места происшествия нет подписи судмедэксперта! Спасибо Киргану — подсказал. Хотя чего ждать от адвоката? Да чего угодно, только не великодушия к противнику. Наверняка не от чистого сердца указал он ей на этот промах, держал что-то при себе, то ли камень за пазухой, то ли козырь в рукаве.

Она открыла форточку и вышла на несколько минут из кабинета: пусть проветрится, что-то душновато после рабочего дня, в течение которого в этом кабинете кого только не было и что только не происходило! А голова нужна свежая, потому что момент ответственный. Через две недели закончатся два месяца, отведенные законом на проведение предварительного следствия. За две недели Рыженко должна постараться все закончить, а как тут закончишь, когда, кажется, впору все заново начинать? Конечно, рапорт о продлении сроков еще никто не отменял, но руководство такие рапорты страсть как не любит, у них отчетность: процент дел, законченных расследованием в установленные законом сроки. И процент этот должен быть высоким, иначе не похвалят.

Надежда Игоревна прогулялась по коридору до лестницы, прошла два пролета вверх, потом четыре вниз, потом снова два вверх и оказалась на своем этаже. Ну вот и ладно, кровь немножко разогнали, в кабинете уже прохладно и свежо, можно возвращаться.

Первое, что сделала следователь Рыженко, снова усевшись за свой стол, — достала из сейфа вместе с делом специальный конверт с вещдоками и вынула кольцо, снятое с большого пальца правой руки погибшей Кати Аверкиной. Измерила диаметр обычной канцелярской линейкой, посмотрела в сопоставительную таблицу: а размер-то отнюдь не пятнадцать с половиной и даже не шестнадцать. Восемнадцать. Это кольцо ни при каких обстоятельствах не могло оказаться на руке Натальи Аверкиной, оно просто в ту же секунду свалилось бы даже с ее большого пальца.

Она принялась внимательно читать материалы, начиная с самого первого документа. Дошла до осмотра места происшествия, раздраженно хмыкнула, наткнувшись снова на постановление о проведении дактилоскопической экспертизы кольца, стала читать протокол обыска квартиры Натальи Аверкиной, отмечая на отдельном листочке изъятые в квартире объекты и сопоставляя перечень с вынесенными постановлениями о направлении на экспертизу. И вдруг чуть не подпрыгнула на месте: счет! Тот самый счет на оказание медицинских услуг в швейцарской клинике. Он обнаружен в квартире Аверкиной и приобщен к материалам дела в качестве вещественного доказательства, на основании которого можно было судить о мотиве. Но Аверкина на первом же допросе, еще в момент задержания, категорически отказывалась признаваться в том, что получала этот счет. Почему же документ, вложенный в прозрачный файл, не был исследован на предмет наличия на нем следов рук подследственной? Как такое могло получиться? Постановление должен был вынести следователь, который работал по делу еще тогда, в день совершения преступления и задержания подозреваемой, 25 декабря. Ну в самом крайнем случае 27 декабря, в понедельник, когда Рыженко еще не приняла дело к своему производству. Почему это не было сделано?

Да нет, не может быть, это же такая очевидная глупость, ошибка, просто бросающаяся в глаза! Наверняка документ где-то спрятался, надо как следует поискать, перебрать все материалы по листочку, и обязательно найдется и постановление, и заключение эксперта-дактилоскописта. Надежда Игоревна почувствовала, что ее бросило в жар, даже кисти рук покрылись испариной. Она методично перебрала каждый листок.

Документов не было. Открыла сейф, снова достала плотный конверт с вещдоками, подняла клапан, заглянула внутрь. Конечно, вон он, этот злополучный счет, лежит себе в файле, никому не нужный и никем не исследованный. На нем нет ни малейшего следа порошка, то есть эксперты к этому файлу даже не притрагивались.

И снова ее окатило горячей волной: а допрос сотрудника клиники, выдавшего счет? Она только сейчас вспомнила о том, что собиралась допросить тех, кто в филиале швейцарского медицинского центра контактировал с Натальей Аверкиной по поводу лечения от бесплодия. Когда Рыженко туда позвонила, ей сказали, что врач находится в отпуске за границей, а счет оформляла и выдавала как раз его супруга, которая, само собой, отдыхает вместе с мужем. Они должны были вернуться... Господи, когда же? Кажется, в конце января, и Надежда Игоревна собиралась допросить их обоих. И забыла. Ну просто совершенно из головы вылетело.

А что же Кирган-то? Если он с самого начала хотел отстаивать непричастность своей подзащитной к убийству, то почему он-то не заметил, что у следствия нет никаких доказательств? Аверкина утверждает, что счет в глаза не видела и в руках не держала, и опровергнуть ее показания может только наличие следов ее рук на документе или на файле. Или адвокат заметил и промолчал, готовясь взорвать свою бомбу в самый опасный момент?

И в эту секунду у нее на столе зазвонил городской телефон. Наверное, Лена, дочь, или интересуется, когда загруженная работой мама вернется, наконец, домой, или собирается отпроситься на какую-нибудь сомнительную гулянку, скажет, что пойдет с подругой в кино или в кафе, а сама побежит на свидание к великовозрастному ловеласу. Но почему она звонит на ее служебный номер? За Ленкой такого не водится, она предпочитает звонить на мобильный.

Надежда Игоревна сняла трубку и услышала голос адвоката Киргана. Легок на помине!

— Вы что же, надеялись застать меня на службе в такое время? — Голос у Надежды Игоревны был какой-то странный, одновременно и недовольный, и виноватый. — Вы на часы-то посмотрели, когда номер набирали?

— Посмотрел, — откликнулся Виталий. — Но я всегда надеюсь на удачу. И она обычно меня не подводит, вот как сегодня. Надежда Игоревна, сколько времени вы еще пробудете на месте?

— Минут сорок, может быть, час, не больше.

— Вы меня примете? Или мне явиться завтра строго в рабочее время?

— Если успеете — приму, но специально ждать

не буду, имейте в виду. Как только закончу свои дела, сразу уйду.

— Я буду очень стараться, — весело пообещал он.

У него были причины торопиться: оперативники позвонили Антону, чтобы предупредить, что все согласования получены и за Ларисой Скляр с завтрашнего дня устанавливается наружное наблюдение; стало быть, встречаться с ней Антону больше не следует, иначе об этом тут же узнает Рыженко. А заодно они по секрету сообщили Сташису, что экспертиза замка готова и сегодня во второй половине дня передана следователю. Что написано в заключении эксперта — они не знали, а Киргану обязательно нужно было это выяснить. Но для визита к следователю требовался предлог, любой, какой угодно, лишь бы не подставлял под удар оперов. Откуда он мог узнать о том, что эксперты закончили работу, если не истекли отведенные на это законом 15 суток? Ниоткуда. Стало быть, придется что-то выдумывать. Пусть и не очень убедительное.

Время действительно позднее для деловых визитов, уже десятый час, но Кирган надеялся доехать быстро, основной поток автомобилей к этому времени обычно рассасывается. И вдруг начал сыпать снег, густой, тяжелый, липнущий к стеклам. В комбинации с гололедицей получилась поистине взрывоопасная смесь: движение на дорогах тут же замедлилось, и машины ползли с черепашьей скоростью.

Через сорок минут Виталий понял, что опаздывает. Только бы она не ушла, только бы дождалась его! Он снова позвонил.

— Надежда Игоревна, тут метеорологическая катастрофа, мне еще минут двадцать до вас добираться. У меня есть шанс?

— Пока есть, — ровным голосом ответила следователь.

И снова он не понял, злится она или нет.

Припарковаться удалось у самого входа. Виталий выскочил из машины и бегом побежал, миновав пост охраны, прямо к лестнице. Надо собраться, думал он, надо включить все свое обаяние, все умение договариваться, надо забыть, что перед ним толстая, вредная, наглухо затянутая в форменный китель тетка с «кикой» на затылке и с кривой усмешкой, которая его ненавидит и даже не может или не хочет это скрывать. Надо обязательно добиться, чтобы она показала экспертное заключение или хотя бы просто сказала, что в нем написано. И при этом ни на миг не заподозрила, что у адвоката есть источник информации «изнутри».

Он ворвался в кабинет и замер. К нему спиной, перед зеркалом, прикрепленным на внутренней стороне дверцы шкафа, стояла полная женщина в обтягивающем трикотажном платье без рукавов и расчесывала длинные густые блестящие волосы. Неужели он ошибся кабинетом?

— А... — начал было оторопевший Кирган, но женщина уже обернулась на звук открывшейся двери.

Сначала Виталий увидел, что она очень красива, а потом сообразил, что это она, Надежда Игоревна Рыженко. Гладкие округлые руки с ослепительно-белой кожей, которая даже на вид казалась шелковисто-атласной. Низкое декольте, красивая грудь, стройная шея. Кирган отмечал все это автоматически, как привык отмечать достоинства женщины. И вдруг увидел у нее на лице смущенную улыбку, очень красившую хозяйку кабинета.

Сам не зная почему, он отвел глаза, и тут заметил висящий на спинке кресла жакет, судя по ткани и цвету предназначенный для того, чтобы быть надетым поверх того самого синего платья, которое в данный момент так соблазнительно обтягивало фигуру следователя. На ее рабочем столе вместо материалов уголовных дел лежали пудреница и патрончик с губной помадой. Она, видно, действительно собралась уходить, переоделась и стала наводить красоту, еще пять минут — и Кирган не застал бы ее.

— Хорошо, что я все-таки успел, — он улыбнулся, изображая радость, которой не испытывал. На самом деле он испытывал шок и смятение. — На улице просто какой-то кошмар, снег сыплет, скользко, еле доехал. Вижу, вы уже собрались уходить? Я постараюсь вас надолго не задержать.

Надежда Игоревна смотрела на него уже без улыбки. Она подошла к креслу, надела жакет, спрятав от его глаз обнаженные руки и декольте. Сейчас она была сама строгость и хладнокровие, от недавнего мимолетного смущения не осталось и следа.

— Я вас внимательно слушаю, господин адвокат. Что за срочность?

— Понимаете, — торопливо заговорил Виталий, — я все-таки хотел бы ходатайствовать о том, чтобы вы запросили у нотариуса копию завещания, по которому Аверкина получила такое большое наследство. Мне кажется, в свете вновь открывшихся обстоятельств, что это может иметь отношение к мотиву преступления.

Брови Рыженко чуть-чуть приподнялись, обозначая недоумение.

— Вы же собирались сами направлять нотариусу адвокатский запрос. Или я ошибаюсь?

— Нет, не ошибаетесь.

— Так что же? Нотариус его не удовлетворил? Зачем вам мой запрос?

— Видите ли, — это был самый скользкий момент, потому что никакой критики он не выдерживал, но другого повода прийти к следователю Кирган придумать не сумел, — Лилия Рудольфовна Муат, нотариус, которая вела наследственное дело, была в отпуске.

При этих словах в лице Рыженко что-то дрогнуло, и Виталию показалось, будто она вспомнила о чем-то неприятном. Впрочем, наверное, показалось, потому что какое же может быть неприятное воспоминание об отпуске?

— Помощница без нее документы не выдает и даже запрос мой почему-то не приняла, — продолжал он. — Но Лилия Рудольфовна завтра должна выйти на работу, я узнавал. И вот я подумал, что, может быть, на ваш запрос она ответит быстрее, чем на мой, все-таки следователей уважают больше, нежели нашего брата-адвоката.

— Ладно, — неожиданно быстро согласилась Надежда Игоревна. Она все еще продолжала стоять, будто показывая ему, что торопится и хочет побыстрее закончить разговор. — Я сама с ней свяжусь, оставьте мне ее координаты. Что-нибудь еще?

— Да нет, кажется... По делу ничего нового не слышно? — осторожно спросил Кирган.

Рыженко вздохнула, повернулась к окну и некоторое время молча смотрела на падающий снег.

— Пришли результаты экспертизы замка, — проговорила она, не оборачиваясь. — Хотите ознакомиться?

Ну вот, слава богу! Теперь самое главное — не рассердить ее и, уж коль Рыженко собралась уходить, не задерживать.

— Если вы мне скажете в двух словах, этого будет достаточно, — великодушно ответил Виталий.

— Есть следы, указывающие на то, что замок могли открывать не приданным ключом. Вас это устраивает?

— Более чем! — обрадовался он. — Значит, мы можем предположить, что Лариса Скляр не только была возле дома, где живет Наталья Аверкина, но и проникла в ее квартиру.

— Только предполагать, — строго сказала следователь, делая акцент на последнем слове. — До тех пор, пока свидетель не опознает Ларису Скляр, мы можем только предполагать. Того факта, что он узнал девушку на фотографии, которую ему показали оперативники, для суда недостаточно, вы же прекрасно понимаете. Это не будет признано допустимым доказательством. То же самое касается и женщины, утверждающей, что видела Скляр возле дома Екатерины Аверкиной в день убийства. И потом, вы же понимаете, что опера погорячились, предъявляя фотографию Скляр потенциальным свидетелям. Если потом проводить опознание задержанной, то его результаты легко опротестовать. Вы же сами так наверняка сто раз делали.

— Конечно, конечно, — заговорил Виталий, всячески демонстрируя согласие. — Но если опираться на предположение, что Лариса Скляр все-таки была в день убийства сначала возле дома Екатерины, а потом возле дома Натальи, мне кажется, надо обязательно прояснить историю с завещанием, потому что никаких видимых мотивов убийства Кати Аверкиной мы не обнаружили. Ни вы, ни я. Кстати, а что с дактилоскопическим исследованием? Есть следы рук моей подзащитной на счете?

И снова странное выражение промелькнуло на лице следователя, не то досады, не то злости, не то неловкости.

— Пока не готово. Господин адвокат, уже поздно...

— Да-да, ухожу. Спасибо за нотариуса.

Он замешкался у двери, отвечая на телефонный звонок матери. Рыженко тем временем сложила вещи в сумку и подошла к шкафу.

— Мама, я перезвоню из дома, — бросил Кирган в трубку и сунул телефон в карман.

Повинуясь внезапному порыву, он снял с вешалки шубу и подал Надежде Игоревне. Она взглянула недоуменно, но повернулась к нему спиной и просунула руки в рукава. Виталий почувствовал запах ее духов. Господи, неужели следователь Рыженко пользуется духами? Почему-то эта мысль показалась ему крамольной, ведь духи — атрибут Женщины, а следователь Рыженко — это следователь Ры-

женко, бой-баба, непробиваемая и непреклонная.
Женщины такими быть не должны. И в ту же секунду он вспомнил ослепительную кожу ее полных мягких рук. Черт, да что ж это такое!

Они вместе вышли из здания на улицу. Едва спустившись со ступеней на тротуар, адвокат поскользнулся и растянулся во весь рост. Надежде Игоревне даже показалось, что он застонал от боли. Портфель выпал из его руки и отлетел в сторону. Она подняла портфель и склонилась к Киргану.

— Помочь? Вы ничего не сломали?

Кирган неуклюже поднялся и принялся стряхивать снег с одежды.

— Кошмар какой-то, — сердито пробормотал он, — неужели нельзя придумать какую-нибудь химию, чтобы люди не падали в такую погоду?

Надежда Игоревна протянула ему портфель.

— Спасибо, — с признательностью сказал он. — Надежда Игоревна, вы на машине?

— Нет, я на метро.

— Тогда позвольте, я вас отвезу. — Виталий решительно подхватил ее под руку. — Ну вы сами посмотрите, что творится на улице! А если вы упадете? А если, не дай бог, что-нибудь сломаете? Нет-нет, ничего не хочу слушать, я вас при такой гололедице одну не отпущу.

Она собралась было отказаться жестко и решительно, перспектива ехать с этим адвокатом ее не прельщала, но, совершенно неожиданно для самой себя, обнаружила, что послушно садится в его машину.

— Куда вас везти? — спросил он.

Рыженко назвала адрес. Некоторое время они ехали молча, потом тишину нарушил голос Киргана:

— Надежда Игоревна, помните, я вам сказал, что настоящая любовь способна на многое, а вы удивились, что мне об этом известно.

— Помню, — равнодушно ответила она.

— А почему вы так сказали? Почему вы считаете, что я ничего не знаю о настоящей любви? У меня что, на лбу это написано? Или вы собираете сплетни о моей личной жизни?

Она молчала, отвечать на вопрос ей не хотелось. Ярко, словно все произошло только вчера, вспомнилась вся история с уголовным делом по обвинению группы скинхедов в убийстве девочки с ярко выраженным кавказским типом внешности. Надежда Игоревна была тогда в плохом состоянии, она никак не могла оправиться после похорон мужа. В деле был протокол допроса одного из свидетелей, допрос провел оперативник, а письменное поручение следователя в деле отсутствовало: то ли забыли составить документ, то ли забыли подшить, но в любом случае эти показания были получены с нарушениями и не могли на суде считаться источником доказательств. И самое обидное, что допросить этого свидетеля в суде не представлялось возможным: он уехал в Латинскую Америку работать по контракту на три года. Кроме того, поскольку дело было групповым, его вели несколько следователей, и когда к делу подключили еще одного следователя, то забыли вынести постановление о включении его в следственную бригаду. И все доказательства, собранные этим следователем, в суде были признаны недействительными. Чисто бюрократические ошибки позволили адвокату Киргану добиться оправдания своего подзащитного. А ведь он знал о том, что у нее, у Надежды Игоревны Рыженко, погиб муж. Но ни с чем не посчитался, использовал ее слабость, ее горе в своих целях, чтобы заработать деньги, которые ему щедро отвалили родители оправданного. Рыженко точно знала, что люди они более чем состоятельные. Неужели Кирган сам не понимает этого? Похоже, что не понимает, иначе не задавал бы такой неуместный вопрос. Ну что ж, каков вопрос — таков и ответ. Ты хотел правду, господин адвокат? Получи.

— Потому что вы не понимали, как мне было больно и тяжело, — злым ледяным голосом произнесла она. — Я потеряла любимого мужа, я была сама не своя, ничего не соображала, конечно, я напортачила и накосячила в деле, а вы этим беспардонно воспользовались, хотя вина вашего подзащитного была очевидна и сомнений у стороны обвинения не вызывала.

— Простите меня, — тихо проговорил он. — Я очень виноват. И перед вами, и перед всеми. И перед самим собой тоже.

Она не собиралась спрашивать, что он имеет в виду. Но почему-то спросила.

— Я действительно не понимал вашего состояния и не мог вам по-настоящему сочувствовать, потому что сам до определенного момента не знал горя. Ударов судьбы не знал. Как-то она меня берегла, охраняла, что ли, а может, я просто такой вот

160

везунчик. Даже мой отец отмечал, что меня судьба щадит. Потом настал момент — и я понял, что натворил. Но было уже поздно.

— Почему? Почему поздно? — спросила Надежда Игоревна, хотя ничего такого спрашивать не собиралась. Слова словно сами слетали с ее языка.

— Вам действительно интересно?

Они стояли на светофоре, и адвокат повернулся к ней, тревожно заглядывая в глаза. Или ей показалось, что тревожно? С чего бы этому безжалостному монстру тревожиться? Наверное, это не тревога, а собранность хитреца и интригана перед очередным ложным выпадом.

— Я бы послушала, все равно ведь едем, — ответила она как можно более равнодушно.

Поток машин двинулся на зеленый сигнал, их подрезал какой-то массивный внедорожник, Кирган еле успел вывернуть руль и сквозь зубы что-то пробормотал. Рыженко показалось, что это были злобные и нецензурные слова.

— Что, передумали рассказывать? — поддела она Киргана, выждав, когда маневр останется позади.

— Ну, если вы настаиваете... Видите ли, Надежда Игоревна, в той истории со скинхедами я тоже пострадал. Как ни дико это звучит. Много лет назад у меня был роман, я тогда работал в юридической консультации и уже был женат. Роман с девушкой из армянской семьи. Она забеременела, я дал ей денег, чтобы сделала аборт в надежной клинике, с хорошим наркозом, ну, вы сами понимаете...

Рыженко кивнула, рассеянно глядя на дорогу.

История давнего романтического приключения не казалась ей интересной.

— Больше я эту девушку не видел. Сначала она взяла больничный, потом и вовсе уволилась. Она никогда больше мне не звонила. Прошло время, и я о ней забыл. А когда после вынесения приговора вышел из здания суда, она подошла ко мне. Черная, страшная, исхудавшая, одни глаза остались. Я ее с трудом узнал.

Он снова замолчал. Рыженко подождала немного, потом не выдержала:

— И что? Что она вам сказала?

— Что девочка, убитая скинхедами, — ее дочь. И моя, соответственно. Она тогда не сделала аборт, решила рожать. И получилось, что я своими стараниями, замешанными на ваших вполне объяснимых и простительных ошибках, выпустил на свободу убийцу собственной дочери.

Слова давались ему с трудом, он говорил все тише и медленнее. Впрочем, подумала Надежда Игоревна, может, это вовсе и не от переживаний, а исключительно оттого, что дорожная обстановка из-за усиливающегося снега и темноты становится более напряженной и требует от водителя полной концентрации внимания.

— Но это... — проговорила она, — как-то сомнительно. Вы сказали, девушка была из армянской семьи, значит, фамилия ее была точно не Иванова. Ладно, я знаю, что мужчины легко забывают о своих романах, но вы же не могли не отреагировать на фамилию потерпевшей. Вы что же, и фамилию своей любовницы забыли?

— У девочки была другая фамилия. Гаянэ вышла замуж, и ее муж удочерил моего ребенка.

Теперь Рыженко вспомнила, что потерпевшим по делу был признан отец четырнадцатилетней Лауры, значит, он и присутствовал на заседаниях суда.

— А мать девочки? Она в суд не приходила? Что же, на протяжении всего процесса вы ее ни разу не видели? — недоверчиво спросила она.

— В том-то и дело, — вздохнул Кирган. — В судебном заседании выступал муж Гаянэ, он ведь считался отцом Лауры. Для Гаянэ было нестерпимо находиться в одном помещении с убийцами дочери, видеть их, слушать их показания. Она не могла этого вынести. Оказалось, она приезжала вместе с мужем каждый день и ждала его в машине, пока шло заседание. После приговора муж вышел из зала сразу же, и к тому моменту, когда я появился на улице, Гаянэ уже все знала. Не стану пересказывать вам, что я от нее услышал. Сами можете догадаться.

Он опять замолчал.

— И что было потом? — тихо спросила Надежда Игоревна.

— Я запил. Здорово запил. В голове все время крутилась мысль о том, что судьба меня догнала и наказала, я добился оправдания убийцы своего ребенка, о существовании которого и не подозревал. Это казалось мне закономерным итогом моей профессиональной деятельности. И я перестал работать.

— Даже так?

— Да, вот так. Перестал брать серьезные дела,

занимался только консультированием, а большую часть времени проводил дома или на даче в обществе бутылки. Разочаровался в профессии, не знал, что будет дальше, жил на те деньги, которые остались от предыдущих накоплений, и не хотел думать о том, на что буду жить потом и с каких доходов буду платить алименты.

— Алименты? — удивилась она. — Вы в разводе?

— Жена не простила меня, когда узнала о моем романе и о внебрачном ребенке. И с сыном видеться не дает. А я его очень люблю и очень по нему скучаю.

— Большой сын? — с неожиданно искренним интересом спросила Рыженко.

— Двенадцать лет.

Она вспомнила свою Ленку в этом возрасте. И вспомнила их с мужем азартное стремление видеть дочку и проводить с ней как можно больше времени каждый день, потому что она менялась стремительно и непредсказуемо, еще вчера это была одна девочка, а сегодня уже совершенно другая, которая что-то услышала, увидела, прочитала и поняла, сделала свои выводы, и теперь ей не интересно то, о чем она так увлеченно еще накануне могла говорить часами, теперь для нее важно совсем-совсем другое... Вспомнила, как однажды, когда муж заехал за ней после работы и они, возвращаясь домой, давились от хохота, заключая пари: какое увлечение овладеет их ненаглядным чадом сегодня? Муж говорил, что оперская интуиция подсказывает ему: если вчера предметом ее постоянного и горячего интереса были герои сериала «Соколовы», то сегодня наверняка будет знаменитый рок-певец, который приехал в Россию на гастроли. А на чем настаивала Надежда Игоревна? Она не могла вспомнить. Вот странно: слова мужа помнит совершенно точно, даже видит его лицо, слышит его голос, а то, что говорила сама, забыла. Но зато хорошо помнила, что именно было тогда ставкой в этом пари. И еще помнила, что выиграла, поэтому ночью, разомкнув объятия, они вышли на кухню пить чай. Муж предпочитал сразу засыпать, а ей обычно не спалось и хотелось еще посидеть-поговорить. Она тогда выиграла, и все было так, как ей нравится.

— Вы молчите, — угрюмо констатировал Кирган. — Вас шокировала моя история?

Надо же, оказывается, она так погрузилась в воспоминания, что не заметила, как пауза затянулась. А вот история... Шокировала ли она Надежду Игоревну? Да нет, она в своей практике следователя и не с такими коллизиями сталкивалась. Но она с ужасом и удивлением почувствовала, что злость и ненависть к этому человеку куда-то подевались. Теперь он вызывал у нее сочувствие, несмотря на то, как поступил в прошлом году по отношению к ней. Сочувствие и странное, непонятно откуда взявшееся желание протянуть руку и погладить его по волосам. Господи, глупость какая!

— Почему же вы взялись за дело Аверкиной, если решили больше не практиковать?

— Сам не знаю. — Ей показалось, что на лице адвоката мелькнула беглая улыбка. Мелькнула — и тут же пропала. — Пришел мальчик, Ленар Габитов, с ним — двое стариков-пенсионеров, начали меня уговаривать, и я не смог отказать. Клял себя последними словами за то, что согласился. Но как-то они меня уломали... Сейчас уже и не припомню, какими такими способами. А уж когда соглашение подписали, мне пути назад не было, я же не имею права отказаться. Но это было только сначала.

— А потом что? — ей становилось все интереснее.

— А потом я понял, что моя подзащитная невиновна, и тогда во мне проснулся охотничий азарт, желание вытащить ее, приложить все усилия. Может, я так хотел искупить свою вину, не знаю... И еще был момент, когда я увидел, как у Натальи опустились руки. И вспомнил про грех уныния. Я понял, что не хочу быть похожим на нее. Надежда Игоревна, давайте больше не будем об этом, ладно? Боюсь, еще чуть-чуть — и вы меня возненавидите. Впрочем, вы и так меня ненавидите, хуже уже вряд ли будет. Но вам может показаться, что я умышленно пытаюсь сократить дистанцию между защитником и следователем, и вы мне этого не простите. А я уже и так перед вами виноват. Мне бы не хотелось, чтобы ваша неприязнь ко мне стала сильнее.

Ну вот, дождалась. Довыпендривалась. Ведет себя как пустая истеричная бабенка, которая старается демонстрировать свои чувства всем и каждому. Ну почему она с самого начала не выстроила отношения с адвокатом, не сделала их ровными и деловыми, какими всегда бывали ее отношения с защитниками по уголовным делам? Почему всячески подчеркивала, как он ей неприятен? Зачем? Чего добивалась? Чтобы ему было неуютно и напряжно в ее присутствии? Чтобы — что? А теперь, когда ей придется на каждом шагу признавать его правоту, что она станет делать со всем своим праведным гневом, которому позволила выплеснуться наружу? Неужели у нее достанет глупости, чтобы упираться до последнего и изо всех сил делать вид, будто убеждена в виновности Аверкиной, хотя на самом деле с каждым днем растет уверенность в том, что девчонку действительно подставили! Да, в прошлом году он поступил гадко, подло, некрасиво. И что? Теперь из-за этого должна страдать несчастная медсестра Аверкина? Тем паче адвокат так наказан судьбой, что врагу не пожелаешь.

Ей стало противно и муторно от взгляда на себя со стороны. И еще в глубине души шевельнулось сочувствие к сидящему за рулем мужчине. И, кажется, даже симпатия.

В холодильнике было пусто, даже элементарную закусь соорудить не из чего. Виталий раздраженно захлопнул дверцу и достал из кухонного шкафчика бутылку и стакан с толстым дном. Налил изрядную порцию, поднес ко рту и... поставил на стол. Что-то не так.

На душе было смутно, одновременно горько и радостно. Он корил себя за то, что внезапно, ни с того ни с сего, разоткровенничался со следователем. И чего его потянуло на признания? Наверное, его выбил из колеи вид Надежды Игоревны в партикулярном платье и без привычной «кики» из волос, которая ее ужасно, оказывается, старила. И вел он себя совершенно по-дурацки, и нес какую-то чушь, да еще и упал в придачу... Как дурак, признался в том, что чуть не спился. Совсем расслабился и нюх потерял. Разве можно так разговаривать со следователем? Придурок!

Чуть не спился... Виталий вышел из кухни, открыл дверь ванной, включил освещение и посмотрел на себя в зеркало. То, что он увидел, ему не понравилось. Рассматривал долго, внимательно, потом вышел в комнату и достал из альбома прошлогодние фотографии, сделанные примерно за месяц до начала процесса над скинхедами, когда они вместе с женой Милой и сынишкой ездили на Кипр. Всего год прошел, а если сравнивать два изображения — на снимке и в зеркале, будто на десять лет постарел. Опустился. Под глазами мешки, прорезанные невесть откуда взявшимися морщинами, которых еще год назад и в помине не было. И носогубные складки залегли глубже. И кожа приобрела нездоровый красноватый оттенок. И волосы, давно забывшие, что такое ножницы в руках опытного дорогого парикмахера. Над брючным ремнем вот-вот нависнет недвусмысленная складка, не зря же предупреждают, что в алкоголе много калорий. Одним словом, ничего хорошего Виталий Кирган не увидел. И Надежда Игоревна, наверное, тоже не видит ничего приятного, когда смотрит на него. Он-то, мужик до мозга костей, глаза растопырил, впитывая в себя вид ее ослепительной кожи, полного тугого тела и густых блестящих волос, а она, наверное, смотрела на него и недоумевала, как этот помятый неухоженный мужичонка смеет на нее пялиться.

От этой мысли он почувствовал себя почему-то униженным. Он, Виталий Кирган, предмет обожания всех девчонок на курсе, мужчина, который всегда очень нравился женщинам, вдруг понял, что он не ровня Надежде Игоревне. Не следователю Рыженко, а именно красивой женщине по имени Надежда. Недостоин. Не тянет. Не соответствует. И не имеет у нее никаких шансов.

Виталий сердито тряхнул головой.

— А они мне нужны — шансы эти? — громко спросил он у своего отражения. — Куда мысль-то занесла? При чем тут Рыженко?

Отражение, само собой, промолчало. А вот внутренний голос Виталия Николаевича вполне внятно ответил: шансы — нужны, а Рыженко — при том.

Пить расхотелось. Болезненно и остро захотелось выглядеть так же хорошо, как раньше, захотелось вернуть себе вид успешного, здорового, состоявшегося в профессии и состоятельного мужчины. И еще захотелось семьи, уюта, тепла, нежности, дружбы — всего того, что было в его браке с Милой и чего он в одночасье лишился.

Виталий и Мила жили дружно, в 1998 году, когда им было по 28 лет, родился сын, которого оба обожали. Мила, несмотря на внешнюю привлекательность, себя соблюдала, хотя поклонников было всегда много. Она ни разу за 17 лет не изменила Виталию, хранила ему верность и искренне любила. А поскольку он был умным и осторожным, то никогда не давал ей повода сомневаться в его верности и что-то подозревать. Она прожила 17 лет в убеждении, что у нее необыкновенно счастливый брак, что муж ей верен и она проживет с ним долго и счастливо и, как в новеллах Грина, они умрут в один день.

За 17 лет Виталий не узнал свою жену лучше, чем знал ее в первый год супружества. Мила всегда и во всем поддерживала его и была надежной опорой при принятии любых решений, понимала его и никогда не осуждала. Так было в самом начале, когда она пылала влюбленностью, и Виталий наивно полагал, что так будет всегда. Когда закончился суд над скинхедами и он узнал о том, что его дочь убита тем человеком, оправдания которого он сумел добиться, Виталий впал в депрессию. Мила это сразу же заметила и стала с тревогой спрашивать, что случилось. Он какое-то время отмалчивался, потом решил все ей рассказать, полагаясь на свое убеждение в том, что она всегда его поддержит и все простит, как это было раньше, когда они оба смотрели в одну сторону и у них были одинаковые желания и потребности. Ему даже в голову не приходило, что за эти годы Мила могла как-то измениться, и если 17 лет назад они были совершенно одинаковыми, то теперь, возможно, все и не так.

Оно и оказалось не так. Для Милы известие о том, что 15 лет назад муж ей изменил и на стороне родился ребенок, стало убийственным. Она-то была уверена в его верности! А он оказался обманщиком, да еще к тому же человеком, который мог сунуть женщине деньги на аборт и забыть о ней навсегда. Если двадцатипятилетней Миле это могло бы показаться нормальным, то сорокалетней Людмиле Эдуардовне это показалось отвратительным. Она немедленно ушла от Виталия, забрав сына.

Дом опустел. И появился холод, широкой тонкой полосой тянущийся бог весть откуда и вымораживающий душу.

Тогда, год назад, Виталию было не до самоанализа, он хотел только забыться и согреться. А сейчас, вспоминая свой развод, он думал о том, что при своей профессии, предполагающей постоянное общение, он так и не научился разбираться в людях. Допустил ужасную ошибку с Гаянэ, но это по молодости. А с Милой он ошибся, уже будучи зрелым человеком. Вот и в Рыженко не разобрался, а она на самом деле совсем не такая, как он думал. Рассказав ей о том, что случилось с ним год назад, он был на двести процентов уверен, что Надежда Игоревна начнет поучать его и говорить, что он получил по заслугам, и был готов все это выслушать. А она... До конца поездки говорила о чем-то совершенно постороннем, не имеющем отношения ни к его рассказу, ни к делу Аверкиной, и голос ее при этом звучал мягко и негромко, и не было в нем того холода, который он уже привык слышать, когда приходил к ней. Сидя рядом с ним в машине, она не была бой-бабой, упертой и непробиваемой, она была красивой женщиной, его ровесницей, которая пытается отвлечь его от горьких мыслей, сочувствует ему и понимает, как ему хреново. А ведь адвокат Кирган был абсолютно уверен в том, что следователь Рыженко на сочувствие и понимание просто не способна. По определению.

Оперативники ушли, а Надежда Игоревна Рыженко пыталась собраться с мыслями и решить, как вести себя с адвокатом. Ситуация сложилась близкая к критической. Подходил к концу двухмесячный срок, и нужно было либо готовить обвинительное заключение по делу Аверкиной и передавать дело в суд, либо писать руководству ходатайство о продлении сроков производства по делу и получать согласие этого же самого руководства на возбуждение перед судом ходатайства о продлении сроков содержания подследственной Натальи Аверкиной под стражей. Ну, то, что начальство будет задницу морщить, это понятно, Надежде Игоревне не привыкать. А вот как быть со всем остальным?

Остальное — это то, что рассказали только что ушедшие Дзюба и Колосенцев. Поскольку сравнение следов, обнаруженных в квартире Аверкиной, с объектами, полученными при негласном дактилоскопировании, однозначно показало, что следы оставлены одним и тем же человеком, волей-неволей приходится делать вывод: Лариса Скляр побывала в день убийства Кати Аверкиной дома у Катиной сестры, пока та гуляла со своим дружком по торговому центру. В общем-то, если сложить воедино показания Натальи, оперативную информацию и результаты исследований, проведенных по инициативе розыска, то картинка складывается вполне понятная. Наталье звонят и приглашают на консультацию к врачу, которого не существует в природе и который якобы принимает пациентов по вымышленному адресу. Ее выманивают из дома, да так, что потом подтвердить ее алиби будет крайне затруднительно. Лариса Скляр, одетая точно так же, как Наталья, в парике и в темных очках, является к своей подружке Кате, убивает ее на глазах у гуляющих во дворе людей, уверенных, что они видят Катину старшую сестру, забирает деньги, место хранения которых ей отлично известно, переодевается и быстро покидает место происшествия. Едет на квартиру Натальи, открывает дверь изготовленным по слепкам ключом, оставляет взятые у Кати деньги в ящике туалетного столика и исчезает.

Но кроме денег, эта Скляр оставляет на столе счет из клиники. Вот с этим счетом Рыженко допустила очевидный ляп. Хорошо, хоть вовремя спохватилась и назначила экспертизу.

В тот же день она позвонила в клинику, где ей сказали, что доктор Шубарин и его жена до сих пор не вернулись, поскольку доктор серьезно заболел и находится на лечении в Швейцарии, а супруга сидит рядом с ним. Допросить Аллу Шубарину, которая оформляла и выдавала счет, было необходимо. Но как это сделать?

Рыженко перелистала папку, вернулась к более ранним материалам, остановила взгляд на заключении эксперта, которому направили изъятые в квартире Аверкиной денежные купюры в пакете из магазина «Перекресток» вместе с дактилокартой задержанной. На некоторых купюрах выявлены следы, принадлежащие подозреваемой. Следователь вынула протокол допроса Аверкиной. «Вопрос: Как вы объясните наличие следов ваших рук на денежных купюрах? Ответ: Катя показывала мне деньги, это было много раз. В первый раз — когда она их только-только получила, принесла из банка, я вместе с ней ездила, потому что сумма была очень большая, и она боялась. Дома мы их вынули из пакета, рассматривали, удивлялись, радовались. Мы таких денег никогда в жизни не видели. И потом, когда я приходила к Кате, она часто вытаскивала пакет с деньгами, открывала, высыпала пачки на стол или на диван, и мы вместе их перебирали». Пачки. Все правильно. Деньги, полученные в банке, были в пачках, по сто пятитысячных купюр, стало быть, по полмиллиона в пачке. Итого, шестнадцать. Надежда Игоревна снова вернулась к экспертному заключению и начала, загибая пальцы, подсчитывать количество купюр, на которых выявлены следы Натальи Аверкиной. В пакете, найденном при обыске, было четырнадцать пачек и пятитысячные купюры россыпью на сумму... Пришлось заглядывать в протокол обыска: на сумму четыреста двадцать пять тысяч рублей. Одну пачку Катя Аверкина полностью истратила, вторую начала. Если Наталья действительно трогала пачки, перебирала их, то оставляла следы на двух купюрах — верхней и нижней. Стало быть, купюр с ее следами должно быть никак не больше двадцати девяти — по две купюры в каждой из полных четырнадцати пачек и нижняя купюра из пятнадцатой, начатой. Может быть, и меньше, ведь совсем не обязательно, что она прикасалась к каждой пачке. В экспертном заключении перечислены восемнадцать купюр. Это не противоречит показаниям подследственной. А что с пакетом? А вот на пакете ни одного следа

Натальи не выявлено. Есть следы нескольких неустановленных лиц, но это и понятно, поскольку пакет из магазина, в нем, вероятнее всего, когда-то принесли продукты, и вообще неизвестно, кто к нему прикасался до того момента, пока Катя Аверкина не положила в него деньги и не спрятала в диван. Следы самой потерпевшей — во множестве, это естественно. И еще есть следы, аналогичные тем, которые обнаружены на файле со счетом, — следы кожаных перчаток. Это не снимает подозрений с Натальи, но все равно как-то глупо... Если она убивает сестру и забирает деньги, то зачем ей трогать пачки голыми руками, а за пакет браться строго в перчатках? А вот если она говорит правду, тогда все сходится: Катя вынимает пакет, вытряхивает из него деньги, Наталья трогает их, перебирает вместе с сестрой, они радуются неожиданному богатству, потом Катя собирает пачки в пакет и снова прячет его. При таком раскладе Наталья действительно к пакету не прикасается, и ее следов на нем быть не должно. Их и нет. А следы погибшей Кати есть.

Вот так получается... Вроде бы все складно. Но при этом совершенно непонятно. В чем смысл? Где мотив? Какова цель этой невероятной комбинации? А цель должна быть какой-то очень значительной, потому что комбинация, что очевидно, готовилась загодя и тщательно. Нужно было познакомиться с Катей Аверкиной, втереться к ней в доверие и стать ее лучшей подругой. Затем Лариса Скляр должна была улучить момент, когда сумочка Натальи останется без пригляда, и снять слепки, предварительно ей пришлось ехать на ВВЦ за воском. Во всяком случае, именно такой вывод можно сделать из информации, представленной оперативниками. Кроме того, Скляр должна была инициировать и организовать совместный поход сестер в магазин за обновками для Натальи, после чего вернуться в этот же магазин и купить второй комплект одежды, обуви и аксессуаров. Сегодня приходила вызванная повесткой Олеся Кривенкова, которую следователь допросила, а потом пригласила понятых и провела опознание, предъявив свидетелю в ряду других фотографию Ларисы Скляр. Продавщица уверенно опознала преступницу, указав, что видела ее дважды: сначала с сестрами Аверкиными, а на следующий день — одну. Потом встала задача выбрать день, когда у Натальи выходной, организовать звонок ей по телефону якобы из центра планирования семьи и выманить на консультацию, а с Катей на это же время договориться о визите. Кроме того, если исходить из доверия к показаниям подследственной, нужно было еще получить счет на оказание медицинских услуг, то есть предварительно позвонить, назваться Натальей Аверкиной, попросить подготовить счет и, приняв соответствующий облик, явиться в клинику. Трюк старый и хорошо проверенный опытом: предварительный звонок по телефону ведет к тому, что человека, который говорит: «Я вам звонил», не проверяют. Срабатывает в девяноста процентах случаев. В общем, если сложить все составляющие этой комбинации, то дело не выглядит таким уж простым. А цель должна все-таки хоть как-то соответствовать средствам. И если средства так сложны, если подготовка такая трудоемкая, то и цель должна быть значительной. Но как ни ломала голову следователь Рыженко, смоделировать эту цель она не сумела. Ясно было одно: целью не являлись семь с половиной миллионов рублей, взятые у Кати. И из этого вполне определенно следовал вывод, что на карту поставлено больше, чем эти злосчастные миллионы.

Все-таки опера — молодцы, и хотя первое время работали по делу Аверкиной ни шатко ни валко, но потом как-то встряхнулись и за короткий период накопали много интересного. Обидно, конечно, что Ларису Скляр они найти не сумели, за них это сделал адвокат, зато теперь, судя по всему, обложили все ее связи и контакты и тащат информацию огромными пачками. Жаль, что нельзя задержать эту девицу и официально ее дактилоскопировать, чтобы назначить экспертизу по всем правилам. Пока что в распоряжении следствия только результаты экспертного исследования, проведенного по инициативе уголовного розыска, а это в суде доказательством не считается. Если по уму, то Аверкину, конечно, надо отпускать, но боязно... Тот, кто задумал такую сложную комбинацию с непонятной целью, должен быть не рядовым человеком, и кто его знает, какой пост он занимает и в какой организации. А вдруг он имеет прямой доступ к информации о ходе предварительного следствия? Пока Наталья находится под стражей, а Лариса Скляр разгуливает на свободе, этот человек может чувствовать себя спокойно и мер предосторожности никаких не принимать, поскольку думает, что его замысел реализовался гладко и всех ввел в заблуждение. Если отпустить Наталью, он забеспокоится. А если задержать Ларису, то начнет что-то предпринимать, возможно, скроется, да так, что и не найдешь.

И вот встает перед следователем Рыженко непростой вопрос: как повести себя с адвокатом? В принципе, она имеет полное право не говорить ему о результатах исследования, поскольку пока что это считается оперативной информацией, разглашать которую нельзя. Адвокат имеет право знакомиться только с материалами, официально приобщенными к уголовному делу. Но, с другой стороны, замок... ключ... и, что немаловажно, результаты экспертизы по файлу и счету, которые гласят: следов Натальи Аверкиной на них не обнаружено. На полимерном пакете и на бланке счета есть пригодные для идентификации следы, но Аверкиной они не принадлежат. Выявлен след кожного узора; его конфигурация позволяет предположить, что он оставлен кожаной перчаткой. Можно, конечно, прикинуться чайником и тупо твердить, что Аверкина получила счет, но держала его в руке, одетой в перчатку. Можно. Но никакой критики эта позиция не выдержит. Счет она принесла домой, а значит, должна была раздеваться, снимать перчатки и держать файл голыми пальцами. Одним словом, у адвоката Киргана и без информации, полученной оперативным путем, есть все основания ходатайствовать об освобождении его подзащитной из-под стражи. Что ему сказать? Как объяснить, почему следствие считает эту меру преждевременной?

Ах, если бы мальчики-опера зафиксировали контакт Ларисы Скляр с тем, кто ее втянул в эту авантюру! Тогда все было бы намного проще и быстрее. Что толку ее задерживать сейчас? Ну привезут ее в отдел, ну допросят, а она либо выдаст заранее приготовленную ложь, либо признается в убийстве. Мало ли, какова на самом деле та самая пресловутая цель? Может быть, она настолько значима, что признательные показания Скляр являются вполне допустимым средством ее достижения. Скляр возьмет все на себя и сообщника не выдаст, а ведь он есть, этот сообщник, точно есть, потому что никаких личных мотивов для того, чтобы подставить Аверкину, у Скляр быть не может, это очевидно. Оперативники «просветили» всю жизнь Натальи от самого рождения, и если бы хоть где-нибудь промелькнуло хоть что-нибудь, что позволяло бы связать Наталью с Ларисой, они бы заметили. Да, мотив убить подружку у Ларисы вполне мог быть. А вот зачем ее сестру в тюрьму отправлять?

Может, оперативники плохо сработали? Схалтурили? Надежда Игоревна подумала о том, что Дзюба ей нравится, а Колосенцев — нет. Она даже както звонила их начальнику и просила попридержать Геннадия, чтобы он не испортил Ромчика. Начальник тогда начал орать, что Генка его лучший опер, толковый, хваткий и очень исполнительный. А Рыженко ему пыталась объяснить, что он именно исполнитель, что у него нет творческого, креативного начала и не работает фантазия. И вообще, ему скучно, ему работа не интересна. А из Романа при правильном подходе, если не подрезать ему крылья, выйдет гениальный сыскарь. Но начальник ее не понял, Колосенцева не придержал, и тот так и продолжает издеваться над рыжим Ромчиком.

Но как же все-таки поступить с адвокатом? Надежда Игоревна привыкла к тому, что защитник всегда является противником следователя, это нормально, это естественно, для того и придумана состязательность в уголовном процессе. Но теперь-то получается, что они с адвокатом пришли к единому мнению: Аверкина невиновна. При этом у следователя есть еще и оперативная информация, которая это подтверждает, а у адвоката такой информации нет. Сказать ему? Или промолчать? Конечно, он поступил по-свински, когда воспользовался ее растерянностью и профессиональными ошибками, вызванными стрессом и горем, но, в конце концов, и он сам оказался жестоко наказан. Может быть, его горе было даже сильнее, чем ее. Рыженко попыталась представить себе, что ее Ленку убили, и в глазах от этой мысли сразу потемнело. Да, ему, пожалуй, было намного хуже. И ведь он сам признался, что жизнь его щадила и до убийства дочери он вообще не знал настоящих утрат. Разве мог он понять, что творилось год назад с Надеждой Игоревной? Да, он знал, что ее муж погиб, не мог не знать, потому что дело на короткий период передавали другому следователю, и адвокат обязательно был поставлен об этом в известность, равно как и о причинах временной замены следователя. Знать-то знал, а вот понимать ее состояние и сочувствовать ему он вряд ли мог. Так стоит ли держать на него

зло за это? И должна ли за это расплачиваться Наталья Аверкина?

Решение нужно было принимать прямо сейчас,
чем быстрее — тем лучше, потому что адвокат уже
едет сюда... Надежда Игоревна посмотрела на часы — Кирган появится в ее кабинете с минуты на
минуту.

Когда послышался стук в дверь, решение было
принято.

— Виталий Николаевич, вы не пытались разыскать Аллу Шубарину? — спросила Рыженко в лоб,
едва Кирган переступил порог.

— Не только пытался, но и разыскал, — с улыбкой ответил тот.

— Вы летали в Швейцарию?

— Пришлось. Вам интересно, что она мне сообщила? Готовы приобщить к делу мой протокол?

— Зависит от того, что именно она вам сказала, — осторожно отозвалась Рыженко.

— Что двадцать четвертого декабря, в пятницу,
ей позвонила женщина, назвавшаяся Натальей
Аверкиной, доложилась, что решила свою финансовую проблему и теперь может пройти все пред-
писанные процедуры в головной клинике. Попросила подготовить счет и предупредила, что заедет
за ним завтра, то есть в субботу, двадцать пятого.

Так и есть, фокус со звонком, старый, как мир.

— И что было дальше?

— На следующий день Аверкина пришла, попросила положить счет в файл, якобы чтобы он не по-
мялся, и быстро ушла. В кабинете Шубариной про-

была не более полутора-двух минут. И перчатки не снимала.

— Шубарина обратила на это внимание? Или это ваши домыслы?

— Нет, Надежда Игоревна, я ничего не придумываю, Алла Шубарина сама сказала про перчатки. Она заметила и сделала вывод, что Аверкина, вероятно, очень торопится. Думаю, вы и сами догадались, что женщина, получившая счет, была в красной куртке, белых джинсах и сапогах-ботфортах. И в солнцезащитных очках. У Шубариной ни на миг не возникло сомнений, что перед ней Наталья Аверкина, которая проходила у них предварительное обследование и чьи паспортные данные у них были.

— И вы...

Надежда Игоревна запнулась, подыскивая подходящую формулировку.

— Ну конечно, — широко улыбнулся Кирган, — я показал Шубариной те же самые фотографии, которые показывал вам. Наталья Аверкина и Олеся Кривенкова, продавщица. Шубарина затруднилась с указанием женщины, которая отдавала счет. Она сказала, что идентифицировала посетительницу по прическе. На черты лица внимания не обратила, ей и в голову не пришло, что перед ней может быть не Аверкина, ведь она звонила накануне и предупреждала, что придет.

— А голос?

— Шубарина не настолько хорошо знала пациентку Аверкину, чтобы узнать ее по голосу. Звонившая представилась, и у Шубариной не было оснований сомневаться. Надежда Игоревна...

— Помолчите, — резко оборвала его Рыженко.

Ну вот, сейчас она должна сказать... Или все-таки не говорить? Нет, решение принято.

— Виталий Николаевич, я отдаю себе отчет в том, что у вас есть основания ходатайствовать об освобождении Аверкиной из-под стражи.

В его глазах мелькнуло изумление, подбородок дернулся.

— Но прошу вас в интересах следствия оказать нам содействие. Если Аверкина выйдет из СИЗО, это сильно затруднит поимку настоящего преступника. Кроме того, поставит под угрозу ее жизнь.

— Это каким же образом, позвольте спросить?

— А вы сами подумайте. Следствие готово согласиться с доводами защиты и признать, что Аверкина не причастна к убийству сестры. А кто причастен?

— Лариса Скляр, это же очевидно, — пожал плечами Кирган.

— Да, — кивнула следователь, — а еще кто? Скляр является исполнителем, можно считать, что это установлено оперативным путем. Но за ней кто-то стоит, вы и сами это понимаете. И степень опасности этого человека может оказаться очень высокой. Неужели вы готовы рисковать жизнью своей подзащитной? Если он заинтересован в том, чтобы Аверкина была признана виновной и получила срок за убийство — а срок, учитывая корыстный мотив, окажется ох каким немаленьким, — то вполне может попытаться ее уничтожить. До тех пор, пока ни вы, ни я не выяснили, какой мотив им двигал, мы не можем исключать такой возможности. Права не имеем. Я готова выпустить Аверкину из СИЗО, готова отправить туда Ларису Скляр, но этот неизвестный нам с вами человек останется на свободе, и кто знает, чем он руководствуется, какие у него возможности и что придет ему в голову.

Ну вот, мяч на стороне адвоката. Пусть отбивает. Правда, есть вероятность, что его ответный удар следователю уже не отбить.

— Надежда Игоревна, вам не кажется, что вы пытаетесь переложить на сторону защиты проблемы, которыми должна заниматься сторона обвинения? — ответил Кирган. — Раскрывать преступления — это ваше дело. А мое дело — чтобы Аверкина не сидела в СИЗО, если она невиновна.

— Вы правы, конечно. Но при этом мое дело — раскрыть преступление до конца, а не хватать стрелочника. Вы уверены, что заказчик не получает информацию о наших с вами телодвижениях? Мы ведь ничего о нем не знаем. А вдруг мы его спугнем тем, что выпустим вашу клиентку? Сейчас он совершенно спокоен. И нам не нужно, чтобы он начал тревожиться и прятать улики.

Кирган усмехнулся.

— Должен ли я вас понимать таким образом, что вы мое ходатайство об освобождении из-под стражи не удовлетворите, если я его подам?

— А вы немедленно подадите жалобу на то, что я незаконно и без оснований держу человека под стражей, — отпарировала Рыженко. — Ведь подадите?

Адвокат сделал выразительный жест рукой, который означал, что, конечно же, он будет жаловаться, это его обязанность, его работа.

— Если вы подадите ходатайство, — продолжала она, — у меня не будет оснований его не удовлетворить. Но вы согласны со мной? Вы согласны, что выпускать Аверкину из СИЗО просто опасно?

— Согласен. Но ходатайство я подать обязан, иначе моя клиентка меня не поймет.

— Поговорите с ней. Попросите еще немного потерпеть. Объясните, что это в целях ее же безопасности.

Вот, теперь она все сказала. Ее последние слова — самые главные. Следователь Рыженко поставила перед собой поистине нерешаемую задачу: перетянуть адвоката на сторону следствия и убедить его воздействовать на подзащитного, чтобы томящийся в камере человек пошел навстречу тем, кто его по ошибке арестовал.

Кирган молчал, что-то обдумывая, наконец спросил:

— Надежда Игоревна, вы сказали, что оперативным путем получена информация, подтверждающая невиновность моей подзащитной. Это так?

— Так, — кивнула она.

— Но какая это информация, вы мне, конечно, не скажете, — констатировал он.

— Конечно, не скажу, — слегка улыбнулась Рыженко. — Вы же понимаете, не имею права. Я и без того сказала вам слишком много. Хочу надеяться, что на сей раз вы этим не воспользуетесь мне во вред.

— Хорошо, я поеду в изолятор и поговорю с Натальей. Но ничего вам не гарантирую. Даже если я не стану подавать жалобу на незаконное содержание под стражей, она может сделать это сама. И что бы я ей ни объяснял, мы не должны забывать, что рядом с ней находятся сокамерницы, которые могут оказаться куда более ушлыми, чем Аверкина. Мы не знаем, какие у них сложились отношения, что она им рассказывает и как они на нее влияют. Очень может быть, что их слово и их совет значат для Натальи куда больше, нежели то, что говорю я.

Она победила! Он согласился оказать помощь следствию.

Вообще-то, не такой уж он и мерзкий, этот Кирган. Вполне вменяемый, вполне адекватный. Надо же, не поленился за границу слетать, денег не пожалел, чтобы разыскать Аллу Шубарину. Всякий ли адвокат на такое способен? Видно, история с Натальей Аверкиной его действительно зацепила, разбередила душу. Неужели то, что случилось с его внебрачной дочерью и ее убийцей, так на него подействовало, и этот человек, о котором она целый год не могла даже вспомнить без содрогания, действительно способен на неподдельное сопереживание чужому горю? Неужели та годичной давности история заставила его по-настоящему страдать?

Надежда Игоревна поняла, что барьер неприязни, стоявший между ней и адвокатом Кирганом, зашатался. Да, они остаются соперниками на правовом поле, это он правильно сказал, но разве это означает, что она, следователь Рыженко, не может просто по-человечески ему посочувствовать? И порадоваться за человека, который был на полпути к тому, чтобы спиться и опуститься, но нашел в себе силы вернуться к работе.

Она вспомнила по-мужски заинтересованный взгляд адвоката, его осторожное прикосновение к ней, когда он подавал ей шубу, его сильную руку, подхватившую ее локоть на скользком тротуаре, и привычно собралась совсем по-женски поздравить себя с тем, что в свои сорок два года еще вызывает интерес у вполне достойного мужчины, но тут же осекла сама себя: она — вдова и всего год назад потеряла мужа. Не нужна ей эта радость. Во всяком случае, пока не нужна. Она еще не готова.

Виталий Кирган и не надеялся, что разговор с Аверкиной пройдет гладко.

— Ваша невиновность и непричастность к преступлению фактически установлены, — бодро начал он.

Наталья вскинула голову и непонимающе посмотрела на него.

— То есть... вы хотите сказать... всё, что ли? Меня отпускают? — На ее лице, сменяя друг друга, промелькнули недоверие, радость, снова неуверенность в том, что она правильно услышала и поняла, потом брови ее сосредоточенно сдвинулись. — А кто же убил Катю? Его нашли?

— Пока нет. Но уже понятно, что это сделали не вы.

— Это правда? — на всякий случай уточнила Наталья, все еще не в силах поверить, что кошмар закончился.

— Чистая правда, — улыбнулся Виталий.

— Когда я смогу уйти домой? Сегодня?

— Видите ли, — вздохнул он, — у нас с вами непростая ситуация. Так быстро это не делается. Я сейчас должен, по идее, подать ходатайство об освобождении вас из-под стражи, следователь его рассмотрит и вынесет решение, удовлетворить его или оставить без удовлетворения.

В глазах Натальи появились испуг и недоумение.

— Так что, она может отказать? Вы же сказали, что моя невиновность установлена. Зачем ей отказывать?

— Наташа, установлена — не значит доказана, это разные вещи. Но дело даже не в этом. Послушайте...

Вот черт, ну как, какими словами убедить человека, почти два месяца промаявшегося в СИЗО, что ему нужно пробыть здесь еще какое-то время, хотя все уже поверили в его невиновность!

— Короче, для вашей же безопасности лучше, чтобы вы пока оставались здесь. Если преступник узнает, что вы на свободе, он может попытаться вас убить.

— Меня? — в голосе Аверкиной зазвучала паника. — Убить? Но за что? Почему?

— Вот это мы и должны выяснить, — мягко проговорил Кирган. — Ведь зачем-то же этот человек пытался отправить вас в тюрьму, значит, у него есть причины желать вам зла.

— Какие причины? — она окончательно растерялась. — Почему? Кто этот человек? Я его знаю?

— Это неизвестно. Его надо обязательно найти,

понимаете? И при этом сделать так, чтобы вы не пострадали.

Он приводил аргументы, уговаривал, успокаивал, и в конце концов Наталья согласно кивнула головой. Она все поняла: не нужно никому в камере ничего рассказывать, не нужно подавать жалобы прокурору — надо верить в то, что скоро все закончится и она вернется домой, надо просто набраться мужества и сил и терпеть.

Наталья уже смирилась с тем, что будет приговорена к лишению свободы и пойдет на зону. Она не борец, у нее сразу опустились руки, и за все время следствия Аверкина успела свыкнуться с тем, что у нее все равно никого нет, она никому не нужна, и ее дальнейшая жизнь будет проходить за колючей проволокой. И вдруг Виталий Николаевич сказал, что ее обязательно выпустят, надо только еще немножко потерпеть. И это означает, что уже совсем скоро она выйдет из этой вонючей душной камеры, вернется в свою квартиру, вымоется в своей ванне и выспится в своей постели. Она будет долго-долго лежать в горячей воде, потом так же долго стоять под душем и тереть кожу жесткой мочалкой. Потом будет долго-долго спать. Когда от души выспится, сядет на кухне за стол и будет пить чай из своей любимой чашки с розовыми рыбками. Потом...

А что будет потом? Ее, наверное, уже уволили за прогулы, и придется искать новую работу. Хотя, кажется, ей кто-то говорил, что, если человека арестовали незаконно, можно через суд восстановиться на работе. Но хватит ли у нее сил заниматься судебными тяжбами? Ничего, работу она найдет, на медсестер всегда есть спрос. Может быть, ее даже возьмут на прежнее место. И начнется такая же жизнь, как была раньше, до тюрьмы... Нет, не начнется, потому что Катюши больше нет. И можно считать, что у Наташи больше нет матери. Она в этой новой жизни останется совсем одна, и придется к этому привыкать и приспосабливаться. Ленар наверняка ее бросит. И хотя Виталий Николаевич каждый раз говорит о том, как Ленар за нее переживает и беспокоится, как старается изо всех сил ей помочь, все равно Наташа уверена, что их отношения прекратятся, как только вся эта страшная история закончится. Просто Ленар — чистый, честный и благородный мальчик, который считает, что не имеет права бросить в беде женщину, с которой спит. Но как только беда минует, он сочтет себя свободным. И будет прав. Зачем ему женщина на шесть лет старше, которая была под следствием по обвинению в убийстве? Честным, чистым, благородным мальчикам нужны совсем другие спутницы.

Ей стало страшно перед этой непонятной новой жизнью, в которой не будет Кати и мамы. И мелькнула странная мысль: пусть это загадочное преступление раскрывается подольше, пусть она еще посидит в камере. По крайней мере здесь все понятно. И не будет никаких неожиданностей. Еще вчера, даже еще сегодня утром Наташа отдала бы все на свете, чтобы вырваться отсюда. А теперь она боится жизни на свободе.

Сквозь стену доносились звуки работающего телевизора — хозяева квартиры смотрели какое-то вечернее ток-шоу, которое, как правило, больше походило на «базар-вокзал», где все кричат и визжат, перебивая друг друга. Хозяйка, милая пенсионерка, хорошо относившаяся к Антону, заварила чай и предложила порезать тортик, который Антон же и принес, но он отказался. Торт — для них, бывших сотрудников МВД, предоставлявших ему квартиру для конспиративных встреч, а для Романа Дзюбы он купил гамбургеры, еще при первом знакомстве отметив, что парень постоянно хочет есть. Теперь Роман с аппетитом уминал булку с котлетами и запивал чаем, а Антон обдумывал то, что ему сообщил оперативник.

За Ларисой Скляр «поставили ноги». Это хорошо. Следователь согласилась с тем, что оба телефона Ларисы надо слушать, и обещала подготовить ходатайство в суд о получении разрешения на прослушивание. Слава богу, что Антон вовремя об этом узнал, не то не миновать бы ему неприятностей.

— Значит, мне придется перестать звонить Ларисе, — задумчиво проговорил он.

— Почему? — не понял Роман.

— Потому что следователь получит фонограмму и начнет интересоваться, что это за контакт такой у нашей девушки, по имени Антон. Пробьет номер, выяснится, что это я, бравый опер с Петровки. И что получится? Вся наша с тобой конспирация накроется медным тазом. А вы с Геннадием еще и по шапке получите.

— А если Лариса сама тебе позвонит?

— Не позвонит, у меня номер закрытый, она его не знает. Но, конечно, поволнуется, поудивляется, куда я делся. Ухаживал-ухаживал — и слинял в один момент. Но ничего не поделаешь. Правда, я могу звонить ей из автомата, но и этого не стоит делать, потому что если следователь послушает фонограмму, то все равно захочет узнать, кто я такой, и вас с Геной наладит меня же и просвечивать. Оно вам надо? Лично мне — нет.

— Вообще-то верно, — со вздохом согласился Дзюба, надкусывая следующий гамбургер.

Антон поинтересовался, как Лариса провела день, Дзюба вытащил записи и четко доложил: девушка ходила по магазинам, но ничего не купила, хотя много примеряла, потом отправилась в фитнес-клуб, из клуба вернулась домой и больше не выходила.

— Интересно, зачем столько примерять, если все равно ничего не покупаешь? — озадаченно добавил он.

— И магазины небось все дорогие, — предположил Антон.

— Да, — Дзюба сверился с записями, — «Эскада», «Соня Рикель», «Богнер». Это о чем-то говорит? И как ты догадался?

— Это говорит о том, что Лариса примеривается к новой жизни, которая пока еще не наступила.

— Как это?

— А так, что она денег пока не получила. Или получила, но не все. Вот и ходит по магазинам, щупает шмотки, надевает их на себя, смотрится в зеркало и думает: ничего, пройдет еще совсем немного времени, и все это будет мое. И я буду не хуже вас.

— Откуда ты знаешь, что она так думает? Она тебе говорила?

— Нет, — рассмеялся Антон, — она ничего такого не говорила, но я внимательно наблюдал за ней. Руки и глаза говорят не меньше, чем язык, надо только уметь понимать эту речь.

— И ты умеешь? — в голосе Романа звучало восхищение, смешанное с недоверием.

— Ну, кое-как умею. Но постоянно учусь, до настоящего умения мне пока далеко.

— Нет, что ты! — Глаза Дзюбы загорелись, он даже про еду забыл. — Вот бы мне так! Этому вообще можно научиться?

— Можно. Я же научился.

Роман вдруг погрустнел и почему-то посмотрел в окно, за которым обильно сыпала мелкая снежная крупка, шелестящая по стеклу с каждым порывом ветра.

— А я, наверное, не смогу.

— Да сможешь ты, — постарался подбодрить его Антон, — ничего тут особо сложного нет. Главное — терпение и наблюдательность, а это у тебя и так есть.

— Здорово! — обрадовался Роман. — Вот мне бы научиться еще как Генка с людьми разговаривать и информацию собирать, а то я совсем не умею, просто лох какой-то. Генка надо мной все время смеется.

— Лучше бы он тебя учил, а не смеялся.

Антон услышал себя словно со стороны и ос-

тался недоволен: не смог скрыть упрек. Не его это
дело — критиковать наставника Романа Дзюбы.
Корпоративную этику никто пока не отменил. Но
Дзюба, к счастью, ничего не заметил.

— Конечно, лучше бы учил, — согласился он, —
только у него времени нет, он все время торопится.
И вообще, ему неинтересно меня учить. А я очень
хочу стать таким, как Геннадий.

— Не надо, — покачал головой Антон. — Оста-
вайся таким, какой ты есть, это самое правильное.
Делай то, что у тебя лучше всего получается, и развивай на основе этого свой собственный метод. Не
смотри ты на Гену, не бери с него пример.

Густые брови Дзюбы сошлись у самой перено-
сицы, обозначая напряженную работу мысли.

— Это почему? Он что, плохой человек? Или
плохой опер?

— Да хороший он опер, хороший, — успокоил
его Антон, уже жалея, что вообще начал этот разговор, — и человек он нормальный, только мне кажется, что никогда не надо ни на кого равняться и
стараться быть похожим. У каждого человека свой
путь и своя индивидуальность, и этим надо доро-
жить, это надо беречь, а не равняться на образцы.
Ты про Конфуция слышал?

— Ну а то! Мы его в Университете МВД проходили.

— Именно что проходили. Ногами, быстрым
шагом. Сам-то читал?

— Нет, — признался Роман.

— Вот и я не читал, — улыбнулся Антон, — хотя
учился в том же заведении, что и ты. Но я недавно

познакомился с удивительной женщиной, которая любит Конфуция и знает его наизусть. Так вот она процитировала мне одну его мысль, по-моему, совершенно замечательную. За точность не поручусь, но смысл в том, что если у меня есть возможность стать богатым, то я готов делать для этого даже самую черную работу, например, стать возницей, а уж если у меня такой возможности нет, то лучше я пойду своим путем. Усек?

— Не очень.

Антон рассмеялся и одним глотком допил остывший чай.

— Ну ничего, это сразу не у всех получается. Ты подумай об этом.

Судя по всему, Дзюба тут же начал следовать полученному совету и принялся думать, во всяком случае, умолк примерно на полминуты. И вдруг уставился на Антона широко открытыми голубыми глазами.

— Слушай, а ты что, тоже наш Университет на Волгина закончил?

— Ну да. А что?

— А ты знал такого доцента Говорова?

— Это с кафедры ОРД, что ли? Был такой. А зачем он тебе?

— Да при мне его уже не было, но про него такие страсти рассказывали, что хоть стой — хоть падай. Якобы он никогда «хорошо» и «отлично» никому не ставил, только «уды» и «неуды», и пересдавать к нему по пять раз ходили. Правда, что ли?

— Не знаю, — засмеялся Антон. — Мне повезло, я Бычкову сдавал. А про Говорова действительно такие разговоры ходили, но на собственной шкуре я не проверял. Кстати, Бычков-то еще преподает? Или ушел на пенсию?

— Преподает, — обрадовался Роман. — Я ему тоже сдавал. И в научный кружок к нему ходил.

— Ну ты молодец! — удивленно протянул Сташис. — У тебя еще времени хватало научный кружок посещать? А как же удаль молодецкая и юношеские развлечения?

— Да ты что! Я не только научный кружок по ОРД посещал, я почти на всех кафедрах занимался, конкурсные работы писал.

— Зачем?

— Так интересно же! В каждой дисциплине свой интерес, всегда что-то новое узнаешь, а сыщик должен быть разносторонне образован.

Антон внимательно посмотрел на него и вспомнил себя в те годы, когда был слушателем. Был период, когда он все свободное время проводил в пьянках и гулянках, потом этот период сменился другим, когда главными спутниками его жизни стали книги, а потом появилась Рита, и на четвертом курсе Антон Сташис уже стал отцом. Он учился добросовестно, но ему никогда в голову не приходило, что в изучаемых предметах может быть что-то интересное. Просто существовали вещи, которые надо знать, чтобы получить оценку в зачетку и в конечном итоге диплом, и он старался их запомнить, а все остальное считал балластом и держал в голове ровно до экзамена или зачета, после чего благополучно забывал. А Ромчику, видишь ли, было интересно. Удивительный парень!

— Вот видишь, а ты хочешь быть как Гена! Да ты совершенно на него не похож, у тебя высочайшая познавательная активность, которая твоему Гене даже и не снилась. Вот ее и развивай. Это твоя особенность, черта твоей индивидуальности, береги ее, лелей, охраняй, — искренне посоветовал Антон.

— А Генка надо мной смеялся, когда узнал, что я почти на всех кафедрах научные работы писал.

— Это говорит только о том, что вы совершенно разные, и он никогда тебя не поймет. У тебя свой путь, вот им и иди. Кстати, хочешь, мы с тобой сейчас проведем маленькое практическое занятие? — предложил Сташис.

— Конечно! А что будем делать?

— Мы будем проверять и уточнять степень лживости нашей фигурантки, пока ее еще слушать не начали. Что-то она мне не кажется честной и правдивой девушкой. То есть я-то точно знаю, что она врушка, но давай предположим, что нам это неизвестно.

— А как мы будем проверять? — с горячим интересом спросил Роман.

— Очень просто.

Антон вытащил телефон и набрал номер Ларисы.

— Привет, как дела? Чем сегодня занималась?

— Ничем особенным, — ответила Лариса. — Сходила в магазин за продуктами, приготовила еду и сидела дома, телик смотрела.

— Так сегодня же вторник, у тебя фитнес, ты что, забыла?

— Нет, не забыла. Просто что-то лень стало, сил нет. Погода, наверное, такая, магнитные бури.

— На днях позвоню, может, встретимся, сходим куда-нибудь, — лицемерно пообещал Антон на прощание.

— Вот видишь, — обратился он к Дзюбе, — «наружка» нам одно говорит, а Лариса — совсем другое.

— А зачем? — непонимающе спросил Роман. — Ну, соврала она, а что при этом выгадала? Какая разница, за шмотками она ходила или за продуктами? И почему не сказала, что была в спортзале? Бред какой-то.

— Это не бред, Рома, это характер такой, — покачал головой Антон. — И мы с тобой должны это учитывать. Лариса — человек, для которого сказать правду совершенно невозможно. Она врет просто ради вранья, даже если эта ложь не сулит ей никакой выгоды. У нее первая реакция на любой вопрос — не сказать правду.

— Разве такое бывает? — удивился Роман.

— У людей и не такое бывает, — Антон усмехнулся. — А эту ее особенность мы с тобой будем иметь в виду, вдруг да пригодится.

— Знаешь, а меня в отделе Плюшкиным дразнят, — вдруг признался Дзюба.

— За что?

— Ну, я тоже много всего замечаю и запоминаю, а вдруг пригодится, а надо мной смеются.

Антон вздохнул. Вот приходят же в профессию те, кто просто создан для нее, а окружение старается их сломать! Обидно.

— Рома, послушай меня внимательно. Не обращай внимания. Ни на что. У тебя есть собственное представление о том, как надо работать. Да, оно не такое, как у других, да, оно вызывает насмешки и издевки, да, это неприятно и обидно. Но тебе придется терпеть, если ты хочешь стать настоящим хорошим опером. Терпеть и делать по-своему. И тогда выкристаллизуется твой собственный метод, которым будешь владеть только ты и который поможет тебе раскрывать преступления. Потом ты сможешь научить этому методу и других.

— Да ладно, Антон, не утешай меня, так никогда не будет, — безнадежно махнул рукой Дзюба.

— Будет, — твердо проговорил Сташис. — Я тебе обещаю. Только нужно очень много усердия и терпения. А также толстокожесть и умение не слышать того, что тебя обижает. Это трудно, Ромка, это дико трудно. Но если ты это сумеешь, то равных тебе в сыске не будет.

Оказывается, еще есть такие ребята, как Роман Дзюба. Оказывается, не все молодые парни в его возрасте трясутся в диких плясках по ночным клубам или заливаются пивом и водкой. Но такие, как Ромка, — огромная редкость. Как же сделать так, чтобы он не сломался и не свернул с пути? Была бы возможность, он, Антон Сташис, с огромным удовольствием поработал бы с ним.

Услышав по телефону голос Маргариты Михайловны, Ленар страшно обрадовался. Если в начале, сразу после знакомства, его постоянно, чуть не каждый день приглашали в гости, то теперь это случалось все реже, и он начал подозревать, что его отстраняют. И Кирган тоже не горит желанием делиться информацией, отвечает на вопросы коротко, немногословно, только твердит, что работает и надеется на успех. Еще Антон какой-то появился, с которым они все носятся как с писаной торбой. Ну естественно, разве этим зажравшимся москвичам нужен приезжий парень, от которого все равно никакого толку?

Маргарита Михайловна пригласила к девяти вечера, сказала, что придут адвокат и этот Антон. Ленар не мог дождаться назначенного времени и, доставив последний заказ — огромную неудобную коробку с бытовой техникой, — рванул по знакомому адресу, хотя часы показывали только половину восьмого. Он долго стоял перед тамбурной дверью, нажимая кнопку звонка, пока ему не открыл Борис Леонидович.

— Ленар? — удивился он. — Неужели уже девять? Эк я заработался!

Ленар смутился. Вот дурак! Человек занят, у него дела, он назначает прийти в девять, а ты приперся на полтора часа раньше и только мешаешь.

— Я пораньше, — виновато забормотал он, — у меня доставка была здесь неподалеку, вот я и... А что, Маргариты Михайловны нет? Я слишком рано, да?

— Марго занимается, — строго и со значением проговорил Борис Леонидович. — Ей нельзя мешать. Пойдем ко мне, я закончу работу, а ты посидишь почитаешь.

Ленар устроился в комнате с книгой, но читать не стал. Ноги гудели от бесконечных переходов и переездов по городу, руки болели от тяжестей, которые приходилось таскать. Вот бы ему устроиться в крупный интернет-магазин, где есть собственная курьерская служба! Ребята рассказывали, что в таких конторах за каждым курьером закрепляют определенную территорию, где он осуществляет доставку, и есть возможность, во-первых, хорошо изучить все адреса, дома, улицы и закоулки и не блуждать часами в поисках нужного здания, а во-вторых, меньше уставать, потому что не нужно делать такие большие концы. Но пока что Ленар Габитов работает в маленькой компании, где всего три курьера и ни одной машины, вот и приходится развозить заказы на своих двоих по всему городу и даже в область.

Ему показалось, что кто-то вошел в прихожую. Он выглянул из комнаты и действительно увидел Маргариту Михайловну.

— Ты прямо с работы? — Она быстро, но внимательно ощупала глазами его лицо, словно пытаясь взглядом определить, насколько он исхудал. — Голодный? Пойдем, я тебя накормлю. Сейчас подойдет Антон, а Виталий будет чуть позже, он задерживается.

У себя на кухне Маргарита Михайловна поставила перед Ленаром большую глубокую тарелку куриной лапши, ароматной и дымящейся. Он накинулся на еду, и ему оставалось только съесть кусок куриной ножки, когда появился Антон, которому немедленно была предложена такая же большая порция. Антон поблагодарил и вежливо отказался, попросил только кофе. Марго сварила ему кофе, а Ленару подала второе блюдо — разжаренные на сковороде ломтики отварного картофеля и колбасы, залитые яйцом. Дома у Ленара, в Казани, так никогда не готовили, да и у тети Динары такого не ели. Он с сомнением посмотрел в тарелку, но все-таки стал есть, потому что был очень голоден. Оказалось довольно вкусно. Марго между тем разговаривала с Антоном о чем-то понятном только им двоим, Ленару даже обидно сделалось: как будто его здесь нет.

— Антон, а как дела у вашей знакомой, которая получила наследство? — спросила Марго. — Вы с ней общаетесь?

— Да ну ее, — Антон с досадой махнул рукой. — Я ей твержу без конца, что это подозрительные, нечестные деньги и нельзя ими пользоваться, а она меня будто не слышит. Я уж и про Катю Аверкину ей рассказал, а ей все по барабану. Никогда не думал, что у нее такой менталитет, а ведь знаю ее с третьего класса. Обидно понимать, что человек, которого ты считал умным и нормальным, на самом деле глуп и жаден.

— Ну что ж, Конфуций по этому поводу сказал очень умную вещь. «Не говорить с человеком, с которым можно говорить, — значит, потерять человека; говорить с человеком, с которым нельзя говорить, — значит, потерять слова. Умный человек не теряет человека и не теряет слов».

— Выходит, я не умный человек, — констатировал Антон, — раз теряю слова, пытаясь в чем-то убедить Галку, а у меня ничего не выходит. Но ведь есть опасность, что говорить с ней все-таки можно, и если я от нее отвернусь окончательно, то потеряю человека, а значит, опять не буду умным. И где выход, Маргарита Михайловна?

— Не бояться оказаться глупым, — рассмеялась она. — Не бояться совершить ошибку, потому что ошибку всегда можно исправить. Кстати, тот же Конфуций учил, что настоящая ошибка та, которую ты не исправил. А если исправил, значит, ошибка таковой не считается. Так что не бойтесь, Антон.

Когда Ленар поел, они перешли в гостиную, через пять минут к ним присоединился Борис Леонидович, а еще через четверть часа приехал адвокат. Разговор был сконцентрирован на одном: каким может оказаться человек, который нанял Ларису Скляр, и как его отыскать. Заказчик для приобретения телефонных сим-карт оба раза воспользовался подставными людьми, но общался с ними напрямую, хотя мог бы вставить и еще одно промежуточное звено. Это свидетельствует либо о его скупости и жадности, либо о том, что он считает себя достаточно ловким и умелым, а милиционеров — тупыми. Он, вероятнее всего, и с Ларисой действовал напрямую. Но это не факт.

— Ларису надо спровоцировать на контакт с ним, проследить за ней, а потом за человеком, с которым она встретится, и все выяснить, — говорил Антон.

Человек этот явно не бедствует, судя по тому, что пользуется очень дорогими очками. Зачем такому человеку может понадобиться убийство Кати и приговор для Наташи? И еще один интересный вопрос, на который хорошо бы найти ответ: зачем таинственный заказчик связался с Ларисой Скляр?

Ленар сначала даже не понял, в чем тут, собственно, вопрос.

— Как зачем? Чтобы она все это провернула, потому что он сам не может, — сказал он сердито.

Чего этот Антон из себя такого умного строит?

— Вот именно, — кивнул Антон. — Я немножко знаком с Ларисой, и Маргарита Михайловна с Борисом Леонидовичем ее видели, так что самое приблизительное представление об этой особе мы имеем. Она небольшого ума девушка. Зачем же нанимать ее для такого сложного и ответственного дела? Ведь она может глупостей наворотить! И если наш условный заказчик с ней все-таки связался, значит, он ее все время инструктирует и тщательно контролирует, он же не может не видеть, что она глуповата, и позволить себе пустить все на самотек.

— Согласен, — подхватил Кирган. — И вот еще о чем я подумал: он явно не принадлежит к криминальным структурам, иначе бы раздобыл ворованную или «серую» «симку», а не напрягался с выбором посредников. И исполнителя нанял бы из соответствующей среды, к которой Лариса Скляр явно не принадлежит. Судя по тому, что он напрямую нашел посредников для покупки телефона, с Ларисой он тоже общается самостоятельно, потому что у него сложился некий стереотип действий. Если бы между ним и Ларисой стоял еще кто-то, то он и телефон покупал бы через него.

— А если этот человек — не заказчик, а именно посредник, который выступает и для покупки телефона, и для общения с Ларисой? — вмешался Борис Леонидович.

— Все может быть, — кивнул Антон, — вот поэтому и надо посмотреть, к кому Лариса побежит за помощью в острой ситуации, а потом и за ним проследить. Ох, знать бы мотив! Тогда все значительно упростилось бы.

— Почему? — снова не понял Ленар.

— О, — рассмеялся Райнер, — это старая истина: ищи, кому выгодно. Только наоборот. Если понять, какую выгоду можно извлечь из убийства Кати и осуждения Наташи, то легко найти человека, который данную выгоду хочет получить.

— Но можно пойти и по другому пути, — заметила Маргарита Михайловна. — Если мы сможем точно смоделировать особенности личности заказчика, то можно будет строить предположения о том, какого рода выгоды вообще ему интересны. Ну-ка, молодежь, напрягитесь, подумайте, что еще мы знаем о нем, кроме того, что он не бедствует и у него завышенная самооценка? Антон, ваши приятели-оперативники еще что-нибудь говорили о нем, кроме того, что у него замашки руководителя, которого никто не смеет ослушаться?

— Больше ничего. Я тут подумал, что он, вероятнее всего, или жадный, или осторожный, или и то и другое.

— Почему? — насторожился адвокат.

Антон пустился в рассуждения, подробно излагая свои наблюдения за Ларисой. В частности, начал зачем-то анализировать ее одежду. Ленар совершенно не понимал, зачем это нужно, и счел, что Антон просто цену себе набивает. Он встречался с Ларисой два раза, еще один раз просто наблюдал за ней и делал фотографии, и одежда на девушке та же самая, в которой ее видел детектив Алексей Гаврин и которую описывала Наташа. А в ее квартире в прихожей, кроме красной куртки, не было другой верхней одежды. И высокие сапоги-ботфорты оказались единственной парой хорошей обуви. И теперь Лариса ездит по дорогим магазинам и без конца примеряет брендовые вещи, но ни разу ничего не купила. Антон делал из этого вывод: Лариса недавно приобрела себе обновки, но немного. То есть получила только аванс, а не все деньги.

— Интересно почему? — Кирган пожевал губами, задумчиво постукивая пальцами по колену. — Ведь если ее наняли убить Катю и подставить Наташу, то она свою работу выполнила. Почему же ей до сих пор не заплатили?

— Или заплатили, — возразил Борис Леонидович, — но просто она согласилась выполнить работу за очень маленькие деньги.

— Она что, совсем дура? — не выдержал Ленар.

И тут же смолк, наткнувшись на осуждающий взгляд Марго.

— Или она все деньги получила, но уже их пристроила, — продолжал Антон, будто не слыша слов Ленара. — Может быть, на что-то потратила, долги вернула, кому-то одолжила. Или она скупердяйка, чуть-чуть потратила — остальное заныкала.

— Но в таком случае она не ходила бы по магазинам, — заметила Марго. — Если она, как вы выразились, скупердяйка, то не будет тратить деньги на фирменную одежду, и тогда ей совершенно незачем ходить и примерять ее.

— Тоже верно, — согласился Виталий Николаевич. — С деньгами что-то непонятное.

— А может быть, она вынула свой гонорар из Катиного пакета, — подал новую идею Борис Леонидович. — Ведь кроме самой Кати никто точно не может знать, сколько там было денег.

— Да нет, не получается, — покачал головой Кирган. — У Наташи нашли семь миллионов четыреста с лишним тысяч. Я спрашивал у нее, сколько должно было быть денег, и она уверенно сказала, что Катя потратила около полумиллиона или чуть больше, то есть тут все сходится. Лариса из пакета денег не брала. Так что вопрос о том, почему ей до сих пор не заплатили, остается открытым.

Еще Антон зачем-то начал рассказывать о том, что Лариса — патологическая лгунья, даже приводил примеры. Ленар не понимал, чем это может быть полезно и зачем об этом так много говорить.

— Она врет не задумываясь, как дышит, для нее самое главное — не сказать правды. На этом можно сыграть.

— А я не понимаю, почему вы все тут сидите и рассуждаете черт знает о чем, вместо того чтобы арестовать Ларису и как следует допросить. Она же причастна к преступлению, вот пусть и расскажет все как было, — вспыхнул Ленар.

Его терпение окончательно лопнуло. Он заметил, что Антон и Виталий Николаевич переглянулись и усмехнулись. И этот обмен взглядами, и эти усмешки обожгли его, как удар хлыстом: кровь отхлынула от смуглых щек, глаза яростно засверкали.

— Ленар, голубчик, успокойся, — чтобы потушить вспышку гнева, Марго ласково дотронулась до его плеча. — Знаешь, что...

— Что сказал Конфуций? — в голосе юноши звучала неприкрытая злость. — А пусть бы ваш Конфуций попарился на нарах, как Наташа, а потом бы всех жизни учил. А то хорошо быть учителем, сидя в теплой комнате.

— И все-таки послушай, — мягко и терпеливо проговорила Марго. — На вопрос ученика: «Если бы вы предводительствовали армией, то кого бы вы взяли с собой?» — философ сказал: «Я не взял бы с собой того, кто бросается на тигра с голыми руками или пускается без лодки по реке и умирает без сожаления. Я взял бы непременно того, кто в момент действия чрезвычайно осторожен и, любя действовать обдуманно, достигает успеха».

— Маргарита Михайловна, можно помедленнее? — попросил Антон, доставая айпад. — Я запишу.

— Зачем? — удивился Кирган.

— Потом наберу на компе жирным шрифтом, распечатаю и повешу в кабинете над своим столом. Очень дельная мысль, как раз про особенности нашей работы.

Ленар сидел надутый и обиженный. Почему его все время поучают, как маленького? Да еще в присутствии Антона, который ненамного старше Ленара, но к нему в этом доме относятся с уважением, прислушиваются к его словам и никаких нотаций не читают.

— Ленар, что загрустил? — обратилась к нему Маргарита Михайловна. — Почему настроение вдруг упало?

— А это он на тебя обиделся, — встрял проницательный Борис Леонидович. — Затуркала ты парня своим Конфуцием, Гоша, а ведь я тебя предупреждал: злоупотребляешь.

Марго внимательно посмотрела на юношу.

— Ленар, ты что, действительно обиделся на меня? Я чем-то тебя задела?

Он набрал в грудь побольше воздуха и выпалил:

— Вы же говорили, что вы — мои друзья, а сами меня все время поучаете и носом тыкаете. Разве друзья так себя ведут?

Сказал — и испугался. Нельзя, наверное, так разговаривать с людьми, которые почти втрое старше тебя, да еще и помогать кинулись, хотя встретили Ленара случайно и совсем его не знали. Получается черная неблагодарность. Но, с другой стороны, это ведь не дает им права все время учить, учить, учить... Сколько можно!

— Ладно, — вдруг весело согласилась Маргарита Михайловна, — если я достала тебя Конфуцием, то еще одна цитата погоды уже не сделает.

— Гоша! — Райнер предостерегающе поднял руку, но Марго не остановилась:

— Ученик спросил, в чем состоит дружба? Конфуций ответил: «В искреннем увещевании и в добром руководстве; нельзя — прекрати, не срами себя». Вам всем, наверное, кажется, что я злоупотребляю вашим терпением, когда без конца цитирую Конфуция?

— Да уж, что есть — то есть, — подхватил Райнер. — Замордовала ты нас всех.

Но она даже не повернула голову в сторону Бориса Леонидовича, а смотрела только на Ленара.

— Вы, вероятно, думаете: бабка совсем сбрендила со своим древним китайцем. Поверьте мне, я делаю это умышленно. Я сыплю на вас цитаты, и какая-то одна может попасть в цель и оказаться для вас спасительной или просто хотя бы полезной. Знаете, с человеком, находящимся в кризисе, надо много разговаривать, он почти ничего не слышит и не понимает, но какая-то одна фраза прорывается и становится спасительной соломинкой. Когда погиб мой муж, я была в шоке, и меня спасла коллега по работе, которая приходила ко мне в кабинет и подолгу разговаривала со мной. Я не помню ничего, но одна фраза пробилась в мое сознание: «Маргарита Михайловна, вам нужно собраться и изо всех сил терпеть». Я ухватилась за эту фразу, она стала для меня путеводной.

— Гоша, ну что ты, право, — с укором проговорил Райнер, — мы же с тобой договорились: о грустном не рассказывать и вообще не вспоминать.

— А я не о грустном рассказываю, — улыбнулась Марго, — а о поучительном. Ну что, Ленар, мир? Не сердишься больше?

— Да ну вас! — Юноша смущенно отвернулся. — С вами спорить невозможно, вы кого угодно переспорите со своим Конфуцием.

— А ты с нами, стариками, и не спорь, — сказал Борис Леонидович, — ты с нами просто дружи, толку больше будет.

Ленар, как ни противился сам себе, но все-таки улыбнулся.

По дороге домой он думал о том, что после встречи с Марго и Борисом постепенно начали изменяться его представления о москвичах. Москва — это не молох. Конечно, это сложный город, большой, многонаселенный, многонациональный. Город, в котором делается большая политика и крутятся большие деньги, и это, конечно же, невозможно без грязи и подлости, но все равно всё в конечном итоге упирается в личность конкретного человека. Подонок и в провинции останется подонком, а порядочный человек и в столице будет таковым. И далеко не все москвичи — зажравшиеся «новые русские», которые стоят стеной, чтобы не дать пробиться талантливым провинциалам. Москвичи — точно такие же люди, как и все прочие, они тоже страдают, переживают, болеют, умирают. Вот у Виталия Николаевича Киргана какая-то личная драма, о которой он не рассказывает, но которая его страшно ломает. А Антон, у которого, по словам Марго, за плечами одни могилы и двое малолетних детей на руках? Не говоря уж о самой Марго и Борисе, которые совершенно бескорыстно, ничего не требуя взамен, возятся с ним, тратят на него и его проблемы время и душевные силы.

Он вышел из поезда метро, не доехав до своей остановки, и пересел на другую линию. Спустя час Ленар стоял на Шоссейной улице и смотрел на здание женской тюрьмы. Где-то там, за этими непроницаемыми стенами, находится Наташа, его Наташа, такая маленькая, одинокая, несправедливо обвиненная в страшном преступлении, потерявшая любимую сестру. Как ей помочь? Как ее согреть?

«Потерпи, милая моя, потерпи, пожалуйста, еще немножко, совсем чуть-чуть, скоро все закончится, ты только не падай духом, не теряй надежды, терпи, я с тобой», — мысленно твердил он. И почему-то был твердо убежден в том, что Наташа его слышит.

Ох, не любила следователь Рыженко 186-ю статью Уголовно-процессуального кодекса. А 186-прим не любила еще больше. Конечно, для следствия почти всегда очень полезно узнать, с кем и о чем разговаривает по телефону подозреваемый или иной какой фигурант по делу, но сколько же бумажной мороки со всем этим! Мало того, что надо составить ходатайство о производстве следственного действия и подать его судье, мало того, что надо еще дождаться ответа, и хорошо, если положительного, то есть большая человеческая радость, когда судья выносит постановление об удовлетворении ходатайства, а то ведь и отказать может. Нет, всего этого мало для полного счастья следователя. Надо еще постановление о производстве контроля телефонных переговоров направить для исполнения в соответствующий орган, а это тоже требует времени, ведь не только бумагу отвезти требуется, но еще и получить указание руководства этого самого органа нижестоящим исполнителям, а пока бумага дойдет до исполнителей, да пока они раскачаются и начнут что-то делать... В общем, фигурант за это время много с кем пообщаться успеет, и все это пройдет мимо следствия. А это плохо.

С другой стороны, хорошо, что кодексом предусмотрено право следователя запрашивать фонограмму в любой момент, то есть хоть три раза в день получай да слушай в полное свое удовольствие. Но с третьей стороны, фонограмму нельзя просто прийти и взять, ее следует получить в опечатанном виде, да еще с сопроводительным письмом. Не опечатанную не отдадут. И без письма не отдадут тоже. Вот и приходится ждать, пока формальности будут соблюдены. А еще вопрос, как доставить эту самую опечатанную фонограмму. Не почтой же получать, в самом-то деле! Либо самой ехать, либо оперов посылать, либо ждать, когда у сотрудников технической службы случится оказия послать курьера аккурат в то подразделение, где работает Рыженко, а этого, сами понимаете, можно прождать до морковкиного заговенья. Короче говоря, результат от применения 186-й статьи может оказаться нулевым, а мороки — выше головы.

Все эти мысли привычно проскользнули в голове Надежды Игоревны Рыженко, пока она вскрывала опечатанный пакет с фонограммой телефонных переговоров Ларисы Скляр. Пакет привез Гена Колосенцев, положил перед ней на стол и тут же исчез. Мучаясь с прочно заклеенным конвертом, Надежда Игоревна бросила взгляд на собственные пальцы и поняла, что пора делать маникюр. Причем давно пора, два ногтя сломаны и кое-как подпилены, последние остатки лака она сняла растворителем недели две назад, и руки имели вид совершенно нетоварный. А за руками следователь Рыженко привыкла следить особо тщательно, потому что ни безупречной формы, ни длинных ровных пальцев, ни красивых овальных ногтей ей природой отпущено не было. Совершенные, идеальные ручки и без маникюра хороши, а вот такие, как у нее, с широкой ладонью, короткими пальцами и ногтями треугольной формы, требуют постоянной заботы и ухода, чтобы хоть как-то выглядеть. Слава богу, хоть Ленке, дочери, достались руки от отца, а не от матери. Ох, Ленка, Ленка, послушать бы, о чем ты со своим великовозрастным кавалером разговариваешь! Конечно, это неприлично, никто не спорит, но ведь как еще успокоить сумасшедшее материнское сердце! Не запретами же действовать, ей-богу! Запретами можно добиться только одного: зло спрячется в подполье, уж это-то юрист Рыженко знала получше многих. А к убеждению Ленка не прислушивается, она в том возрасте, когда родители кажутся отсталыми и ничего не понимающими, а сами себе семнадцатилетние подростки видятся ужасно взрослыми, все знающими и все понимающими получше отстойных предков. Единственное, что остается родителям, это пытаться сохранить доверительные отношения со своими детьми, которые, как это ни печально, в таком возрасте в доверительных отношениях с мамами и папами не нуждаются вовсе. Для них куда важнее отношения со сверстниками или с партнерами по романтическим контактам.

Надежда Игоревна достала, наконец, фонограмму из пакета и начала слушать. Ничего. Уже который день она получает эти фонограммы, который день слушает в надежде, что Лариса Скляр свяжется с тем, кто заказал ей убийство Кати Аверкиной и фальсификацию улик против ее сестры Наташи.

Прослушивались оба телефона: и тот, которым Лариса пользовалась с момента приезда в Москву, зарегистрировав номер на свое настоящее имя, и тот, что был оформлен на имя Евгении Головкиной. Но ничего не происходило. И сегодня тоже не произошло. Фигурантка по своему старому телефону разговаривала с какой-то приятельницей, которая живо интересовалась, как идут дела у Ларисы с поисками работы и с новым кавалером. Насчет работы Скляр ответила, что пока все тихо, но надежды она не теряет, а вот по поводу нового кавалера, которого она по имени так и не назвала, отделалась коротким:

— Жаль, что не муж, а то сказала бы, что объелся груш. Еще вопросы есть?

Приятельница оказалась особой понятливой и в меру деликатной, реплику истолковала верно и больше вопросов задавать не стала. Может ли быть, что этот новый кавалер и есть заказчик, который исчез, не выплатив остаток гонорара за услугу? Может. Но почему Лариса сама ему не позвонит, если считает, что он «объелся груш»? Не знает номера? Он активизировал услугу «не показывать номер»? Этого не может быть. Если мальчики, Рома и Гена, правы в своих предположениях, этот заказчик не должен полностью доверять Ларисе и, по логике вещей, обязан постоянно ее контролировать, а какой же может быть контроль, если в экстренной ситуации твой исполнитель не может с тобой связаться и посоветоваться или получить очередное указание? Не будет тогда никакого контроля. Значит, либо Лариса по какой-то причине не хочет сама ему звонить, а это означает, что деньги она все-таки получила полностью, либо этот кавалер никакой не заказчик, а именно что просто кавалер. Следующий вопрос: есть ли свидетельства того, что деньги Скляр получила в полном объеме? Опера утверждают, что таких свидетельств нет. Лариса ведет прежний образ жизни, много ходит по магазинам, много примеряет, но ничего не покупает, посещает свой фитнес-клуб, в котором у нее оплаченный на три месяца абонемент, а больше ничего не делает такого, что говорило бы о реальном наличии у нее крупной денежной суммы. Скорее все это пустое времяпрепровождение смахивает на терпеливое ожидание. Значит, пока все усилия по раскрытию преступления ни к чему не привели. Жаль. Но ничего, еще не вечер. Надежда Игоревна Рыженко хорошо знала на собственном опыте цену терпению и умению ждать.

На основании полученной от нотариуса копии завещания Георгия Петровича Чернецова был составлен список наследников, и оперативники Дзюба и Колосенцев получили задание встретиться с каждым из них.

— Вот ведьма, — ворчал Геннадий, — все на нас скинула. Всю работу. Нет чтобы вызвать всех этих наследничков на допрос повесткой, пусть бы сами к ней ехали и сидели в коридоре, пока до них очередь дойдет! Паспортные данные есть, адреса есть, чего не вызвать-то?

— Ген, так ведь сроки же, — робко защищал следователя Роман. — Пока они повестку получат —

время пройдет. Потом окажется, что кто-то болен, кто-то в командировке, кто-то на даче, а двухмесячный срок вот-вот выйдет. А так мы к ним домой съездим, и даже если кто-то болен, с ним же все равно можно поговорить. И если в командировку кто-то уехал, так близкие остались, члены семьи, они нам на все вопросы и ответят.

Прошло три дня, прежде чем им удалось собрать информацию обо всех поименованных в завещании Чернецова. Они встретились с двумя подругами-коллегами, которые отдали деньги своему завлабораторией на лечение ребенка, съездили к братьям Щелкуновым, поделившим деньги между собой и родителями и пытавшимися выяснить, почему одному из них оставлено такое большое наследство, навестили женщину-продюсера и ее гражданского мужа-режиссера, собирающегося снимать на деньги Чернецова авторское кино. К Галине Тишуниной решили не ходить: информации, полученной от Антона Сташиса, было вполне достаточно. Зато когда они явились по следующему адресу, их ждал неприятный сюрприз: получившая наследство хозяйка квартиры убита собственной дочерью, дочь находится под следствием, ее несовершеннолетний ребенок передан родственникам.

— Во как! — и без того круглые глаза Романа Дзюбы стали еще круглее. — Это же получается второй труп среди наследников. Давай запросим данные на остальных, а вдруг там тоже трупы?

— Кровожадный ты, — констатировал Геннадий, но, против ожиданий, насмехаться над Романом в этот раз почему-то не стал. Наоборот, позвонил в информационный центр, сделал запрос, и очень скоро выяснилось, что убит еще один наследник Чернецова, некий Фролкин, любитель посещать казино. Преступление раскрыто, убийцей оказался старинный друг Фролкина, которого сразу же задержали и который во всем признался. Все остальные наследники живы-здоровы, во всяком случае, никакой информации на них не было. Хотя этих остальных-то — всего лишь один человек по фамилии Михайлов, седьмой в их списке. Итого, у Георгия Петровича Чернецова обнаружилось девять наследников, включая племянника Дениса и Екатерину Аверкину.

Оперативники ездили по адресам, встречались с наследниками и членами их семей, задавали вопросы, но так и не смогли выяснить, почему Чернецов оставил этим людям наследство. Все клялись и божились, что ни самого Чернецова, ни причин, по которым он проявил такую небывалую щедрость, они не знают. И имени Кати Аверкиной никто из них никогда не слыхал.

— Ну, поехали к Михайлову, — вздохнул Колосенцев. — Он — наша последняя надежда.

— А вдруг это все его внебрачные дети? — с горящими глазами спросил Дзюба.

— Не мели ерунду, — вяло отмахнулся Колосенцев. — Как они могут все быть его детьми?

— А что? По возрасту подходят. По крайней мере, семеро наследников — молодые, только одна тетка-врач, которую дочка убила, не годится.

— Да при чем тут возраст? Только у Тишуниной и Аверкиной были какие-то сомнения насчет того, кто является их отцом. У всех остальных никаких сомнений нет. И оснований для этих сомнений тоже нет.

— Тогда что? Ну, Ген, должна же быть причина, по которой Чернецов оставил им всем деньги.

— Да плюнь ты на эту причину, что нам она? Нам разве давали задание найти причину, по которой Чернецов, не будь он тем помянут, отвалил им деньги? У нас убийство Аверкиной, вот им мы и должны заниматься. А никакая самодеятельность в наших рядах не поощряется.

— Но, Гена, ты же не можешь не понимать... — упирался Дзюба. — Ведь это важно. Может быть, здесь как раз и кроется причина всего...

— Не морочь мне голову. У нас остался один наследник, последний, некий Михайлов, адрес у нас есть, так что сейчас съездим быстренько, послушаем, что он скажет, и по домам. У меня сегодня большая игра.

— У тебя каждый день игра. А Аверкина в СИЗО парится.

— Да и пусть себе, не моя это головная боль. У нее вон адвокат есть, пусть он переживает, деньги свои отрабатывает. А Михайлов нам наверняка ничего интересного не расскажет, тоже небось не знает, за что наследство получил. Но, может быть, он хотя бы знает или самого Чернецова, или Аверкину.

Дверь квартиры им открыла женщина чуть за тридцать, лицо которой от виска до подбородка пересекал и уходил вниз, на шею, безобразный шрам. Увидев на пороге двух незнакомых молодых мужчин, она вздрогнула, схватила с вешалки широкий шарф и тут же покрыла им голову, попытавшись спрятать от посторонних глаз свое уродство.

— Извините, — пробормотала она, — я думала, это соседка. Что вы хотели?

Услышав о цели визита, она горько вздохнула.

— Муж здесь больше не живет.

— А где мы можем его найти? — спросил Дзюба. — На работе?

— Он работу тоже поменял, — она криво усмехнулась и добавила: — Как и жену. Он меня бросил, если вам так понятнее.

— Вы не откажетесь с нами поговорить? Пожалуйста, уделите нам время, это очень важно, — попросил Колосенцев.

Дзюба с завистью посмотрел на старшего товарища. Надо же, как изысканно он умеет выражаться, и тон такой... В общем, понятно какой. Ни одна женщина не может отказаться побеседовать с таким, как Геннадий. Вот он, Ромчик, ни за что таких слов не придумал бы и голос такой не сумел бы сделать. Учиться ему еще у Гены и учиться!

Женщину со шрамом звали Валерией, и она рассказала, что муж ее после получения наследства нашел себе молоденькую красавицу. Шрам у нее остался после аварии, в которую попали они с мужем. Виновником аварии признали водителя другой машины, он грубо нарушил правила, был осужден и отбывает срок наказания в колонии. Авария была серьезная, но муж отделался переломом, а Валерии стеклом рассекло лицо, потому что удар пришелся на ту сторону, где она сидела. «Скорая» увезла их в больницу, лицо зашили, но очень неудачно, остался безобразный шрам. «Мы жизни спасаем, а не красоту наводим», — ответили ей врачи, когда она попыталась высказать претензии. Дескать, хотите красоту — ищите пластического хирурга и платите деньги. Таких денег у Михайловых не было. Но помог брат мужа, одолжил. К сожалению, пластический хирург оказался не на высоте, а может быть, причина в индивидуальных особенностях самой Валерии, у которой возникли тяжелейшие осложнения, и в результате шрам стал еще уродливее и еще заметнее.

Когда муж получил наследство, она робко сказала, что вот теперь, наверное, она сможет сделать операцию в хорошей клинике, но муж только руками замахал: «Да зачем тебе это? Я тебя и так люблю, ты и так самая красивая, а если ты сделаешь операцию, ты станешь такой красавицей, что я опять начну беспокоиться и ревновать. Хи-хи, ха-ха. Лучше продадим эту квартиру и с доплатой купим побольше, и машину возьмем новую, хорошую, внедорожник какой-нибудь навороченный». Валерия расстроилась, но решила, что муж еще может передумать, если проявить настойчивость. И она ее стала проявлять, но муж очень скоро начал возвращаться поздно, потом исчезать по выходным. А потом заявил, что уходит от нее, разводится и женится на другой. Нашел себе молодую и без шрамов, оставив изуродованную жену с десятилетним сынишкой.

Валерия рассказывала всю эту омерзительную историю спокойно, не сказав про бывшего мужа ни одного гадкого слова. О причинах, по которым Чернецов оставил ее мужу наследство, она ничего не знает, про Катю Аверкину никогда не слышала, муж такого имени не упоминал.

— Но вы все-таки попробуйте его найти, — сказала она, — вдруг он что-то знает. Мне он ничего не говорил, но вам, может быть, скажет.

Надежды на это не было никакой, но Колосенцев все равно записал в блокнот адрес прежней работы наследника по фамилии Михайлов, чтобы попытаться выяснить, где он живет и работает в настоящее время. Пока Геннадий записывал, Дзюба вытащил из кармана крохотный приборчик с мигающей лампочкой.

— У меня сигнализация сработала, — озабоченно проговорил он. — Эти окна куда выходят?

— Во двор, а что?

— А в другой комнате?

— На подъезд.

— Можно, я с балкона посмотрю, что там с машиной? — спросил Роман.

— Конечно, пожалуйста, — кивнула Валерия.

Он метнулся во вторую комнату, всем своим видом демонстрируя крайнюю озабоченность сохранностью транспортного средства, которого у него отродясь не было. Увидев широкую кровать, застеленную красивым покрывалом, Роман подумал, что раньше здесь, похоже, была супружеская спальня. Судя по вещам и обстановке, теперь это комната Валерии. Он оглянулся на всякий случай и, убедившись, что закрыл за собой дверь, полез под подушку.

И замер. Под подушкой обнаружились три десятирублевые купюры, имеющие почему-то ажурный вид. Так в его детстве выглядели сложенные вчетверо салфетки, из которых в детском саду вырезали снежинки. Из этих купюр тоже вырезали какой-то узор. Он вытащил купюры, посмотрел на просвет и увидел, что из одной вырезали по очереди буквы для слова «будьте», из второй — коротенькое местоимение «вы», а дырки на третьей ловко сложились в слово «прокляты».

Роман торопливо поднял вторую подушку. Так и есть, вот они, вырезанные из купюр буквы, аккуратно наклеены поперек большой, 15 на 20 сантиметров, фотографии Валерии. Сегодняшней Валерии, с отлично видным шрамом через всю щеку и шею. Фотография не любительская, видно, что свет студийный, значит, делали ее в ателье или в мастерской.

«Будьте вы прокляты». Кто эти «вы»? Те, кто был в машине? Врачи? Кто?

Он положил находки на место, аккуратно расправил сбившееся покрывало, быстро открыл балконную дверь, потоптался на снегу, чтобы оставить следы, и, вернувшись к Колосенцеву и Валерии, сконфуженно проговорил:

— Простите, я не подумал... на балконе снег... я там вам наследил...

— Да ничего страшного, — спокойно и без улыбки ответила Михайлова.

Едва они вышли на лестничную площадку, Колосенцев снова начал посматривать на часы. Роман все понимал и без слов: у Гены игра, он хочет поскорее вернуться домой. А вот самому Роману хотелось немедленно обсудить с товарищем свои более чем странные находки. Геннадий быстрым шагом двигался к машине и слушал его вполуха.

— И не надоели тебе эти фокусы с сигнализацией? — недовольно бросил он. — Каждый раз одно и то же, достал уже.

— Но, Ген, фотография...

— Да какое она имеет отношение к убийству Аверкиной? — взорвался Колосенцев. — И к завещанию Чернецова она как-то привязана, эта твоя фотография?

— Нет, Ген, ты послушай. — Роман решил на этот раз проявить твердость. — Вы́резать буквы из купюр и наклеивать их на собственную фотографию может только сумасшедший. У Михайловой с психикой не все в порядке.

Колосенцев резко остановился и повернулся к нему.

— И что? Ладно, я согласен, она больная на всю голову, и что дальше? Кто такой Чернецов и что связывало его с Катей Аверкиной, мы так и не поняли. А душевное состояние Михайловой к этому никакого отношения не имеет. У бабы лицо обезображено, ее муж бросил с ребенком, какое у нее должно быть душевное состояние? Она что, петь и танцевать должна от радости? Что ты ко мне примотался?!

Роман набычился и опустил голову. Нет, сегодня он не отступит, пусть Генка хоть что говорит. И Надежда Игоревна Романа поддержит, он уверен.

— Давай Рыженко позвоним, — сказал он. —

Она здесь недалеко живет, пять минут на машине. Надо ей доложиться.

— Завтра доложим, — буркнул Геннадий, — успеется.

— Ген, завтра с утра надо начинать искать Михайлова. А Надежда Игоревна велела сразу доложиться, как только будет результат. Не хочешь звонить — я сам позвоню.

Колосенцев покачал головой и полез в нагрудный карман за телефоном.

— Ну ты, блин, зануда! Только имей в виду: время — десятый час. Я, конечно, позвоню, но если она меня сейчас пошлет в грубой форме, я брошу тебя прямо здесь, даже до метро не подвезу. У меня игра.

Роман изо всех сил напрягал слух, чтобы разобрать, что говорит Рыженко, но слышал только звучание ее голоса. Впрочем, звучание это было вполне не обнадеживающим.

— Сейчас будем, — закончил разговор Геннадий. Убрал телефон и выразительно посмотрел на Дзюбу: — Сволочь ты, Плюшкин. Я тебе это еще припомню.

Но Роман не мог долго сердиться, он вообще-то и сердиться толком не умел. Быстро забравшись в салон автомобиля, угнездился поудобнее и оживленно заговорил:

— А толковый парень этот Антон Сташис, правда? Он дело говорит. Этим надо воспользоваться.

— Смотри, при Надежде ничего такого не ляпни, деловой! — фыркнул Колосенцев. — За контакты с Петровкой нас по головке не погладят.

Рыженко действительно жила в той же части города, что и Валерия Михайлова, и уже через несколько минут оперативники входили в ее квартиру.

— Здорово, Алена, — кивнул Колосенцев вышедшей в прихожую девушке, крупной, с огромными глазищами, длинными распущенными волосами и белоснежной кожей. Девушка была похожа одновременно на Надежду Игоревну и на мадонну.

Колосенцев бывал дома у следователя много раз и с ее дочкой был знаком. А вот Роман Дзюба увидел Лену Рыженко впервые.

Увидел — и обалдел от восхищения.

Надежда Игоревна заметила, что Ромчик впал в ступор при виде Лены, но решила не обращать внимания. У молодых все так быстро проходит... Моментально влюбляются и так же скоропалительно «выпадают из любви». Хотя если бы Ленка обратила на мальчика внимание, Надежда Игоревна не была бы против. Ромка — надежный, такому не страшно дочку доверить.

Гена Колосенцев играл первую скрипку, докладывая о беседах с наследниками Чернецова, а Роман то и дело встревал с какими-то дополнениями и уточнениями, которые Геннадию не казались существенными. Он грубо обрывал Ромчика, иногда добавляя что-нибудь язвительное или издевательское. Когда дело дошло до Валерии Михайловой, Роман вмешался и стал рассказывать о своих находках. Гена болезненно морщился и кривился, и тут Рыженко не могла с ним не согласиться.

— Рома, нам это не нужно, — устало сказала

она. — Мало ли кого мужья бросали? Всем тяжело. Конечно, баба переживает, но это нормально. Любая бы на ее месте переживала. Даже если Михайлова в доску сумасшедшая, это ничего не дает нам с точки зрения раскрытия убийства Аверкиной.

— А вдруг она шлет проклятия тем, кто был виновником аварии? А вдруг она что-то против них замышляет? — горячо возражал Роман.

— Против кого — против них? — сердито отозвался Геннадий. — Думай, чего лепишь. Виновником признан только водитель, его пьяные пассажиры в аварии не виноваты. А ты же говоришь, что там написано: будьте ВЫ прокляты. Вы, а не Ты.

— А может, она вежливая и обращается к незнакомому человеку на «вы»? А вдруг она собирается ждать, когда он освободится, и убить его? Или подкупить кого-нибудь, чтобы его прямо на зоне грохнули? — не отставал Дзюба.

— Ромчик, уймись, тебе всюду мерещатся заговоры.

— Я понял! Она шлет проклятия врачам, которые ее изуродовали! Вот почему «вы». Она хочет их убить, чтобы отомстить за свое уродство.

Колосенцев обреченно вздохнул, всем своим видом показывая, что изнемог в борьбе с неуемной фантазией своего молодого коллеги.

— Ромчик, возьми себя в руки! — сказал он умоляюще. — Ты начитался дурацких книжек и насмотрелся дурацких фильмов, в которых мстят врачам, лазят в окна в черных трико и в масках и подкарауливают за углом. Это творческие закидоны. А в жизни всё куда проще и прозаичнее. И скучнее.

Тебе придется к этому привыкнуть. В твоей работе никогда не будет так, как в книжках и в кино, это все бредни писателей и режиссеров.

Надежда Игоревна поймала вопрошающий и совершенно несчастный взгляд Ромчика и, подавив невольную улыбку, кивнула, мол, так и есть, Гена правду говорит.

Роман вроде бы несколько успокоился, однако, когда речь снова зашла о том, что среди наследников уже три убийства, он возбужденно вскочил с места и забегал по комнате:

— Надежда Игоревна, я понял! Это маньяк!

Рыженко прыснула, но тут же взяла себя в руки. Нельзя смеяться нал Ромчиком, это грех. Пусть мальчик фантазирует в полную силу, только на пользу пойдет. Геннадий сделал выразительную мину и ехидно прищурился.

— Ну, и какой же у него мотив? — вопросил он. — То есть почему он убивает именно наследников Чернецова?

— Например, он ненавидел самого Чернецова и теперь мстит его наследникам. Или Чернецов передал по наследству деньги, которые этот человек считает по праву своими.

— Тогда почему же он не отбирает эти деньги? — вполне резонно, на взгляд следователя, возразил Колосенцев. — Это было бы логично. А он — видишь — деньги Аверкиной даже не тронул. И на деньги женщины, которую убила собственная дочь, тоже никаким образом не посягал. А у завсегдатая казино Фролкина их вообще уже не осталось, там и убивать-то не из-за чего было. И прими во внимание, что два убийства уже раскрыты, виновные находятся под стражей, так что нет никакого маньяка.

— Черт! — Роман расстроился, да так искренне, что Надежде Игоревне даже стало жаль парня. — Ты прав. Обидно! А хорошая версия, правда? Красиво было бы.

— Типун тебе на язык! — рассердился Гена. — Хуже нету, чем маньяков искать. Запаришься. Кто хоть раз с этим столкнулся, больше такой радости не захочет.

— А мне интересно было бы!

— Ну и дурак, — беззлобно констатировал Колосенцев.

В комнату то и дело заходила Лена, приносила чай и пряники, потом сделала свежую заварку, потом унесла остывший чайник, чтобы подогреть воду. Надежда Игоревна видела, какие взгляды девочка бросала на красавца Колосенцева и какие взгляды, в свою очередь, кидал на нее рыжий Ромчик.

После ухода оперативников Лена выглянула из своей комнаты.

— Мам, а Гена женат?

— Нет, — пряча улыбку, ответила Надежда Игоревна.

Она давно заметила, что Колосенцев нравится ее дочери, но до сегодняшнего дня Ленка не осмеливалась ни о чем спрашивать и обнаруживать свой интерес. А сегодня вот решилась. Почувствовала себя взрослой, что ли?

— А почему он не женится? — спросила девушка. — Он такой красивый, и вообще...

— Что — вообще?

— Загадочный, вот что. Интересный.

— Ленок, если тебе нужны интересные люди, по-настоящему интересные, я бы тебе посоветовала общаться не с такими, как Гена, а с такими, как Роман. Вот он действительно интересный человек, неординарный.

— Рома-а-ан? — недовольно скривилась Лена. — Этот рыжий клоун? Да мне все слышно было, когда вы разговаривали. Я чуть со стула не упала от хохота! И как таких нелепых придурков берут на такую серьезную работу? У них в розыске что, кадрового отбора не существует?

— Ленок, — очень серьезно ответила Надежда Игоревна, — у Гены Колосенцева нет никаких перспектив в этой работе, толку из него в конечном итоге не будет, а вот Роман — настоящий бриллиант, уж ты мне поверь. Ты просто еще маленькая и глупая, ничего не понимаешь в людях.

Девушка обиделась и ушла к себе, хлопнув дверью. Характер. Возраст. Взросление. Созревание. Господи, как все это трудно! И как все это пережить с наименьшими потерями?

Умудренная опытом Надежда Игоревна Рыженко точно знала, что без потерь все равно не обойтись. Но хотелось бы их как-то минимизировать.

Настроение у Геннадия Колосенцева с самого утра было превосходным, хотя вообще-то для него это большая редкость: в первой половине дня он из-за постоянного недосыпания чувствовал себя разбитым, во второй же начинал злиться, боясь не успеть к началу вечернего сражения. Конечно, он-лайн-игры велись круглосуточно, и в принципе не было никакой разницы, в десять вечера присоединяться к команде или в полночь, но в их клане было несколько высококлассных игроков, которые по различным причинам садились за компьютеры не раньше девяти вечера и выходили из игры не позже двух часов ночи, а для Геннадия, имевшего ник Пума, было жизненно важным играть именно с ними, причем как можно дольше. У него были свои предпочтения и только одному ему ведомые цели, и все, что мешало достижению этих целей, вызывало недовольство и даже злобу.

Так бывало чаще всего. Но сегодня — приятное исключение. Ночью, во время игры, он был на высоте, показал себя наилучшим образом, восемь раз подряд убрав «с кулака» самого хитроумного снайпера из команды противника и заслужив от игроков своего клана восхищенные слова, бальзамом пролившиеся на него через наушники. «Пума, ты — лучший!» «Пума, респект тебе и уважуха!» И все такое.

Пребывая в приподнятом состоянии духа, он легко согласился, когда Ромчик-Плюшкин пристал к нему с просьбой взять его с собой к Ларисе Скляр.

— Да на кой ты мне там нужен? — попробовал отбиться Геннадий. — Всего делов-то — пугануть ее как следует, работы на десять минут.

— А я, пока ты будешь ее пугать, квартиру осмотрю, — убеждал его Роман.

— И зачем? — усмехался Колосенцев. — Нам задания на негласный осмотр не давали. У нас цель точно определена: провокация контакта. Когда ты, наконец, научишься точно выполнять приказы, а?

Но долго сопротивляться было лень, и в конечном итоге оперативники отправились к Ларисе вдвоем, дождавшись сообщения «наружки» о том, что девушка пришла домой.

Лариса открыла им дверь и с интересом посмотрела на Колосенцева, рыжего же Ромчика едва удостоила взглядом. Геннадий, как и было задумано, первым делом молча сунул ей раскрытое удостоверение, не без удовольствия отметив, что девушка испугалась. Сильно испугалась. Голос ее вибрировал, когда она, облизнув вмиг пересохшие губы, спросила:

— А что... в чем дело-то? Что я сделала?

Надо было добивать жертву сразу, пока она не опомнилась.

— Где вы были двадцать пятого декабря? — суровым голосом спросил Колосенцев.

— Дома, — тут же выпалила она в ответ. — Где мне еще быть?

Есть! Теперь надо быстро дожимать, чтобы она окончательно запуталась в собственной лжи. Все-таки этот Сташис с Петровки толковый субъект, хороший совет дал, правильный, уловил особенность этой девицы — врать всегда, всем и во всем.

— А почему вы так точно помните? — вкрадчиво подъехал он. — Ведь это было давно, почти два месяца назад.

Именно в этот момент, как они с Дзюбой и условились, должна сработать сигнализация на несуществующей машине. Короткий перерыв Ларисе необходим, чтобы она успела придумать очередную ложь. Ромчик достал свой игрушечный приборчик и без запинки оттарабанил текст роли. Равнодушно кивнув, Лариса разрешила ему посмотреть на улицу из окна кухни. Геннадий видел, что времени ей не хватило, она мечется и с перепугу не может ничего придумать, а нужно непременно дать ей возможность выкрутиться и успокоиться.

— Мы так и будем на пороге разговаривать? — строго спросил он.

— Извините... — пробормотала Лариса, — проходите в комнату.

Этих нескольких секунд ей хватило, чтобы собраться. Пока она усаживалась на диван и куталась в плед, делая вид, что ей холодно, объяснения были готовы. Ну и хорошо.

— Так почему вы уверены, что двадцать пятого декабря были дома?

— Я болела. Примерно за неделю до Нового года я простудилась и очень боялась, что не выздоровлю и придется в праздничную ночь одной дома куковать, — ей даже удалось улыбнуться. — Поэтому никуда не выходила и усиленно лечилась, таблетки, компрессы, прогревания, полоскания, ну, вы понимаете.

— Понимаю, — согласно кивнул он. — Это очень хорошо, что вы так точно все помните. Если вы находились дома, значит, можете быть ценным свидетелем. Двадцать пятого декабря около четырнадцати часов у вас под окнами совершено разбойное нападение. Вы ничего не видели?

Лицо девушки расслабилось.

— Разбойное нападение? — переспросила она удивленно. — Нет, я ничего не видела.

— И не слышали?

— Нет. У меня, наверное, телевизор работал...

— Ну, про телевизор — это не обязательно. — Колосенцев сделал хитрое лицо. — Главное, что вы ничего не видели и не слышали. Завтра к вам придет следователь, вы ему это под протокол скажете.

— Но что же я скажу? Я ведь ничего не видела, ничего не знаю... Я не могу быть свидетелем.

— Видите ли, — Геннадий подошел к дивану вплотную и склонился к Ларисе, — я вам скажу по секрету, только вы никому больше не говорите: показания очень противоречивые. У нас есть все основания думать, что никакого разбойного нападения не было вообще, а потерпевший все выдумал. Поэтому для нас очень важны показания о том, что, мол, ничего не было. Понимаете?

Она послушно кивнула.

— Завтра следователь специально приедет в ваш дом и будет ходить по квартирам и собирать показания. К вам тоже зайдет. Договорились?

— Ладно, пусть приходит, — спокойно ответила Лариса. — Я скажу, что ничего не видела.

Геннадий услышал шаги напарника и понял, что можно сворачиваться. Интересно, сколько времени понадобится этой курице, чтобы понять, как круто она попала?

— Ну, и чего ты там высмотрел, автомобилист хренов? — насмешливо спросил Геннадий Романа, когда они вышли из квартиры.

— Лариса сегодня утром ходила в магазин, —

возбужденно сообщил Дзюба, — на кухне на полу валяется чек из «Квартала», там время проставлено: девять сорок три. Она купила фруктовый йогурт, сладкую творожную массу, две сдобные булочки и коробку конфет. Я еще в ванную заглянул, там только одна зубная щетка и куча женских прибамбасов, то есть никакого постоянного мужика в квартире нет.

Колосенцев расхохотался и небрежным жестом взъерошил густые рыжие волосы на затылке Дзюбы.

— Ну, и зачем все это? Кому это надо? Наша задача — напугать девчонку, чтобы толкнуть ее на контакт с заказчиком, и никакого значения не имеет, когда и в какой магазин она ходила и что там покупала. Усек?

— А вдруг имеет? Как ты можешь знать заранее?

Нет, упрямство этого пацана безгранично! И откуда только такие берутся? Еще чуть-чуть — и хорошему настроению Колосенцева придет конец, этот рыжий кретин выведет-таки его из себя.

— Поработай с мое — тоже будешь знать, — веско проговорил Геннадий. — Ты просто еще неопытный, не умеешь отделять нужное от ненужного, полезное от бесполезного, тащишь в дом всякий хлам без разбора. Надо уметь видеть цель, Ромчик, надо уметь чуять генеральную линию. А у тебя чуйка пока еще не развита.

Разочарование на лице Дзюбы быстро сменилось обычным дружелюбным выражением. Он не умел долго сердиться, и это замечательное качество примиряло Геннадия со всеми прочими особенностями напарника, которые Колосенцев считал недостатками.

После ухода оперативников прошло минут двадцать, в течение которых Лариса Скляр валялась на диване, укутавшись пледом, и мечтала о мужчине, у которого была бы такая же внешность, как у милиционера, который с ней разговаривал. Ранняя седина придавала ему вид многозначительного страдальца, а ведь он совсем молод, кожа гладкая, вокруг глаз ни одной морщинки, и фигура отличная, ей удалось хорошо рассмотреть его крепкие, обтянутые джинсами ягодицы и мускулистые бедра. Конечно, сам по себе этот мент ей не интересен, зарплата у него копеечная, работа грязная, и вообще... Но внешность хорошая. Ах, если бы к этой внешности еще и денежный бизнес! Хотя он так на нее посматривал, что у Ларисы даже мелькнула мысль: а не закрутить ли с ним влегкую, так, от скуки, ради развлечения? Она представила себя в белых джинсах и черном свитере, и рядом — такой классный парень. Они будут отлично смотреться вместе, все обзавидуются.

И только через двадцать минут, перебирая в голове, что сказал этот седоватый брюнет да как посмотрел, она вдруг спохватилась. Ведь ее видели, когда она в тот день, двадцать пятого декабря, выходила из дома, и тетка, выгуливавшая собаку, и мамаша с коляской — обе ее видели и кивнули в знак приветствия. Если менты будут опрашивать всех подряд, кто-нибудь обязательно вспомнит, что она выходила, ведь она была так ярко одета. Будут приставать к ней с вопросами, зачем она соврала, что была весь день дома, болела. А вдруг начнут и глубже копать?

Ларису охватила паника. Она резким движением откинула плед, спустила ноги на пол и потянулась к одному из двух мобильных телефонов, лежащих рядышком на журнальном столике среди кипы модных журналов. По одному из телефонов, ее собственному, она общалась с теми, кто знал ее как Ларису Скляр, второй был предназначен для Яны Орловой и для контактов, касающихся дела. Этим вторым телефоном она давно уже не пользовалась, больше месяца, но он всегда был заряжен, включен и находился под рукой на случай, если ей позвонят. Кажется, пришло время самой позвонить. Конечно, это не понравится, но у нее нет выхода.

— Надо встретиться, — торопливо заговорила она, услышав в трубке знакомый голос. — У меня проблемы. Ко мне приходили из милиции, вы должны мне помочь. Отправьте меня за границу прямо сейчас, вы же обещали. Отдайте мои деньги и отправьте, пока меня не арестовали.

— Постой, мы с тобой так не договаривались. Деньги ты получишь, когда будет необратимый результат. Я ни от чего не отказываюсь, но не люблю, когда нарушаются договоренности.

— Поймите же, мне очень срочно нужно исчезнуть! Очень срочно! Я боюсь.

— Ну хорошо, — голос в трубке смягчился. — Если все так срочно, то, конечно, я тебе помогу. Сейчас у меня нет времени выслушивать твои аргументы, но ты девочка разумная, и я надеюсь, что твои доводы меня убедят. Собери с собой самое необходимое на неделю, максимум — дней на десять, квартиру прибери тщательно, ну, я надеюсь, ты сама все помнишь. Я тебя спрячу в надежном месте, поживешь там, пока будут готовы твои новые документы.

— А вы за неделю успеете? — недоверчиво уточнила она.

— Я же говорю: семь — десять дней, не все от меня зависит, тут и другие люди подключаются. Встретимся в одиннадцать вечера. Место тебе хорошо известно, Ивановское, там же, где обычно, после заправки поворот направо. Если поедешь на такси, не держи машину, отпускай метров через триста после поворота, дальше иди пешком, я тебя подхвачу.

— Да нет, я на муниципальном транспорте, так быстрее... И надежнее, а то я таксистов боюсь, они у вас в Москве такие страшные, на пассажиров нападают, грабят. Нет, я уж так.

— Ну, как знаешь. Не заблудишься?

— Да я эту вашу столицу уже наизусть выучила! — с облегчением воскликнула Лариса.

Ну вот, теперь все будет в порядке. Когда завтра сюда явится следователь, здесь никого не будет. А через неделю или, в крайнем случае, через десять дней Лариса Скляр вообще исчезнет с лица земли, на ее месте появится другая девушка, с другим именем и принципиально иным материальным положением. И начнется совсем другая жизнь.

Выполняя указание следователя, Дзюба и Колосенцев после визита к Ларисе Скляр помчались в контору ждать сигнала. В воскресный день дороги были совсем пустыми, и когда позвонила Рыженко, Геннадий уже парковал машину.

— Есть контакт! — шепотом сообщил Колосенцев напарнику, прикрыв телефон ладонью. — Зафиксирован звонок Ларисы по номеру Жмурова.

Роман с замиранием сердца следил за выражением лица Колосенцева, пока тот внимательно слушал то, что говорила ему следователь.

— Надежда Игоревна, можно поточнее? — недовольно проговорил Геннадий.

Потом снова долго слушал и с кислой миной отключил телефон.

— Ну, что там? — нетерпеливо спросил Роман.

— Встреча назначена на Ивановской. Или на Ивановском проезде, или на Ивановской улице. Они не разобрали, на слух не отличишь, — проворчал Колосенцев.

Роман задумчиво почесал рыжеволосую голову.

— И что же делать? Две засады ставить?

— Ага, щас. Кто нам столько людей даст? Возьмем карту и посмотрим, где есть заправка, после которой поворот направо. В Ивановском проезде — вряд ли, он маленький. Значит, на Ивановской улице.

Они поднялись в кабинет, открыли карту и принялись ее изучать. Карта была хорошая, подробная, с номерами домов и названиями крупных учреждений. Естественно, заправки на ней тоже были обозначены. Но ни в Ивановском проезде, ни на Ивановской улице никаких бензоколонок не оказалось. Они проверили на всякий случай даже Малую

Ивановскую улицу, но и она показалась не тем местом, которое сыщики искали.

— Значит, речь идет о микрорайоне Ивановское, это рядом с шоссе Энтузиастов, — заключил Геннадий. — Давай-ка глянем, что у нас там.

«Там» как раз и оказалась бензозаправка, после которой был поворот направо.

— Есть! — торжествующе воскликнул Колосенцев. — Всё, Ромчик, будем звонить начальству, чтобы «ноги» за Ларисой снимали. Пусть направляют людей к месту засады, чтобы осмотрелись и провели рекогносцировку.

— А может, пусть за ней еще походят? Мало ли что интересное произойдет.

— Глупый ты еще, Плюшкин, — снисходительно ухмыльнулся Геннадий. — Это называется «экономия сил и средств». Никто не позволит тебе тратить человеческий ресурс без толку, если точно известно, где и когда фигурант снова появится. Нам же важно заказчика выявить, а не смотреть, куда и зачем эта девица ходит. С заказчиком она связалась, «стрелку» он ей забил, так что до одиннадцати вечера можно расслабиться и покурить.

Колосенцев потянулся к телефонной трубке, но Роман схватил его за руку.

— Ген, а ты точно все проверил? Может, есть еще какой-нибудь Ивановский тупик, Ивановский проспект, или бульвар, или площадь, а? Давай я как следует посмотрю.

— Не валяй дурака, — рассердился Геннадий. — Я все посмотрел. И не имей дурной привычки перепроверять за старшими товарищами. Ты со мной работаешь, чтобы уму-разуму учиться, а не для того, чтобы меня контролировать. Понял, лох педальный?

Роман в первый момент обиделся, но очень быстро остыл и вернулся к тому, что его волновало в этот момент больше всего.

— Гена, а вдруг они вообще не в Москве встречаются? Вдруг где-то в другом месте?

— Ну, ты задолба-ал, — Геннадий покачал головой. — Ты вообще слышишь, о чем тебе говорят? Или у тебя со слухом беда? Ясно же сказано: Лариса эту нашу столицу наизусть выучила, и таксистов она московских боится, а не областных, и вообще она собирается доехать на муниципальном транспорте. А муниципальный транспорт — это метро, автобус, троллейбус и трамвай.

— А маршрутки?

— Ну ладно, маршрутки тоже.

— А электрички? — не отставал Дзюба.

Он отлично видел, как загорелись недобрым огнем глаза его старшего товарища, точно так же загорались глаза у соседского кота, когда Роман еще пацаненком отнимал у него игрушечную плюшевую мышку. Но сейчас ему было наплевать на злость Геннадия, ему очень не хотелось допустить ошибку. И очень хотелось раскрыть преступление и поймать таинственного неуловимого заказчика убийства Екатерины Аверкиной.

— Электрички — нет, — отрезал Колосенцев.

— Но ведь на маршрутке тоже можно за город уехать, — настырно продолжал Дзюба.

— Тогда она бы так и сказала, дескать, поеду на

маршрутке. А она сказала — на муниципальном транспорте.

— И что?

— А то, что сказать «на маршрутке» — короче. Она бы так и сказала, а не выбирала более длинное выражение. Человек — существо экономичное, запомни это, Ромчик, в жизни пригодится. Мы с тобой, между прочим, занимаемся своей работой именно потому, что люди стремятся к экономии, то есть пытаются достичь своей цели наиболее простым, коротким и не затратным путем. Ведь украсть куда проще и быстрее, чем много лет зарабатывать. И убить проще, чем разгребать конфликт и устраивать разборки. В общем, для тебя это сложно, ты еще маленький, просто запомни: человек всегда делает так, как проще и быстрее. И вообще, на хрена им переться за город-то? Ты сам своей рыжей башкой подумай.

Ну, если человек действительно стремится сделать так, как проще и быстрее, то, наверное, Гена прав, и за город Ларисе и ее собеседнику ехать действительно незачем. Какой все-таки Гена умный! И про то, что человек — существо экономичное, знает. Интересно, он сам до этого додумался или где-то прочитал? Или подсказал кто-то? Вот бы ему, Ромчику Дзюбе, стать когда-нибудь таким же умным, как Гена Колосенцев!

И все-таки его грызли сомнения. Но Роман старался гнать их прочь, потому что начальник, представляя его другим сотрудникам в первый день службы в уголовном розыске, сказал четко и определенно:

— Наставником твоим будет старший лейтенант Колосенцев, во всем его слушайся и бери с него пример, он у нас один из лучших оперов. Станешь таким, как он, — считай, карьеру сделал.

Ну как можно после таких слов открыто высказывать сомнения в правоте Геннадия? Никак невозможно.

В автобусе было холодно и немилосердно трясло. Лариса сначала заняла место у окна, но от промороженного стекла тянуло стылым воздухом, и она пересела поближе к проходу. Хорошо, что свободных мест много, автобус полупустой.

Ей снова стало страшно. Какая она дура, зачем она в это ввязалась? Но ведь сначала ей казалось, что все так хорошо продумано, и никаких улик, никаких следов, и так все и вышло: Наташу арестовали, деньги у нее нашли, то есть заказ выполнен. А теперь она сглупила и сказала милиционерам, что была в день убийства дома. А вдруг они начнут проверять и захотят выяснить, зачем она соврала и где была на самом деле? Что же делать? «Нет, выход только один, — твердила себе Лариса, — пока меня не арестовали, надо рвать когти из этой страны. И заказчик должен мне помочь, это и в его интересах. Пусть раскошелится».

Она вспомнила тот день, когда все это началось. Ее наняли. Ее купили. И человек, который ее нанял, превратился в заказчика. А ведь она недолго колебалась, если уж положить руку на сердце, то не колебалась вовсе, сразу согласилась, потому что он предложил большие деньги за работу. Очень большие. Такая сумма разом решила бы все проблемы и позволила начать новую жизнь, тем более что заказчик пообещал помочь с новыми документами и отъездом за границу.

Ей нужно было познакомиться с некой Катей Аверкиной, стать ее ближайшей подружкой, а заодно и приятельницей Катиной старшей сестры. Потом сделать так, чтобы Катя умерла, а в ее смерти обвинили бы сестру Наташу. Вот, собственно, и все. Заказчик сказал, чтобы она не боялась, потому что все уже придумано, ее дело — тупо выполнять то, что он велит, но выполнять тщательно и старательно, только в этом случае делу гарантирован успех. Он дал ей телефон с новой сим-картой и велел звонить ему только с этого телефона, ни с какого другого. Или из автомата. Но ни в коем случае не со своего постоянного номера. И Кате звонить тоже только с него. Велел назваться вымышленным именем, она придумала себе Яну Орлову, очень уж ей нравилось это имя, красиво. Своим старым друзьям, сказал заказчик, она может звонить со старого номера, новый не светить, но вообще-то лучше бы все связи на время оборвать, чтобы ничто не помешало выполнению задания. Он посоветовал Ларисе позвонить всем, с кем она постоянно общается, и сказать, что на время уезжает домой — мама заболела, или брат, или сестра. Или отчим. Заказчик объяснил, что, когда дело будет сделано, начнут проверять телефон убитой, и нужно, чтобы Ларису по этой детализации никто не нашел. Ей показалось тогда, что это разумно.

Подружиться с Катей оказалось легче легкого.

А поскольку Катина сестра регулярно приезжала в гости, то и с ней Лариса довольно скоро познакомилась. Когда подошло время, она начала изображать великодушие и подбивать Катю сделать сестре подарок, мол, ты посмотри, как она одета, а у тебя так много денег, не обеднеешь, если чуть-чуть потратишься. Вообще влиять на Катьку было несложно, она была податливой. Лариса инициировала поход по магазинам, чтобы купить Наташке обновки, отправились втроем, но самое сложное было выбрать и навязать яркие, запоминающиеся и броские вещи: красную куртку, белые джинсы, высокие ботфорты на каблуках, темные очки. Наташка не хотела их брать, все примеряла какую-то скучную серость, так что Ларисе пришлось постараться. Спасибо Кате, подключилась к уговорам, помогла Наташку уломать. Ей даже удалось заставить Наталью переодеться и ехать домой в новой одежде. Лариса после шопинга предложила пойти к Кате домой отметить покупки, это тоже было частью плана, придуманного заказчиком. Теперь нужно, чтобы их увидели соседи. Увидели Наташу в красной куртке и белых джинсах и как следует запомнили. Всю дорогу Лариса ломала голову, как это устроить, ничего оригинального не придумала, так что пришлось импровизировать. Завидев возле подъезда одну из Катиных соседок, начала изображать добрую подругу, радующуюся чужим обновкам, предлагала посмотреть и убедиться, какая Наталья красавица и как ей все это идет. Вышло довольно топорно, но все равно... А на другой день Лариса приобрела точно такие же вещи для себя.

Повезло, нашлись ее размеры. Хотя она тоже не лыком шита. Накануне, когда приезжала с сестрами в магазин, сначала выясняла размерный ряд понравившейся вещи, и рекомендовала ее Наташе только если оказывалось, что в наличии имеются и Наташин размер, и Ларисин.

И с париком она намаялась: весь город объездила, пока нашла то, что нужно. Но все-таки нашла.

Заказчик велел ей купить натуральный воск и снять слепки с ключей Наташи. Он специально встретился с Ларисой, отвез ее в тихое место и долго учил, как это правильно делать. Она способная, все на лету схватывает, и руки у нее хорошие, ловкие, так что часа через два урок был усвоен. Теперь она могла снять слепки быстро, четко и уверенно. И — главное — правильно.

Надо было улучить день, когда Наташа выходная. С Катей было проще, она после получения наследства уволилась, на фига ей работать официанткой, когда столько денег. Узнав, что Наташа в субботу, 25 декабря, не работает, Лариса накануне позвонила ей, представилась, изменив голос, сотрудницей Центра планирования семьи и уговорила сходить на прием к чудо-доктору, продиктовала липовый адрес, который ей подсказал заказчик. Сама-то она не догадалась бы, это он все придумал. Сразу после этого созвонилась с Катей и договорилась, что завтра придет к ней часа в два.

— Дело на сто рублей, — быстро и напористо говорила Лариса, — ничего не могу сейчас сказать, но когда расскажу — ты обалдеешь.

В ночь перед 25 декабря не спала ни одной минуточки. Не угрызениями совести мучилась, нет. Готовилась к предстоящему. Мысленно прокручивала все, что надо будет сделать. Ничего не забыть. Все выполнить точно. Не потерять ни одной лишней секунды.

К утру ей показалось, что всё можно сделать еще лучше. Войти, нет, ворваться к Кате в квартиру, схватить ее за руку, потащить на балкон со словами: «Идем, я тебе покажу свою новую машину, вчера купила наконец, пошли-пошли, она как раз под окнами стоит». Катька побежит как миленькая, в этом Лариса была уверена. Но Катька — чистюля, она не позволит идти через комнату в уличной обуви, заставит снимать сапоги и надевать тапки. Это к лучшему, Ларисе все равно потом придется переодеваться и менять обувь, и, заранее стянув туго облегающие ноги сапоги, она сэкономит время. Ладно, вот она бежит через комнату к балкону, тянет Катю за руку, показывает куда-то вдаль, Катя всматривается, больше ни на что не обращая внимания... И тут Ларисе подумалось, что хорошо бы отвлечь жертву еще чем-нибудь. Все-таки заказчик — мужчина, он думает, что известие о новом автомобиле может полностью захватить женщину. А вот и нет. Плохо он женщин знает. Это мужики, едва заслышав про новую тачку, разум теряют и готовы среди ночи вскакивать и мчаться ее смотреть и обсуждать. Для женщин нужно что-нибудь другое. Кольцо. Да, правильно, новое кольцо, которое можно дать примерить. Это сработает.

Лариса, очень довольная своей сообразительностью, положила в спортивную сумку, с которой обычно ходила в фитнес-клуб, старую одежду: темно-синюю куртку, черные джинсы, простые зимние сапоги. Сверху сунула пакетик для парика: заказчик велел ей не надевать его, пока она не окажется подальше от своего дома, не нужно, чтобы соседи заметили ее в таком виде. Лариса уже все наметила, все изучила заранее: сперва ей нужно появиться в облике Наташи перед сотрудниками клиники, и парик она сможет надеть в туалете у выхода из метро, там же и снимет на обратном пути, после чего вернется домой, возьмет сумку с вещами и париком и поедет к Кате. Надеть парик можно будет в подъезде дома, расположенного на полпути от станции метро к улице, где жила Катя. Лариса давно присмотрела этот старый дом, который дышал на ладан и в котором не было кодовых замков.

До двух часов еще долго, и Лариса решила пробежаться по магазинам, поискать подходящее кольцо, которое должно быть совсем дешевым (будет еще она деньги тратить на всякое барахло!), но при этом выглядеть дорого. Есть ведь такая бижутерия, которую только специалист может отличить от изделий из настоящих драгметаллов и с настоящими камнями. И хорошо бы, чтобы кольцо было крупное, броское, Катька такое любит и обязательно заинтересуется.

И еще надо успеть съездить в клинику за счетом. Сразу после получения наследства Катя пообещала Наташе помочь оплатить лечение, и Наташа обращалась в эту клинику, где записали все ее данные, сняли копию паспорта, провели предварительное обследование и наметили план полного расширенного обследования, которое можно будет провести в головной клинике на современной аппаратуре и с использованием передовых технологий. Договорились, что как только Наташа будет готова — ей выставят счет. Поскольку Катя передумала давать деньги, Наташа там больше не появлялась. Накануне Лариса позвонила в клинику, представилась Наташей и предупредила, что появились финансовые возможности и завтра она приедет за счетом, пусть все подготовят. Лариса в парике и в очках легко сошла за Наташу, никто ничего не проверял и документов не требовал. Мероприятие прошло гладко, как и предсказывал заказчик, который сам всё это и придумал.

К часу дня она, полностью готовая к тому, что должна сделать, надела на палец новое кольцо, подхватила сумку с вещами и двинулась в сторону Катиного дома.

Она отчетливо помнила, как заходила в подъезд, как поднималась в лифте, как звонила в дверь. То, что произошло потом, словно провалилось в черную яму беспамятства. Следующее, что Лариса могла восстановить в памяти, это ощущение того, что все сделано правильно, строго по плану. Быстро нырнула обратно в комнату, вынула из кармана и натянула на руки кожаные перчатки, взяла деньги — она знала, где они хранятся, — сняла парик, переоделась и спокойно вышла из дома. Никто не обратил на нее ни малейшего внимания, все главные события происходили во дворе, а она шла от подъезда по тротуару вдоль проезжей части.

Поехала к Наташе, вскрыла квартиру, спрятала

там деньги и положила на видное место счет.
О том, в какое именно место положить пакет с
деньгами, она особо не думала, Наташка — простая
душа — тысячу раз говорила Кате, чтобы та не держала деньги дома, в диване, это опасно, а Катька ей
в ответ всегда огрызалась: «На себя посмотри, я
хоть в диван прячу, а ты вообще свои сбережения в
туалетном столике держишь». Лариса выдвинула
ящик — там действительно лежал тощий жалкий
конвертик. В этот ящик она и сунула пакет. Орудо-
вала в перчатках, заказчик несколько раз предупреждал, чтобы в квартире Наташи она их не снимала.
У Кати — пожалуйста, ходи без перчаток сколько
угодно, только за пакет с деньгами не хватайся, Яна
Орлова — Катина подруга и много раз бывала у нее
дома, а случись что — и объяснить наличие следов
Яны-Ларисы в квартире Наташи будет крайне затруднительно. Задвинула ящик, выпрямилась и стала шарить глазами по поверхности туалетного столика, по баночкам с кремами, флакончикам с лось-
онами, духами и дезодорантами, по небрежно
брошенным дешевеньким украшениям. Она и сама
не понимала, как так вышло, только когда опомнилась, перчатки оказались у нее в зубах, а в руках Лариса вертела подвеску из крупного отполирован-
ного поделочного камня. В первый момент она
было запаниковала, но быстро пришла в себя: заказчик говорил, что менты в первую очередь будут
проверять отпечатки пальцев на деньгах и на пакете, а также на ящике и на том, что в этом ящике
еще будет лежать. Они будут доказывать, что никто,
кроме Наташи Аверкиной, эти деньги туда поло-

жить не мог. Больше ничего проверять не станут. «Все обойдется, — успокаивала себя Лариса. — Никто не будет искать мои отпечатки. И вообще, меня никогда не найдут». Она решила даже заказчику о своем промахе не рассказывать. Мало ли, а вдруг он сумму гонорара урежет за прокол...

Автобус проехал заправку, миновал поворот направо на проселочную дорогу и метров через пятьдесят притормозил у остановки. Лариса вышла и двинулась назад, к повороту. Еще триста метров тащить тяжелую сумку до машины! Ему хорошо, сидит небось в тепле, музыку слушает, а она должна таскаться по его милости с такой тяжестью в руках, да еще по скользкой обледеневшей дороге, настоящий каток под ногами, того и гляди навернешься — костей не соберешь. Пришлось идти медленно и осторожно, и с каждым шагом Лариса чувствовала, как растет ее ненависть. Ко всем. К заказчику, который отсиделся в сторонке, пока она делала за него всю грязную работу. К Кате Аверкиной, ни с того ни с сего получившей огромное наследство. К давешнему оперативнику-красавчику, который гуляет с какими угодно девицами, только не с ней, не с Ларисой. Вообще ко всем людям, потому что у всех жизнь намного лучше и легче, богаче и интереснее, чем у нее. Все лучшие куски себе расхватали, все жируют и радуются, тратят деньги на свои удовольствия, и только ей ничего не досталось.

Она смотрела под ноги, хотя все равно почти ничего не было видно на этой неосвещенной проселочной дороге, и чуть не поскользнулась, потеряв от неожиданности равновесие, когда услышала знакомый голос. Неужели она прошла триста метров? А ей казалось, не больше ста.

— Я пошел тебе навстречу, — пояснил заказчик. — Скользко, темно. Давай, возьму тебя под руку.

«Лучше бы ты сумку у меня взял», — зло подумала Лариса, но промолчала.

— Так что у тебя случилось? — спросил заказчик, медленно ведя ее по дороге. — Что за срочность?

Она рассказала про визит двух оперов, подробно, ничего не скрывая и не привирая. Сейчас говорить неправду было не в ее интересах.

— Ну и умница, — спокойно ответил заказчик, — чего ты разволновалась? Ты все сделала правильно. Ничего страшного пока не произошло. Но ты абсолютно права, выступать свидетелем на следствии или на суде совершенно ни к чему. Тебе действительно лучше скрыться.

— Значит, вы мне поможете? — обрадовалась Лариса, мгновенно забыв о своей злости.

— Конечно, помогу. Сейчас я тебя спрячу, а когда будут готовы новые документы, вывезу из страны. Я уже связался с нужными людьми, они начали работать, завтра только сделаем твою фотографию — и всё.

— А деньги? — напряженно спросила Лариса.

— И деньги будут, не волнуйся. Сегодня же воскресенье, банки закрыты, я завтра прямо с утра позвоню и закажу выдачу наличными. Ты же понимаешь, сумма большая, я такую не могу дома держать.

Она понимала. Всё будет хорошо. Она получит

безопасность, деньги, новые документы и новую жизнь.

— Далеко машина-то? — проговорила она устало и недовольно. — Идем, идем, все не дойдем никак. У меня уже плечо отламывается.

— Придется еще пройти, очень скользко, и освещения нет, я не рискнул ехать, оставил машину почти у самого шоссе. Свернул, проехал где-то с полкилометра и встал. Сцепления никакого, машина юзом идет.

Ничего себе! Эта узкая темная дорога, расположенная между двумя трассами, имеет протяженность около четырех километров, Лариса хорошо помнит. Это ж сколько еще пилить?! В ней снова закипело негодование, но пришлось взять себя в руки. Сейчас она полностью зависит от идущего рядом с ней человека, он должен обеспечить ей укрытие и возможность свалить отсюда, стало быть, не нужно с ним ссориться. Нужно быть мягкой и пушистой, чтобы ему и в голову не пришло на нее рассердиться и оставить без помощи.

Она собралась было спросить, есть ли там, куда он ее отвезет, DVD-проигрыватель, и если есть, то, может быть, они заедут по дороге в круглосуточный супермаркет с отделом видеопродукции, а то ей будет скучно проводить целые дни в одиночестве. Собралась, но не успела.

Дзюба и Колосенцев устроились и ждали в том месте, где Ларисе было велено отпустить машину. Позицию заняли в десять вечера, сидели в машине в «кармане» на заправке, не спуская глаз с проезжей части и с поворота на уходящую вправо дорогу. Ромка периодически начинал ныть, что хочет есть, а Геннадий ворчал, что его ждут в игре, потому что «админ» уехал в отпуск и «админку» передал ему и еще одному игроку, так вот этот игрок — человек ненадежный и управляет остальными игроками плохо, и без него, без Геннадия, никакой толковой игры не будет, потому что тот, второй, никогда не соображает, кого надо «забанить», кого приструнить, кому сделать замечание. И будет на сайте полный бардак.

Но это всё было так, для облегчения ожидания. Когда время подошло к одиннадцати, оперативники напряглись и сосредоточились. Теперь они сидели тихо, во все глаза наблюдая за подъезжающими машинами и останавливающимися впереди за поворотом троллейбусами и маршрутками. Вот появилось такси, но из него вышла парочка, которая тут же скрылась в кафе на заправке. Через несколько минут притормозил джип, в который парочка села и укатила. Подъезжали машины заправляться, но среди них ни одного такси и ни одного частника, который остановился бы и высадил пассажирку. Ни из троллейбусов, ни из маршруток Лариса Скляр не выходила. Четверть двенадцатого.

— Опаздывает, что ли? — неуверенно спросил Дзюба.

— Баба, что ты хочешь? Не родилась еще такая, которая вовремя приходит, а уж тем более приезжает. Явится, никуда не денется. Тут мы ей на хвост и упадем.

Половина двенадцатого. Дзюба начал волноваться, а Геннадий по-прежнему делал вид, что все в порядке.

— Слушай, а ты точно уверен, что мы правильно место определили? Может, это все-таки другой адрес?

— Ну какой другой, Ромчик? Что ты мне печень выклевываешь? Я же при тебе смотрел: на Ивановской улице заправки нет, в Ивановском проезде тоже нет, а здесь есть.

— А вдруг еще какие-нибудь Ивановские существуют, а мы не проверили.

— Не существуют, — отрезал Колосенцев. — В черте Москвы больше нет ни одного адреса со словом «Ивановский» или «Ивановская».

— Ты хорошо проверил?

— Слушай, еще одно слово — и я тебя «забаню» на всю оставшуюся жизнь.

Колосенцев начал раздражаться. Ему хотелось домой, за свой компьютер, хотелось надеть наушники, положить пальцы левой руки на «клаву», а правой — на «мышку», специальную игровую, и погрузиться в захватывающий мир войны, стрельбы, борьбы с противником и соревнования в ловкости, скорости реакции и сообразительности. Ну что этот рыжий Плюшкин от него хочет, в самом-то деле! Да, за пределами Кольцевой автодороги полным-полно всяких Ивановских, он своими глазами в Интернете видел перечень из 122 наименований населенных пунктов типа село Ивановское или деревня Ивановская, но ведь фигурантка совершенно однозначно определила, что речь идет именно о Москве, а не об области. Конечно, Ромчика тоже можно понять, он ведь принял информацию только со слов самого Геннадия, а вот Геннадию следователь Рыженко по телефону дала прослушать фонограмму целиком, и у него впечатление от разговора Ларисы Скляр с заказчиком куда более полное и правильное. Может, он плохо Ромке пересказал? Может, сам виноват, что парень сомневается? «Ну вот еще, — сердито подумал Геннадий. — Чего это я виноват? В чем виноват? Я сказал ему все, что слышал. А то, что он мне не верит и думает, будто я что-то упустил, так это его личная проблема. Однако девица почему-то не появилась. Почему? Не может быть, чтобы я ошибся. Наверное, с ней что-то случилось. Может, под машину попала? Или поскользнулась, упала, сломала ногу, и ее увезли на «Скорой» в больницу? Черт, неужели рыжий Плюшкин прав, и не надо было так уверенно говорить, что можно «снимать ноги», а надо было продолжать следить за девкой, будь она неладна? Как ни крути, но выходит, что Ромчик, пожалуй, оказался прав. Этого еще не хватало! Не может наставник совершить промах на глазах у новичка, это неправильно и непедагогично. Значит, будем выкручиваться всеми возможными способами».

— Ген, а вдруг она отравилась? — подал голос Роман.

— Чего-чего? — протянул Колосенцев. — Суициднула, что ли?

— Да нет же, просто съела что-то испорченное, отравилась, у нее понос, рвота, она из дома выйти не может, а мы ее тут ждем.

— Тогда она позвонила бы заказчику и отменила встречу или перенесла, то есть объяснила бы ему, что не может прийти. А у нас нет сигнала о том, что она ему еще раз звонила, — терпеливо объяснил Колосенцев, стараясь выглядеть в глазах Ромчика как можно более респектабельно с точки зрения профессионализма. Если он и впрямь облажался, то нужно, чтобы Дзюба относился к нему по-доброму и не утратил пиетета.

— А если ей очень плохо и она позвонить не может? Или у нее телефон сломался, а по городскому она не может позвонить, потому что номер не помнит, он у нее только в трубке забит? А вдруг ее рвало, она наклонилась над унитазом, и аппарат выпал?

Колосенцев собрался было послать напарника с его фантазиями куда подальше, но спохватился и взял себя в руки. Взглянул на часы — первый час ночи. Нет, Лариса Скляр не появится, и на то, что она банально застряла в знаменитых московских пробках, никакой надежды нет: время для пробок совершенно неподходящее. Он тронул машину с места.

— Куда мы едем? — встревоженно спросил Дзюба.

— В адрес, проверим твое предположение насчет отравления. А ты пока набери Надежду, доложи ей, что Скляр в условленное место не явилась.

— А ты точно уверен, что именно это место было условленным? — не унимался Роман.

— Отстань, а? — устало попросил Колосенцев. — Звони давай. Надежда нашего звонка ждет.

Они доехали до дома, где снимала квартиру Лариса Скляр, долго звонили в дверь, стучали, пока не вышла недовольная заспанная соседка, завернутая в длинный серый пуховый платок поверх пижамы.

— Чего шумите? Людям спать не даете. Сейчас милицию вызову.

— Не надо, — торопливо проговорил Колосенцев, доставая удостоверение. — Мы здесь. Вы Ларису давно видели?

— Так сегодня, — удивилась соседка. — Я и вас сегодня видела, вы к Лариске в дверь звонили, она вас впустила. Я все видела, — многозначительно повторила она.

— Верно, — Геннадий постарался улыбнуться как можно обаятельнее. Он терпеть не мог таких теток, которые на любой шум выбегают в прихожую и прилипают к дверному глазку, но иногда они оказываются очень полезными. — Мы с товарищем сегодня приходили. А после того, как мы ушли, вы видели Ларису?

— Видела, а как же. Она с сумкой в лифт садилась. Я еще потом в окошко посмотрела, у меня окна как раз на подъезд выходят, так Лариска на метро пошла.

— На станцию метро или в сторону метро? — уточнил Дзюба.

Колосенцев кинул на него уничтожающий взгляд. Вечно он суется со своими уточнениями и догадками, как будто его наставник сам не соображает, что и как нужно спрашивать.

— Ну, уж этого я не ведаю, — развела руками любопытная соседка.

— А сумка большая у Ларисы была?

— Типа спортивной, она с ней всегда ходит.

— Как это — всегда? — снова влез с уточнениями Роман. — Что, прямо каждый день?

— Ну, раза два в неделю. Я у нее как-то спросила, чего она в такой большой сумке таскает, так она ответила, что спортом занимается, в клуб какой-то ходит, а в сумке носит форму и кроссовки. Вот с этой сумкой она и поперлась на ночь глядя: через плечо, значит, дамская сумочка висит, а на другом плече — большая. Я еще подумала, чего это она на свои тренировки в клуб в такую поздноту тащится.

— В котором часу это было? — спросил Геннадий.

— Где-то после девяти вечера.

— Точно помните, что после девяти?

— Да точно, точно, я еще специально на часы посмотрела, потому что сумку увидела и удивилась: Лариска на свои тренировки обычно днем ходила всегда, а чтобы вечером с сумкой — такого ни разу не было. Я и подумала, что, может, время перепутала, раз Лариска с сумкой, значит, еще рано совсем, вот и посмотрела на часы. Было девять пятнадцать или девять двадцать, где-то между этим. А вы зачем ее ищете?

Ну вот, наконец-то! А то Геннадий уже подумал было, что на свете появилась новая порода свидетелей: все видели, все заметили, все запомнили и беспрекословно, не задавая лишних вопросов, рассказывают все милиционерам. Ан нет, вопросы все-таки появились.

— Надо, — коротко и не очень-то вежливо ответил он и шагнул к лифту, потянув за собой Дзюбу.

Они спустились вниз и сели в машину.

— Ген, Надежда Игоревна велела сразу же позвонить, — напомнил Роман.

— Вот и звони, — огрызнулся Колосенцев, который уже понял, что Ларису Скляр они безнадежно потеряли, и совершенно не хотел выслушивать нагоняй от следователя.

— Надежда Игоревна сказала, чтобы ты сам позвонил. Ей очень не понравилось, что в тот раз звонил я, — виновато проговорил Роман. — Она сказала, кто старший — тот и должен докладывать, а не поручать подмастерьям.

— Ладно, — вздохнул Колосенцев. — Набери мне ее и дай трубу.

Его опасения полностью оправдались, и он даже не стал дословно пересказывать Дзюбе все то, что услышал от Рыженко. Конечно, парня надо тренировать и натаскивать, без этого никакого обучения не получится, но уж очень не хотелось повторять вслух то, о чем можно в принципе благополучно забыть. Особенно если включить компьютер и погрузиться в битву. И еще Геннадий подумал, как хорошо, что Роман не выступает со своими вечными «я ведь говорил, я ведь уточнял», словно чует, что его наставнику тоже не по себе, и нечего усугублять ситуацию. «Да, ничего не попишешь, мой косяк», — с досадой подумал Колосенцев.

Он любил свой дом, свою квартиру, особенно любил камин, настоящий, действующий, который так хорошо разжигать длинными темными зимними вечерами. Здесь он был хозяином, настоящим, полновластным, чье главенство никто не смел оспорить. И каждый раз, открывая дверь подъезда и вступая в просторный, отделанный мрамором холл, уставленный живыми растениями в красивых керамических горшках, он чувствовал, как в нем просыпается и поднимает голову Хозяин, Властитель и Управитель его собственного мира. И он прислушивался к этому пробуждению и радовался ему.

Но сегодня ему было не до того. Он быстрыми шагами пересек холл и вошел в лифт. Второй час ночи, жена и дочка давно спят, и никто ему не помешает. В такую холодную ночь славно будет посидеть возле горящего камина...

Однако едва он открыл дверь в квартиру, стало понятно, что всё идет наперекосяк. В прихожей горел свет, слышались шаги. Навстречу ему выскочила жена Алена, лицо напряженное и встревоженное.

— Слава, Лика заболела, я вызвала «Скорую», спустись вниз, встреть, чтобы им не искать, а то у нас ворота...

— Что с Ликой? — испугался Суханов.

— Температура высокая, жар, бред... Слава, иди вниз, пожалуйста, ты же знаешь нашу охрану, они спят без задних ног, их не добудишься! Пожалуйста, иди, разбуди, скажи, что мы ждем «неотложку», пусть ворота заранее откроют!

Он видел, что жена сильно нервничает, поэтому ничего больше не спросил, повернулся и пошел к лифту. Охране можно позвонить по телефону, разбудить, предупредить... Зачем непременно идти самому? Но, с другой стороны, все-таки лучше, если врачей кто-нибудь встретит, так надежнее и быстрее.

«Скорая» приехала уже через несколько минут, молодой рослый врач спросил, где можно помыть руки, и прошел в комнату к Лике. Суханов и Алена стояли рядом, тревожно наблюдали, отвечали на вопросы. По лицу Алены то и дело скатывалась слезинка, но она молодец, не паниковала, не билась в истерике, с врачом разговаривала деловито и сосредоточенно. Когда дело дошло до капельницы, Суханов вышел. Этого он видеть не мог.

Уселся в свое любимое кресло перед камином. Его трясло. От страха за ребенка. От неопределенности. От непонимания. То, что он сделал, — это просто плохо или очень плохо? Или ничего, вполне себе обычно? Так поступают тысячи людей в стране, а если во всем мире — так и миллионы. Кто-то за это расплачивается, кто-то остается «при своих», а многие даже и с прибытком, с выгодой.

Суханов еще раз прошелся по всем пунктам: дорога пустынная, всего одна полоса, освещения нет, гололедица чудовищная, значит, никто по ней не поедет, по крайней мере до утра, когда уже рассветет: дураков нет так рисковать. Паспорт он забрал, никаких других документов, удостоверяющих личность Ларисы, в ее сумочке не было, он специально взял с собой маленький фонарик, чтобы ничего не упустить. Пистолет выбросил в сугроб, подальше от того места, уехал на другое шоссе и там по еще одной проселочной дороге забрался поглубже в лес. Осталось только уничтожить паспорт. Самое надежное — сжечь, и сжечь у себя дома, в камине, чтобы не спешить, дождаться полного сгорания и иметь возможность убедиться: не осталось ни клочка, ни кусочка, по которому въедливые менты и эксперты смогут определить, что сжигали именно паспорт. И пусть теперь они попробуют установить личность убитой девушки. Искать ее никто не кинется, она не работает, родственников у нее в Москве нет, а те, которые есть где-то в Пермской области, еще когда спохватятся, что она давно не звонила... Труп уже истлеть успеет.

Дверь в комнату дочери открылась, послышались голоса врача и Алены, и Суханов вскочил с кресла.

— Ну, что там? Что скажете, доктор?

Девочке стало полегче, врач оставил указания, что и когда делать, предложил госпитализацию, но Алена, не раздумывая, ответила категорическим отказом.

— Я сама, — твердо сказала она. — Я все сделаю. Завтра вызову медсестру.

— Но если станет хуже — сразу госпитализируйте, — предупредил врач. — А так я пока ничего опасного не вижу.

Проводив доктора, Алена вернулась в комнату Лики.

— Ты ложись, Слава. — Она придвинула креслице поближе к кровати, поправила одеяльце на девочке и стала устраиваться на ночь. — Я здесь посплю, а ты ложись.

Ну да, как же, поспит она! Его жена из тех женщин, которых иногда называют сумасшедшими матерями. Конечно же, она глаз не сомкнет, будет смотреть на Лику, ловить любое изменение ее состояния и без конца щупать лобик. И ни о каком разжигании камина речи быть не может, Алена сразу учует запах горящих дров, а как он сможет объяснить, почему вместо того, чтобы ложиться спать перед новым рабочим днем, сидит в гостиной и смотрит на огонь? Время-то уже четвертый час. Ладно, не смертельно, паспорт Ларисы можно сжечь и завтра вечером, когда он вернется с работы.

Суханов разделся, принял душ и забрался в постель. Напряжение не отпускало, и он не мог бы сказать с уверенностью, вызвано это напряжение болезнью дочери или тем, что он сделал. Мышцы будто свело судорогой, сна ни в одном глазу. Ничего, твердил он себе, ничего, это просто нужно пережить, зато потом все будет иначе, совсем иначе. Будет хорошо. Будет так, как он хотел.

У Забродина он работает уже больше десяти лет. Когда только пришел в холдинг — ему было двадцать пять, и он очень радовался этой работе, потому что Забродин платил много, и для его возраста это были просто колоссальные деньги. Теперь ему тридцать восемь, и положение мальчика на побегушках его давно перестало устраивать. Он бы с удовольствием принял предложения, которые ему много раз делали, но в раскрученный бизнес нельзя входить без больших денег, потому что надо выкупать пакет акций серьезных предприятий, чтобы стать там партнером и хозяином.

Он хочет другого социального статуса. То, что было хорошо в двадцать пять лет, в тридцать восемь уже не устраивает. Он все это перерос. Его страшно раздражает, что Забродин, как и много лет назад, фамильярно называет его Славиком. Суханов хочет стать, наконец, Вячеславом Констан-тиновичем. Конечно, Юля Шляго обращается к нему «Вячеслав» и на «вы», но ведь она пришла все-го четыре года назад, она моложе, и потом, Юля — точно такой же наемный работник, как и он сам, и ее учтивость и пиетет для Суханова мало что зна-чат. Поскольку обязанности между двумя помощ-никами были давно распределены, никакой ревно-сти она у Суханова не вызывает. На женщину можно свалить всякую бумажно-канцелярскую нудятину, которой мужики заниматься не любят, а Шляго — спокойная и безропотная овца, все беспрекослов-но выполняет быстро и хорошо и никогда ни на что не жалуется. Суханов с первого же дня повел себя с ней так, будто он старший помощник, а она — простой или даже младший, хотя должности их называются одинаково и зарплата тоже одина-ковая. Юля не возражала и не ерепенилась, приня-ла его условия игры. Первое время это главенство, эта позиция «первого и старшего» Суханова полно-стью удовлетворяла, но со временем он привык, а потом понял, что все это мелко, смешно, это не его уровень. Ему хотелось большего. Ему хотелось быть Главным.

Но для этого нужны солидные средства. И те-перь он их получит. Никаких сомнений.

Лика крепко спала, лобик был теплым, но не пылающим, пунцовый румянец со щек исчез, но Алена Суханова и не думала засыпать. Мало ли что случится!

Осторожно отодвинув маленькое креслице, она

поднялась и на цыпочках прошла в кухню, открыла холодильник, вытащила пакетик сливок, оторвала уголок и выпила залпом, обхватив губами картонную упаковку. Сливки были жирными, тридцатитрехпроцентными, для взбивания, но Алене очень хотелось выпить именно их, не утоляющих жажду, но невозможно вкусных. Она знала, что это совсем не полезно, но ей было все равно.

Слава опять вернулся поздно. Где он был? Снова банкет или переговоры? Снова Забродин? Или все-таки женщина? Да, Юля уверяла ее, что никакой женщины у Славы нет, но разве можно ей верить? Во-первых, откуда ей точно знать? Глупо думать, что Слава делится с ней такими интимными подробностями. Во-вторых, она может его покрывать, все-таки коллеги, вместе работают, с нее станется. А в-третьих, этой женщиной может оказаться и сама Юля. Тогда понятно, что она ни в чем Алене не признается. А ревность душит, гложет, отнимает силы. И порождает страх.

Они женаты уже десять лет. Первые четыре года их супружества Алена вела светскую жизнь, мотаясь по фитнесам, салонам красоты, ресторанам и курортам. Потом забеременела, родилась Лика, ее отрада, ее счастье. За обеспеченного и перспективного молодого человека Вячеслава Суханова Алена выходила замуж будучи студенткой пятого курса и по специальности не проработала ни дня. Теперь случись что — профессии у нее нет, она все забыла, а знания и технологии ушли далеко вперед.

А это «что» вполне может случиться. Эти поздние возвращения, регулярные отлучки, телефонные разговоры, которые муж не хочет вести при ней и всегда выходит в другую комнату... Все одно к одному.

От выпитых залпом холодных сливок ей стало зябко. Алена зашла в гостиную и включила свет, собираясь взять теплую шаль, всегда лежащую на подлокотнике дивана. На глаза ей попался небрежно брошенный пиджак мужа — Слава снял его, когда привел врача, и забыл повесить в гардеробную. Первая мысль была робкой, словно украдкой промелькнувшей в тот момент, когда Алена взяла пиджак в руки, чтобы повесить на спинку стула. «Ну и что? — сказала она себе. — Подумаешь. Все так делают. Если от этого зависит моя жизнь и жизнь моего ребенка, то почему бы нет?»

Но все равно ей было не по себе. И просовывая пальцы поочередно в каждый карман, Алена Суханова успокаивала себя тем, что борьба за сохранность семьи — это святое. Когда в руках у нее оказался паспорт молодой симпатичной женщины по имени Лариса Скляр, руки затряслись. Вот она, соперница. Теперь нет никаких сомнений.

Или все-таки не соперница? Может быть, сотрудница холдинга, вместе с которой Слава должен ехать в командировку и взял паспорт, чтобы купить билеты? Больше никакого объяснения Алене в голову не пришло. Она перелистала страницы документа: постоянной прописки в столице нет, значит, не москвичка, вряд ли такую взяли к Забродину, у них там строго с этим делом, Слава ей объяснял, когда она просила устроить на работу свою приятельницу. Да и потом, с каких это пор личный помощник Самого будет покупать билеты на поезд или самолет? Да сроду такого не было! Для этого существует специальное подразделение, они и забронируют, и выкупят, и привезут. Да и потом, можно же через Интернет покупать, и тогда паспорт предъявлять вообще не надо, достаточно просто ввести паспортные данные, а чтобы ввести данные, не нужно носить с собой документ. Значит, соперница. Моложе ее, Алены. Это плохо.

Теперь уже тряслись не только руки, ее всю колотило. Она закуталась в шаль, немного подумала и спрятала паспорт в такое место, где Слава его ни за что не найдет. Включила чайник, заварила крепкий чай, положила в чашку три ложки сахару и ломтик лимона, вернулась в комнату Лики и снова села в креслице, примостив горячую чашку на коленях и обхватив ее руками. Дрожь постепенно стихала.

Нет, ни за что на свете она не допустит, чтобы Слава ее бросил. И не сказать, чтобы она очень уж любила мужа и не мыслила своей жизни без этого мужчины. Слава закрытый, холодный, неласковый, и сам ничего не рассказывает, и Алене вопросов не задает, не интересно ему, что у нее на сердце, рядом с ним она не чувствует душевного тепла. Конечно, к Алене он относится хорошо, балует ее и Лику, потакает капризам, решает все проблемы, начиная от потекшего крана в ванной и заканчивая самой квалифицированной медицинской помощью, но все это без улыбки и ласкового слова. Муж не откровенничает с ней, ничего не рассказывает о работе, ничем не делится, не ведет с Аленой длинных уютных разговоров по вечерам за чашкой чая.

Сначала она относилась к этому как к должному, потому что муж на серьезной работе, занят, устает, зато много зарабатывает и полностью обеспечивает ее и ребенка. Но когда начались еженедельные поздние возвращения со словами, что Забродин проводил совещание, она впервые забеспокоилась, потому что представила себе, что будет, если он ее бросит. Дело явно пахнет женщиной, это она еще тогда почуяла. А что Алена может? Профессии нет, доходов нет, конечно, Слава будет давать деньги, он человек порядочный, без алиментов не оставит, но ведь она совсем ничего не может сама, она так разбаловалась, что не умеет решать самые элементарные проблемы. Даже не знает, по какому телефону такси вызывать, и когда ее машина в сервисе, обращается к мужу, который тут же нанимает ей водителя с машиной на весь срок ремонта или берет для нее автомобиль напрокат. Сам все делает и все организовывает. Ей даже в голову не приходило поинтересоваться, кому надо звонить и что говорить, когда, например, вырубается электричество. Она звонила Славе, и через короткое время появлялись специально обученные люди, которые все устраивали.

Нет, нельзя позволить Славе уйти. Черт с ними, с супружескими отношениями, не так уж это важно, а вот удобства, комфорт, деньги, сервис... Не готова Алена Суханова этим жертвовать. А Слава? Как он относится к перспективе развода? А вдруг он об этом подумывает? Значит, теперь самое главное — не дать ему повода даже помыслить о возможности уйти из семьи. Никаких скандалов, никаких выяснений отношений. Она будет тиха и мила.

Но кровь этому бабнику все-таки попортит. Пусть покрутится да подумает, стоят ли его пошлые связи на стороне таких нервных затрат.

Она допила чай, поставила чашку на пол и задремала. Но очень скоро проснулась: послышались шаги в коридоре, Слава встал, он поднимается в половине седьмого. Алена потрясла головой, чтобы прогнать остатки сна, пощупала дочку — нет ли температуры, поцеловала ее в бархатную щечку и отправилась на кухню готовить завтрак.

— Как Лика? — спросил Слава первым делом.

— Ничего, кажется, получше. Температуры нет.

— Я пришлю опытную медсестру, она часам к девяти подъедет. И с Колоницким созвонюсь, пусть приедет посмотрит.

Колоницкий был известным педиатром, на прием к которому записывались загодя, если вообще пробивались, но Слава нашел ходы к медицинскому светиле, и лечение Лики доверяли только ему. Разумеется, небезвозмездно.

Больше он не произнес ни слова, пока не закончил завтрак. И Алена с разговорами не приставала. Муж собрался уходить, зашел в гостиную за пиджаком. Она вся подобралась, приготовилась. Спохватится или нет? Обнаружит пропажу сейчас или позже?

— Алена! — послышался его голос. — Ты у меня из пиджака документы не брала?

Ну вот. Теперь надо сыграть как следует.

Она торопливо вышла из кухни.

— Документы? Какие?

— Брала или нет? — Она даже испугалась, такой у мужа был голос. Ни разу за все десять лет Алена Суханова ничего подобного не слышала.

— Да ты с ума сошел! — Ей удалось изобразить возмущение. — С каких это пор я у тебя по карманам шарю? Славик, успокойся, подумай, куда ты мог положить документы? И почему они не в папке?

Вот так, правильно. Он же сказал «документы», следовательно, бумаги, это первое, что приходит в голову. Алена не знает и не может знать, что речь идет о паспорте.

Однако на вопрос о папке он не ответил.

— Посмотри в кабинете, посмотри в спальне, — заботливо советовала она. — Ты вчера так перенервничал из-за Лики, что мог машинально куда-то положить и не заметить, а теперь вспомнить не можешь. Со мной тысячу раз так бывало.

Суханов сжал губы, молча зашел сначала в кабинет, затем в спальню. Потом вышел в прихожую и начал одеваться. Алена сделала вид, что ее все это мало волнует. Она уже была на кухне и варила кашу для Лики.

— Ну что, нашел? — спросила она, помешивая деревянной ложкой в кастрюльке.

Он не ответил. Только дверь хлопнула.

Следователь Рыженко не спеша двигалась по улице, до метро оставалось совсем немного, еще минут пять. Целых пять минут, в течение которых она сможет наслаждаться неожиданно безветренной погодой и тихо падающим мягким густым снегом. Ей показалось, что в сумке звонит телефон. Пришлось остановиться, поднести сумку к уху и прислушаться. Даже сквозь шум проезжающих машин и голоса прохожих пробивался звук рингтона. Она стащила с руки перчатку и открыла сумку.

— Надежда, ты еще у себя? — послышался голос начальника. — А то у тебя в кабинете телефон не отвечает.

— Нет, я уже ушла, но недалеко. Мне вернуться?

— Не надо. Толковую бумагу ты накатала.

— А что? — обрадовалась Надежда Игоревна. — Мне дела отдают?

— Тебе, тебе. Вышестоящие начальники прониклись твоими аргументами, дела соединяют в производстве у нас. Но операм твоим задницу надрать надо. Сама сумеешь? Или мне подключиться и на их руководство выйти?

— Не надо, — засмеялась Рыженко, — сама справлюсь. Моя вина тоже есть, не проконтролировала, не перепроверила, доверилась пацанам, а они напортачили.

— Ну, это хорошо, что понимаешь свою вину. Ладно, будь здорова.

Надежда Игоревна вошла в вестибюль метро и привычно отключилась. Каждый поворот, каждую ступеньку, каждый метр своей дороги домой она знала наизусть и могла пройти с закрытыми глазами. Передвижение не требовало от нее ни малейшего внимания, и можно было погрузиться в мысли о работе, а конкретно — о таком простом на первый взгляд и таком запутанном деле об убийстве Кати Аверкиной.

Когда Геннадий и Роман сообщили, что упустили Ларису Скляр, Надежда Игоревна ни минуты не сомневалась, чем все это кончится. И прямо с утра первым же делом стала смотреть сводки о происшествиях за сутки по всей Московской области и по городу, обращая особое внимание на территориальные образования, в названиях которых было слово «Ивановское» или «Ивановская». Самые худшие предположения оправдались: в поселке Ивановское одного из подмосковных районов был обнаружен труп молодой женщины по имени предположительно Лариса Скляр. Рыженко тут же связалась со следственным органом, обслуживающим территорию, на которой обнаружен труп, и выяснила, что документов при девушке не было, но рядом с ней лежала большая спортивная сумка с носильными вещами, и в боковом кармашке нашли абонемент в фитнес-клуб, выписанный на имя Ларисы Скляр. Поскольку фотографии на абонементе не было, то утверждать уверенно никто не брался: может, это и в самом деле Лариса Скляр, а может, и нет, просто кто-то, кому она отдала свой абонемент. Но Надежда Игоревна, конечно, уже ни в чем не сомневалась, тем более оперативники еще ночью выяснили, что Лариса уходила из дома с большой спортивной сумкой, а в телефонном разговоре с ее таинственным абонентом речь шла о том, чтобы она взяла с собой личные вещи и одежду примерно на неделю — дней десять. Судя по содержимому сумки, которое ей перечислили по телефону, так оно и вышло. И красная куртка, и белые джинсы, и

солнцезащитные очки, и высокие сапоги — все это
было там же.

Девушка была убита из огнестрельного оружия,
но само оружие пока не нашли, во всяком случае,
его не оказалось ни рядом с трупом, ни поблизости. Экспертиза пули покажет, что это было за оружие. Что касается следов на месте преступления, то
с этим совсем плохо. Под ногами слежавшийся
слой снега, превратившийся в скользкое покрытие,
по которому и идти тяжело, и никаких следов не
остается. По крайней мере следов обуви и протек-
торов эксперты при осмотре не выявили. Может,
плохо искали, а может, их и в самом деле не было.
Но теперь поздно кулаками махать, если какие-то
следы и были, то сейчас они уже затоптаны и сма-
заны. Тело убитой лежало на обочине лицом вверх,
на одежде явные следы пороха, по мнению эксперта, выстрел был произведен практически в упор. То
есть не издалека выстрелили в жертву, которую
поджидали в кустах, а подошли к ней вплотную.
Кто? Хорошо знакомый человек? Или случайный
злоумышленник? Тогда почему он не взял деньги?
Конечно, не бог весть какие суммы обнаружились в
дамской сумочке Ларисы, но все-таки... Деньги ведь.
И колечко на пальце осталось, и сережки в ушах.
Тоже не дорогие, но... Все содержимое сумки, на
первый взгляд, на месте. Нет только паспорта. Был
ли он? Если ориентироваться на содержание разговора Ларисы с предполагаемым заказчиком, то паспорт ей мог и не понадобиться, ведь он обещал ей
сделать новые документы. Завтра с утра, как только
будет должным образом оформлено соединение

уголовных дел в производстве у следователя Рыженко, надо первым делом провести обыск в квартире, которую снимала Скляр. И вот если там паспорта не окажется, то это уже повод для беспокойства.

Впрочем, какое тут беспокойство! И так понятно, что убил ее предполагаемый заказчик, просто убрал ненужного и слишком нервного свидетеля. И нечего придумывать себе оправдание про случайное разбойное нападение. Нет ей, Надежде Игоревне Рыженко, никакого оправдания, она должна была предвидеть, что Ларису Скляр на этой встрече могут убить, и не должна она была давать операм разрешение снимать наблюдение, не должна была полагаться на их заверения в том, что они достоверно определили место встречи и организовали там грамотную засаду. И нечего валить все на мальчишек. Она должна, должна была понимать, что Гена Колосенцев думает о чем угодно, только не о работе, а сообразительный и творчески думающий Ромчик Дзюба не может повлиять на товарища, не тот у него пока еще статус, да и характера не хватает. Молодой, неопытный, восторженный, по-мальчишески влюбленный в своего наставника, Ромка не посмеет пойти поперек мнения Геннадия, а тот этим и пользуется. Да, Гена толковый парень, хваткий, этого у него не отнять, но уж очень скучно ему делать свою работу. Кто-то говорил Надежде Игоревне, что Гена — компьютерный геймер, готов часами сидеть в игре, и очень похоже, что у него развилась болезненная зависимость. Сам он с этим не справится, а прибегать к помощи специалиста не станет, ни один молодой мужчина никогда не признается ни себе, ни окружающим в том, что нуждается в помощи психотерапевта. А по наблюдениям Надежды Игоревны, в такой помощи сегодня нуждается каждый второй. И еще в одном упрекала себя следователь Рыженко: она не среагировала вовремя, не забила во все колокола, когда заметила только первые признаки того, что Колосенцеву стало скучно работать, не обратила на это внимание его начальника, а ведь могла, могла... Болезнь Геннадия прогрессировала и должна была в один прекрасный момент дать о себе знать. Вот этот момент настал, при всей своей толковости и сообразительности Гена допустил непростительный прокол. И виновата в этом в том числе и она, Надежда Игоревна Рыженко.

Квартира Ларисы Скляр выглядела стерильно-нежилой. Перед тем как ее покинуть, девушка основательно прибралась. Во всяком случае, сейчас здесь было намного чище, нежели тогда, когда Роман с Колосенцевым сюда приходили.

В качестве понятых пригласили ту самую наблюдательную соседку, с которой они общались в ночь убийства Ларисы, и ее племянницу, пришедшую в гости. Соседка выглядела неважно, да и не мудрено, ведь ее попросили приехать в судебно-медицинский морг для опознания. Опознание провели сегодня утром, и женщина еще не полностью пришла в себя.

Искали тщательно, методично, по всем правилам, и Роман Дзюба в глубине души радовался, что

Надежда Игоревна тоже здесь, потому что без нее Гена наверняка попытался бы все сделать по-быстрому, кое-как. Обыск продвигался высоким темпом, потому что квартира хоть и просторная, а вещей в ней мало, ведь хозяева, сдавая жилье, стараются оставить арендаторам минимум мебели, а то и вовсе голые стены предлагают, дескать, сами покупайте, что вам надо. Лариса, судя по всему, ничего не покупала, вся мебель была старой, еще советских времен, точно такая же стояла дома у Романа, когда он был маленьким. Ящики пусты, в шкафу совсем немного одежды — видно, не все Ларисино имущество влезло в спортивную сумку, и она взяла с собой только то, что получше и поновее. В ванной пусто. В кухонных шкафчиках небогатый набор посуды, специи и какая-то бакалея. В холодильнике — фруктовый йогурт и пачка сладкой творожной массы. В мусорном ведре пустая коробка из-под кофет и две целлофановые обертки с приклеенной этикеткой: «Булочка ванильная с изюмом».

— Видать, она здорово нервничала, — сказал Роман.

Надежда Игоревна подняла голову от протокола, который писала, сидя за кухонным столом.

— Почему ты решил?

— Ну, смотрите, утром она сходила в магазин, купила продукты, мы с Геной были у нее часов в двенадцать, в девять вечера Лариса уже ушла, и за все это время она слопала две сладкие булочки и целую коробку конфет. Йогурт стоит нетронутым, и творог она тоже не съела.

Он заметил, что в глазах следователя зажглось любопытство.

— Откуда такие точные знания?

— Пока Гена с ней разговаривал, я кухню и ванную осмотрел, — признался Роман. — На кухне чек был из магазина, я посмотрел на время и на перечень продуктов. И в холодильник заглянул, там только эти покупки и были, больше ничего. А теперь я вижу, какие продукты остались, и вычел одно из другого.

— Ну и память у тебя! — восхищенно протянула Надежда Игоревна.

Роман почувствовал, как от похвалы запылали щеки, и стушевался. Была еще одна вещь, на его взгляд, очень важная, о которой он хотел сказать следователю, но боялся нарваться на Генкины насмешки. Может, не говорить? Или сказать?

Но она сама сказала, тем самым еще раз подтвердив мнение Романа, что Надежда Игоревна Рыженко — отличный следователь. Она сняла очки и пристально посмотрела на оперативника:

— Стало быть, ты хорошо помнишь все, что видел здесь?

Он молча кивнул.

— Так. — Она сделала длинную паузу. — Ну, и чего здесь не хватает?

Роман набрал в грудь побольше воздуха.

— На кухне валялся договор. Сейчас его нет. И в комнате его тоже нет.

— Какой договор?

— С кадровым агентством «Оскар».

— Ты точно помнишь?

— Совершенно точно, я еще про себя посмеялся, потому что есть такое кино «Оскар» со Сталлоне, я его очень люблю. И подумал, надо же, таким словом кадровое агентство назвали.

— Так, — снова произнесла Надежда Игоревна. — А о чем договор?

— Там шрифт мелкий, — стал оправдываться Роман, — я сумел только прочитать то, что набрано крупными буквами. Имя Ларисы Андреевны Скляр и «кадровое агентство «Оскар» в лице генерального директора Махоткина», а вот имя и отчество я не запомнил. Это плохо, да?

— Это гениально! — широко улыбнулась Рыженко. — Куда делся договор? Ищите как следует, его надо обязательно найти. Гена, ты меня слышишь? Ищи договор, землю носом рой.

— Да понял я, понял, — вяло отозвался Колосенцев, находившийся в ванной.

Они еще раз все внимательнейшим образом осмотрели, но договора так и не нашли.

— Значит, в этом договоре есть что-то очень важное, — сделал вывод Дзюба.

— Что, например? — прищурился Геннадий. — Вечно ты...

— Гена, помолчи, — резко оборвала его Рыженко. — Рома прав, никакого договора не обнаружилось ни в сумке Ларисы, ни здесь. Но за несколько часов до убийства договор был. Это значит, что Скляр его уничтожила. Вы же помните, ей заказчик по телефону сказал, чтобы она все за собой почистила. То, что не имеет большого значения, она не тронула. Уничтожила только то, что может навести нас на какой-то след. Вам придется ехать в агентство и все выяснять.

Роман Дзюба стоял ни жив ни мертв, видя, как Колосенцев мрачнеет на глазах. Впервые за все время следователь так разговаривает с Геной, да еще открыто дает ему понять, что он неправ, а прав он, Роман. Ей-то что, а ему с Геной еще работать и работать. Вот незадача!

Паспорт Ларисы они тоже не нашли. Либо Лариса по дороге на встречу с заказчиком его выбросила, либо уничтожила здесь же, в квартире, вместе с пресловутым договором, либо его взял убийца.

Криминалист осмотрел балкон, землю в двух горшках с комнатными растениями, пепельницы, унитаз и раковины в кухне и ванной, но нигде следов пепла не обнаружил. Если Лариса Скляр и сжигала какие-то документы, то после этого тщательно прибралась. Ответственная девушка.

Кадровое агентство «Оскар» находилось в Печатниках, найти его оказалось просто, и Геннадий Колосенцев поехал выяснять, что же это за договор такой, который Лариса Скляр попыталась скрыть. Да и от кого? Ведь уходя из дома в тот вечер, она никак не могла рассчитывать на то, что в квартиру придут с обыском. Всё-таки документ, что ни говори. Почему же она не взяла его с собой?

В одноэтажном строении располагался детский сад, а рядом с ним притулилась офисная дверь со скромной табличкой «Оскар. Набор персонала». Геннадий решительно рванул дверь на себя и сразу же очутился перед столом, где за компьютером сидела девушка в очках с толстыми линзами.

— Лариса Андреевна Скляр? — переспросила она, бегло щелкая клавишами. — Да, у нас есть с ней договор.

Она даже не посмотрела в протянутое Колосенцевым удостоверение, видно, решила, что такие симпатичные молодые брюнеты никак не могут оказаться мошенниками или еще какими злоумышленниками.

— Если вы хотите предложить работу для нее, то я сейчас позову инспектора.

— Позовите, пожалуйста, — попросил он.

Девушка набрала номер, сказала несколько слов, и уже через пять минут оперативник разговаривал с сотрудницей агентства по имени Марина, крепкой живой дамой лет сорока пяти с крашенными в иссиня-черный цвет волосами, оформленными в затейливую стрижку: спереди очень короткую, под мальчика, и с длинными прядями на затылке. О том, что цвет волос у женщины не природный, Колосенцев догадался по цвету глаз: уж очень они были светлыми, прямо-таки прозрачными.

— Скляр? — усмехнулась она. — Есть такая. Два года с ней мучаемся.

— Мучаетесь? — удивился Геннадий. — Это как понимать?

— Она до сих пор не пристроена, хотя ее регулярно посылают на собеседования, но Лариса никому не подходит. Все отказываются от нее.

— Почему, не знаете?

Черноволосая Марина развела руками.

— Нет, нам клиенты не объясняют, просто отказываются от кандидатуры и просят других прислать.

— А что, клиенты всегда такие капризные? — сочувственно спросил оперативник.

— Да когда как, одним человек категорически не годится, а другим вполне подходит, так что надо только набраться терпения и предлагать кандидатов.

— Но если Ларису так долго никто не берет и все от нее отказываются, почему вы не расторгаете договор с ней? Она же совершенно неперспективна.

— Ой, не скажите, — засмеялась инспектор, — это как повезет. Одним не годится, а другим — очень даже все подходит. Но вы не думайте, что я жалуюсь, просто работа такая, все время с людьми, и с клиентами, и с кандидатами, а люди-то разные встречаются, некоторые так нервы помотают, что не приведи Господь.

— Но, наверное, и зарплата за такую работу приличная, — предположил Колосенцев.

Разговор явно выходил за рамки получения информации о Ларисе Скляр, но Колосенцева это не смущало. Напротив, так было даже лучше. Он умел разговаривать с людьми и хорошо понимал, что человек открывается только тогда, когда ему психологически комфортно, а комфорт этот достигается, когда человек не чувствует напряжения. Просто говорит о том, что ему интересно.

— Ну... — она лукаво глянула своими светлыми глазами, — мне хватает. Мы же коммерческая организация, как наработаем — так и получим. Но всякое бывает.

— Всякое — это какое?

— А такое, какое на наши доходы влияет. Клиент-то пошел ушлый, так и норовит связаться с кандидатом напрямую, чтобы не платить агентству. Вот, к примеру, приходит мужик, такой холеный, и одет дорого, и стрижка хорошая, а тоже скряга, за копейку удавится.

— С чего вы взяли, что он скряга?

— Так он сослался на одну нашу клиентку, тоже стерву порядочную, никак на нее не угодить, и сказал, что, мол, мы посылали к ней женщину, которая ей не подошла, а ему сгодилась бы, только он имени ее не знает. Попросил показать анкеты тех, кого мы к ней посылали за последние полгода. Мы целый час корячились, подбирали ему анкеты, между прочим, Ларисину анкету тоже показывали, она к той клиентке ходила на собеседование. И вот этот, с позволенья сказать, мужчина сидел тут и смотрел эти анкеты, а в результате ушел, сказав, что ему никто не подошел.

— Ну и что? — не понял Геннадий. — Ну, не подошел ему никто. Почему же непременно скряга-то?

— А то, что он телефончик-то тайком записал, я видела. Тоже, значит, хочет напрямую кому-то из наших кандидатов позвонить, чтобы нас обойти.

Вот, значит, как... Интересно, та кандидатка, которую выбрал этот «с позволенья сказать, мужчина», уж не Лариса ли Скляр? Неужели можно таким способом найти исполнителя убийства? Хотя, с другой стороны, чего на свете не бывает. А жизнь показала, что опыт получился вполне удачным.

— Как выглядел этот мужчина?

— Да обыкновенно, рост средний, внешность средняя, ничего особенного. Я лицо даже и не запомнила толком. Зато одет был дорого, это я уже говорила.

— Он как-нибудь представился? Имя свое назвал?

— Назвал, — кивнула Марина, — но я не запомнила. И документы, естественно, не спрашивала.

«Впрочем, что за беда? — подумал Геннадий. — Даже если бы она запомнила имя, толку-то от этого... Все равно он наверняка назвался вымышленным именем».

— А очки? — спросил он. — Не заметили, он пользовался очками для чтения?

Марина призадумалась, потом кивнула.

— Да, были, складные, очень дорогие, я такие в магазине видела — у них цена неподъемная.

Значит, он. Ну, пострел, везде поспевает.

— Мариночка, мне нужны координаты вашей клиентки, той самой, на которую ссылался этот человек.

— Конечно, — охотно отозвалась Марина. — Для уголовного розыска — все, что угодно. — Она посмотрела на него кокетливо и призывно и добавила: — С детства люблю про сыщиков кино смотреть и книжки читать. Очень уж вы мне нравитесь. А можно вопросик?

— Для вас, — галантно отпарировал Геннадий, — все, что угодно.

— Почему вы про Ларису Скляр спрашиваете? Она что-то натворила? Вы ее арестовали, что ли?

— Все намного хуже, Мариночка, — ответил он, понизив голос, — Ларису убили.

— Ой! — женщина всплеснула руками и зажала ладонью рот, светлые глаза моментально налились слезами. — Правда, что ли? Неужели убили? А за что?

— Не знаем пока. Вот ходим, информацию собираем. Так как насчет имени и адреса клиентки?

— Да, сейчас.

Марина начала торопливо искать что-то в компьютере, потом долго рылась в каких-то бумагах и, наконец, написала на листке имя, фамилию и номер телефона Веры Липилиной.

Виталий Кирган узнал об убийстве Ларисы Скляр от Антона, тот, в свою очередь, от оперативника по фамилии Дзюба. Следователь не обязана информировать адвоката по собственной инициативе, так что ему пришлось изворачиваться, чтобы оправдать свою осведомленность.

К Надежде Игоревне Рыженко он явился как раз перед обеденным временем и с облегчением вздохнул, поняв, что она еще не ушла на перерыв. Вопрос, с которым он пришел, был вполне закономерным: удалось ли узнать что-нибудь интересное о наследниках Чернецова, ведь он, адвокат Кирган, так ратовал за ознакомление с текстом завещания! Вообще-то он уже и так все знал, потому что Антон регулярно общался с операми и снабжал Виталия самой свежей информацией, но знать об этом никто не должен, и посему следует делать вид, что обо всем он узнает только от следователя.

Надежда Игоревна выглядела расстроенной, но вела себя вполне миролюбиво, вероятно, по достоинству оценив результаты деятельности адвоката, которые позволили ей не выпускать Наталью Аверкину из следственного изолятора. Она в двух словах рассказала ему о наследниках.

— А вот знакомиться вам пока не с чем, — добавила Рыженко, — протоколов нет, я вам сообщила только оперативную информацию, и то в виде большого одолжения. Повестки всем свидетелям направлены, когда проведу допросы — сможете ознакомиться.

— Спасибо большое, я буду ждать. Ну, а вообще как движется дело? Поскольку вы не подвергаете сомнению невиновность моей подзащитной, я, наверное, могу поинтересоваться вашими успехами?

Она грустно посмотрела на него и вздохнула.

— Да уж, успехов навалом, мало не покажется. У нас труп Ларисы Скляр.

Кирган специально настраивался, чтобы разыграть удивление и недоверие, и это ему вполне удалось.

— Но как же так, Надежда Игоревна? Разве за Ларисой не велось наружное наблюдение? Я был уверен...

— И зря, — холодно ответила она. — Наблюдение велось, но его сняли, когда стало известно место встречи Ларисы с заказчиком. В этом месте готовили засаду.

— И что? Она не приехала?

— Как видите. Она приехала в совершенно другое место с таким же названием. В общем, господин адвокат, не надо мне ничего говорить, я все знаю и понимаю. Дела соединены в моем производстве, так что буду исправлять собственные ошибки.

Кирган собрался было уходить, но внезапно сказал:

— Надежда Игоревна, а давайте вместе пообедаем, а?

— Да вы что? — Рыженко вскинула на него негодующий взгляд. — Какой обед? Зачем? У меня работы полно. И вообще...

— Никаких вообще, Надежда Игоревна. Не отказывайте мне. У вас ведь есть обеденный перерыв, вот и давайте поедим в нормальной обстановке. Поверьте, мне так же неприятно, как и вам.

— Господи, а вам-то почему? Вы должны торжествовать победу, ведь вы снова оказались правы, и дело вовсе не в Наташе Аверкиной, а в этой подружке Ларисе. Ну и радуйтесь себе на здоровье. Зачем вам тратить свое время на сомнительные радости совместной трапезы в ресторане? Вряд ли я составлю вам приятную компанию, настроение у меня не соответствует вашему.

Кирган подошел вплотную к столу, за которым сидела Рыженко, и просительно улыбнулся.

— Давайте пойдем, ну пожалуйста. Мне просто необходимо с кем-нибудь поговорить; вам, я думаю, тоже. И в конце концов, не помирать же с голоду!

Рыженко отвела глаза, уставившись в коричневую дверцу сейфа, потом кивнула.

— Ладно, уговорили. В самом деле, почему бы не пообедать? Но вы не ответили на мой вопрос.

— На какой?

— Почему вам неприятна эта ситуация?

— Я отвечу. Обещаю.

Он снова, как и в прошлый раз, подал ей шубу и снова вдохнул запах ее духов. Запах еле уловимый, теплый, сладкий.

Кирган повел Надежду Игоревну в ресторан на соседней улице. Он там прежде никогда не бывал, просто заметил его еще пару недель назад, когда парковал машину, и не был уверен, что в нем достойное меню и хорошие повара, но не ехать же в заведомо приличное заведение, когда времени так мало!

Меню оказалось довольно скромным, так что выбирать блюда особо не пришлось, и заказ они сделали быстро. Рыженко сидела, не поднимая головы, и о чем-то сосредоточенно думала.

— О чем вы думаете? — брякнул Виталий, и тут же устыдился своего вопроса: какое право он имеет спрашивать такие вещи у малознакомого человека?

— О вас, — ответила Рыженко, не поднимая головы. — Вот жду, когда вы сдержите свое обещание и объясните мне, что такого неприятного для вас в смерти Ларисы Скляр.

— А, вы об этом... — он вздохнул. — Знаете, я чувствую себя виноватым.

— Вы? — Она, наконец, подняла голову, и в ее шоколадно-коричневых глазах мелькнул неподдельный интерес. — Почему же? В чем вы виноваты?

— В том, что плохо сработал. В том, что потратил слишком много времени на сбор доказательств невиновности Наташи Аверкиной, что не сумел убедить вас в ее непричастности к преступлению раньше.

— И что изменилось бы, если бы я поверила вам раньше?

— Вы начали бы следить за Ларисой не тогда, когда начали, а в другой день. И вся ситуация могла бы развиваться совсем иначе. Она пошла бы по другому пути, и, вполне возможно, Лариса сейчас была бы жива, а заказчик парился бы в СИЗО вместо Наташи. Я был уверен, что заказчика возьмут и мою подзащитную можно будет выпустить. А теперь ей придется еще сидеть и сидеть, пока вы найдете этого троглодита. Понимаете?

Рыженко несколько секунд помолчала, потом неуверенно кивнула.

— Я понимаю, что вы хотите сказать, но не согласна с вами. Не имеет ровно никакого значения, в какой момент мы начали бы наблюдение за Скляр, потому что свою ошибку опера все равно совершили бы. И засада все равно провалилась бы. Ничего бы не изменилось. Мы бы все равно имели труп Ларисы.

— Как знать, — живо откликнулся адвокат. — Все могло сложиться совершенно иначе. Например, если бы наружку пустили за Ларисой раньше, то могли поймать ее контакт с заказчиком, и разговор был бы у них совсем другим, и встреча была бы назначена в более определенном месте, и все могло бы получиться. Или в тот момент, когда ваши оперативники обсуждали место встречи, рядом с ними мог оказаться кто-то третий, кто подсказал бы им более правильное решение. Все могло быть. И я теперь чувствую, что в произошедшем есть и моя вина. Пусть не много, но есть. И я не могу относиться к этому равнодушно.

Им принесли свежевыжатый сок, и Рыженко некоторое время молча тянула напиток через толстую соломинку.

— И снова я не могу с вами согласиться, — произнесла она, отставив в сторону наполовину пустой высокий стакан. — Судьбу человека определяет его характер, а вовсе не случайности. Ведь именно об этом говорит пословица: посеешь характер — пожнешь судьбу.

— Но вы забыли начало: посеешь поступок — пожнешь привычку, посеешь привычку — пожнешь характер. А уж только потом характер определяет судьбу. Вот поступок как раз и есть та самая случайность, тот толчок, та первопричина, которая в конечном итоге определяет результат. И в поступке есть только твоя воля. Поэтому, что бы с тобой ни случилось, всегда виноват только ты. Это если в конечном итоге, — добавил он с усмешкой. — Я часто задумываюсь над своей жизнью и все время нахожу в ней поступки, которые определяли все, что происходило в дальнейшем. И думаю: боже мой, каким я был идиотом, зачем я так сделал, ведь все могло потом повернуться совсем по-другому.

Губы Надежды Игоревны дрогнули в слабой улыбке. Она снова потянулась к стакану, сделала глоток.

— Вас послушать, так если бы я в свое время не задержалась в аудитории после лекции, то сейчас не была бы вдовой и не горевала бы по своему мужу.

Он молча кивнул. Выдержал паузу и спросил:

— Сильно горюете?

— Сильно, — призналась Рыженко вполголоса. — Мне до сих пор очень больно. И мне неприятно думать о том, что в этой боли виновата я сама. Не осталась бы тогда в аудитории, не было бы сейчас этого горя. Я была бы замужем за совсем другим человеком и жила бы счастливой семейной жизнью. Вы предлагаете мне считать, что я сама виновата в том, что сейчас со мной происходит?

Кирган не знал, что ответить. Но он знал совершенно точно: в том, что ему до сих пор больно при мысли об убийстве дочери, виноват только он, и больше никто. Если бы он поступил с Гаянэ по-другому, если бы не бросил ее, велев сделать аборт, если бы принимал участие в жизни и воспитании девочки, то — в этом он был уверен на тысячу процентов — она не оказалась бы в то время и в том месте, где на нее напали скинхеды. И нет в этой смерти ничьей вины, кроме вины убийцы и самого Виталия Киргана.

Принесли еду, следователь и адвокат быстро поели, Кирган попросил счет.

— Спасибо, — сказала Надежда Игоревна, поднимаясь из-за стола. — Не могу сказать, что мне понравилось то, что вы говорили. И не могу сказать, что я с этим согласна. Но я буду об этом думать. И в любом случае...

Она замешкалась, пряча в сумочку мобильный телефон, который положила на стол сразу, как только они пришли.

— Что? — спросил Кирган, боясь, что она не договорит. — Что «в любом случае»?

Он тоже встал, и они двинулись в сторону гардероба. Надежда Игоревна молча оделась, на сей раз адвокату не удалось вдохнуть запах ее духов, потому что шубу следователю подавал бравый молодой человек в ливрее. Они вышли на улицу, и Рыженко протянула ему руку.

— Еще раз спасибо за обед. Я хотела сказать, что вы оказались очень симпатичным человеком. По крайней мере, мыслите вы нетривиально.

— И вы больше на меня не сердитесь? Вы меня простили за прошлый год? — неуверенно спросил Кирган.

— Пока не знаю, — следователь улыбнулась, на этот раз открыто, блеснув ровными зубами. — Я буду об этом думать. Кстати, вы в тюрьму собираетесь?

— К Наташе? А нужно?

— Если поедете, передайте ей от меня отдельное спасибо за терпение и понимание. Передадите?

— Обязательно, — горячо пообещал адвокат.

Он дошел до своей машины, сел, завел двигатель и вдруг почувствовал странное, давно забытое волнение. Оно было одновременно и радостным, и каким-то тревожным, боязливым. И чего он так разволновался?

Когда Роман Дзюба, выполняя указание Колосенцева, позвонил Вере Липилиной, чтобы договориться о встрече, выяснилось, что она находится в

Сургуте на одном из дочерних предприятий холдинга в командировке, вернется недели через две.

Ждать так долго сыщики не могли, поэтому решили задать свои вопросы по телефону. Вера никак не могла взять в толк, почему их интересуют ее несложившиеся отношения с домашним персоналом, потом всё-таки уяснила, что спрашивают ее не про отношения, а конкретно про одну из кандидаток, которую она отвергла.

— Да, я помню эту девушку. Просто удивительно, как в агентстве набираются наглости присылать таких! — В голосе ее звучало возмущение.

— А что конкретно вас не устроило? — спросил Дзюба. — Образование, профессиональная подготовка?

— Да это бы ладно, если бы только образование. У нее неблагонадежное прошлое. Мне стало известно, что она истязала своих младших брата и сестру, ее даже в специнтернат отдавали, она и в школе дралась, и в интернате. И как я могу такого человека взять няней к своему ребенку?

— А как вы узнали про ее прошлое? Она сама вам рассказала?

— Да вы что, с ума сошли?! Кто станет про себя такое рассказывать? Просто я увидела, какое у нее лицо, какой взгляд, как она ненавидит всех и каждого, особенно тех, у кого есть деньги, и поняла, что своего ребенка я с такой мегерой не оставлю. Но на всякий случай попросила мужа, он крупный бизнесмен, — теперь в голосе Веры Липилиной было уже не возмущение, а тщеславное желание похвастаться, — у него есть своя служба безопасности, он дал им задание проверить эту Ларису. Вот через несколько дней они мне все это и рассказали.

Дзюба сделал пометку в блокноте: муж Липилиной, служба безопасности. Вот самый первый круг людей, которые могли узнать о том, что в Москве проживает девушка с таким сложным характером, с агрессивными наклонностями и не имеющая работы, то есть нуждающаяся в деньгах.

— Вы еще кому-нибудь рассказывали про то, что к вам прислали на собеседование неблагонадежную девушку?

Липилина не колебалась с ответом ни одной секунды.

— Конечно же, рассказывала! Я всем своим приятельницам об этом говорила, я прямо вся кипела от возмущения.

Дзюба снова взялся за ручку и стал записывать имена и телефоны приятельниц Веры Липилиной. Список получился внушительным: Вера оказалась человеком чрезвычайно общительным.

— А на работе? Рассказывали?

— Да, и на работе тоже рассказывала, вы же понимаете, у нас зарплаты высокие, мы все люди достаточно обеспеченные, и почти у всех есть домашний персонал. Так что вопрос о найме прислуги всегда стоит очень остро, хороших работников стараются передавать из рук в руки.

В этот момент Роман понял, что они идут совершенно не тем путем. Человек пятнадцать приятельниц еще можно как-то пережить, а вот сотрудников фирмы, где работает Липилина, проверять запаришься. Надо искать какой-то другой метод. Но какой?

— Так вы нашли няню для своего малыша? — спросил Роман, просто чтобы что-нибудь спросить, давая себе время подумать.

— Нашла. Спасибо Славику, он подсказал, что лучше обращаться не в «Оскар», а в другое кадровое агентство, у него весь персонал оттуда, и он очень доволен. Даже телефончик мне дал. Я позвонила туда, и за два дня мне подобрали отличную няню, я с ней горя не знаю, вот видите, даже в такую длительную командировку теперь могу себе позволить уехать. А то пока няни не было, на работе меня никуда не посылали, и другие коллеги косо смотрели, потому что командировки у нас обычно не в самые теплые и комфортные места, — засмеялась она.

— Славик — это кто?

— Слава Суханов, личный помощник нашего главного босса.

— А еще кому рассказывали?

— Ну... — задумалась Вера, — собственно говоря, это было всего один раз, мы с коллегой спустились в наш кафетерий пообедать, подсели за столик, где сидели Слава и еще один наш сотрудник, разговор зашел о персонале, вот я и пожаловалась, что прислали какую-то детоубийцу.

— Кто конкретно присутствовал при разговоре? — Роман снова приготовил ручку. Если на работе о Ларисе слышали только три человека, то, пожалуй, имеет смысл записать их данные.

— Слава Суханов, это я уже сказала, Татьяна Куликова и Михаил Рогов.

— И последний вопрос: где вы работаете? Мне нужны адрес и название организации.

Тщательно все записав, Роман Дзюба подумал, что Генка, наверное, опять начнет морщиться: уж больно много людей придется проверять.

Колосенцев решил, что начинать надо с места работы, подруг и приятельниц оставить «на потом». После того как Вера Липилина назвала тех, кто присутствовал при ее громогласных жалобах на кадровое агентство и на трудности с домашним персоналом, оставалось только примериться к этим людям. Двое из них — Суханов и Рогов — мужчины, Куликова — женщина, но это ни о чем не говорит, потому что у нее может быть подельник, в том числе и муж или любовник. И Суханов, и Рогов ездят на «Лексусах», у Куликовой — «Мерседес», но и это еще ничего не доказывает, поскольку если у Куликовой есть подельник, то у него машина может оказаться какой угодно. Так что мужчину среднего роста с волосами средне-темного цвета, пользующегося складными очками для чтения, пришлось еще повычислять. В первую очередь решив пойти по пути наименьшего сопротивления, сыщики поставили перед начальством вопрос о необходимости негласного фотографирования Суханова и Рогова. Разрешение было получено, люди выделены, Суханов и Рогов найдены, вычленены среди всего персонала холдинга, и их фотографии предъявили Леониду Жмурову, купившему сим-карту для мобильного телефона, и Марине из кадрового агентства.

Найти и доставить в кабинет следователя Леонида Жмурова и сотрудницу кадрового агентства «Оскар» Марину большого труда не составило, было понятно, где их искать, и против того, чтобы помочь следствию, оба ничего не имели. Куда хуже обстояло дело с Евгенией Головкиной, купившей сим-карту, которой впоследствии пользовалась Лариса Скляр. Отыскать девушку оказалось непросто, а когда удалось это сделать, выяснилось, что она под кайфом и мало что понимает, а если и понимает, то толку от ее показаний не будет: им просто нельзя доверять.

Жмуров долго колебался, разглядывая пять разложенных на столе фотографий, среди которых были и фотографии двух сотрудников холдинга. Он переводил глаза от одного снимка к другому, чесал подбородок, постукивал по полу ногой, то и дело начинал тянуться не очень чистым пальцем к одному из лиц, но испуганно отдергивал руку, прятал ее за спину и снова начинал водить глазами.

— Ну что? — нетерпеливо поторопил его Роман Дзюба. — Узнаете кого-нибудь?

Надежда Игоревна бросила на оперативника предостерегающий взгляд, мол, не дави на свидетеля.

Жмуров еще какое-то время поколебался, потом ткнул пальцем в фотографию Суханова.

— Вроде этот.

— Вроде или точно? Нам вроде не надо, нам надо знать наверняка.

Леонид подумал еще немного и кивнул уже более уверенно.

— Точно, этот. Даже не сомневайтесь. Я его сразу вспомнил.

— А чего ж тогда так долго думал? — недоверчиво спросил Роман. — Сразу бы и сказал.

— Так боязно. Мало ли чего... — робко улыбнулся Жмуров. — Следствие все-таки, организация серьезная.

Рыженко быстро напечатала на компьютере протокол опознания, Жмуров подписал его и вышел.

— Ну что, мы свободны? — спросила одна из двух женщин-понятых, приглашенных из организации, расположенной в соседнем здании.

— Еще нет, — ответила Рыженко, — у нас еще одно опознание. Роман, приглашай следующего свидетеля.

Марина из кадрового агентства никого ждать не заставила, едва бросила взгляд на фотографии и тут же указала на Суханова. Рыженко сразу начала печатать протокол, вполголоса проговаривая:

— ...человека, изображенного на снимке номер 5, я видела в кадровом агентстве «Оскар», куда он приходил с целью найти анкету женщины, упомянутой гражданкой Липилиной Верой... Рома, как отчество Липилиной?

— Геннадьевна, — подсказал Дзюба.

— Верой Геннадьевной. Указанный мужчина сказал мне, что...

Ну вот и все, думала Надежда Игоревна. Вячеслав Суханов. Все сходится. Только совершенно непонятно, зачем ему это нужно. Глупость какая-то. Бред. Придумать и осуществить сложную многоходовую комбинацию — и ради чего? Ответа пока не было. И она очень надеялась, что беседа с Забродиным прольет хоть какой-нибудь свет на это стран-

АЛЕКСАНДРА МАРИНИНА

ное и запутанное дело. Хорошо бы Геннадию удалось договориться о встрече, которую надо провести так, чтобы не спугнуть Суханова. И ведь его даже задержать пока нельзя, потому что нечего предъявить. Покупал через третьих лиц сим-карты? Не запрещено. Отдал одну из них некой Ларисе Скляр? Тоже не запрещено. Почему отдал ей? А она его любовница. Вот и весь разговор. И пойди докажи, что это не так. Зачем назначал с ней встречу? Так ведь любовница же. Встречу назначил, а она не пришла. Мало ли почему. И дозвониться ей не может или не пытается, тоже мало ли по каким причинам. Нет, зацепить Суханова совершенно нечем. Если Ларису можно было пристегнуть к делу, поскольку ее видели и возле дома Кати, и возле дома Наташи, и в квартире Наташи Аверкиной обнаружились следы ее рук, то с Сухановым все сложнее. Непростая он птица, обставился со всех сторон, к нему фиг подберешься так просто.

Но надо пробовать.

Надежда Игоревна Рыженко долго совещалась с оперативниками, прикидывая возможные последствия прямого, неподготовленного контакта с Сухановым. Да, теперь у них был реальный подозреваемый, но на него ничего нет. Ну, попросил купить сим-карту. Это что, преступление? Ну, пришел в кадровое агентство, но никого не подобрал. Тоже не наказуемо. Да, разговаривал на улице с девушкой, и что? Понравилась, хотел познакомиться. Звонил девушке? И что? Познакомился же. А то, что при контактах с этой девушкой пользовался двумя номерами телефонов, купленными на подставных лиц, тоже не криминал. Жена ревнивая, у нее есть возможности проверять его биллинг. Надежда Игоревна была «за следователя», оперативники — играли «за Суханова», она выдвигала обвинения, предъявляла доказательства, а они отбрехивались в меру своей сообразительности. Вот и выходило, что доказательства-то все косвенные, и отбиться от них — большого ума не требуется. А Суханов, судя по всему, был человеком очень и очень неглупым, чтобы не сказать больше.

— Главное — мотив, ребята, главное — мотив, — твердила Надежда Игоревна. — Пока мы не поймем, зачем он это сделал, нам его не прижать.

В итоге решили попробовать сделать ставку на главу холдинга Владимира Григорьевича Забродина. Это человек могущественный, связи у него ого-го какие, и если Суханов обратится к нему за помощью, подключатся такие силы, что следователю Рыженко головы не сносить.

Колосенцев сидел в приемной перед кабинетом консультанта по безопасности и обдумывал предстоящий разговор. Ему пришлось употребить все свое умение и обаяние, чтобы разговориться с одним из охранников в вестибюле холдинга. Геннадий безошибочно умел определять бывших оперов, и в этот раз он тоже не ошибся. Внимательно оглядев составляющих смену пятерых охранников, он подошел к тому, кого счел наиболее перспективным, и объяснил, показав удостоверение, что ему нужно переговорить с начальником службы безопасности, но так, чтобы никто в холдинге об этом не узнал. Такая просьба встретила полное понимание, и уже через десять минут Геннадий Колосенцев знал, что начальника службы безопасности как такового в холдинге нет, а есть консультант по безопасности, он же — руководитель частного охранного предприятия, с которым у холдинга заключен контракт на обеспечение безопасности здания и физических лиц. Не всех, разумеется, а только руководства. Сам глава охранного предприятия Самойлов является старинным другом хозяина холдинга господина Забродина, и если нужно организовать аудиенцию у «самого», то лучше всего действовать именно через Самойлова, а не через личных помощников, которые «сильно много об себе понимают и на кривой козе их фиг объедешь». По крайней мере именно так выразился словоохотливый охранник. Колосенцев тогда подумал, что этот самый Самойлов, наверное, не очень тщательно отбирает персонал, раз поставил на охрану такого доверчивого болтуна.

А Геннадию нужно было обязательно договориться о приватной встрече с самим Забродиным, минуя его личных помощников, — во всяком случае, именно такое задание дала ему следователь Рыженко. Конечно, встречаться с главой холдинга будет она сама, не тот ранг у Колосенцева, чтобы беседовать с такими людьми, но вот всю подготовительную работу поручили оперативнику.

Однако засада была в том, что Вячеслав Суханов работал в должности личного помощника главы холдинга, и подобраться к нему так, чтобы информация не распространилась раньше времени, представлялось весьма проблематичным. Надежда Игоревна Рыженко заявила, что собирается действовать через самого Забродина, только такой подход может обеспечить успех операции. Геннадий не очень понимал, что она имеет в виду, но спрашивать не стал, чтобы не показаться тупым в глазах рыжего Ромчика, который присутствовал здесь же. Наоборот, Колосенцев с умным видом кивал, дескать, естественно, все правильно, как же может быть иначе. А когда некоторое время спустя Ромчик спросил, почему следователь приняла такое решение, Геннадий увернулся от ответа при помощи привычного: «Молодой еще, вырастешь — поймешь, а пока учись».

Ему страшно хотелось спать, он играл до пяти утра, а в семь уже встал, чтобы ехать на работу, и противное ощущение песка в глазах все никак не проходило, хотя он уже и крепкий кофе пил, и по улице пешком прогулялся без головного убора, чтобы мозги проветрить. Ничего не помогало, сон одолевал Колосенцева, и он, сидя на стуле в приемной в ожидании Самойлова, то и дело проваливался в дрему. Говорят, если водка мешает работе, надо бросить работу. А если работа мешает игре? Ответ понятен. Только ведь надо какие-то деньги зарабатывать, чтобы с голоду ноги не протянуть, то есть совсем не работать никак не получается. А ведь здорово было бы, если бы можно было играть сутками напролет и не париться насчет служебных обязанностей, которые как кость в горле, ни жить не дают, ни дышать. Где же этот Самойлов, руководитель охранного предприятия? Говорят, скоро должен вернуться, а как скоро? Через десять минут? Через час? Через два? Ох, елки-палки, скорее бы двадцать семь лет стукнуло и миновала угроза армии, Гена Колосенцев в тот же день из органов уволится и пойдет... Куда он пойдет? Все верно, он пойдет наниматься охранником в ЧОП, куда-нибудь здание охранять «сутки — трое», самое милое дело. Сутки отсидишь, баклуши побьешь, дурака поваляешь, а там — трое суток беспрерывной игры. И пропади все пропадом!

Николай Павлович Самойлов смотрел на сидящего перед ним симпатичного молодого оперативника и мучительно боролся с собой. Ему очень хотелось поступить так, как поступил бы настоящий цепной пес: защитить хозяина, не допустить к нему чужака с неизвестными намерениями, тогда Самойлов смог бы уважать себя и считать, что он добросовестно выполняет свой долг. Но вот тут-то и таилась незадача, потому что насчет добросовестного выполнения долга у Николая Павловича с недавних пор зародились некоторые сомнения.

Он знал Володю Забродина тысячу лет и без колебаний принял его предложение создать частное охранное предприятие и работать на холдинг, а чтобы доходы были посущественнее, занять непыльную, но хорошо оплачиваемую должность консультанта по безопасности. Самойлов с рвением взялся за работу, подбирал кадры, обдумывал расстановку людей и охранной техники в здании, занимался организацией спецподготовки тех, кому поручалась личная охрана, и все долгие годы шло хорошо. Он был уверен, что у Забродина нет секретов от своего специалиста по безопасности, да и какие же могут быть секреты, если этот самый специалист должен обеспечивать безопасность. Начнешь секреты разводить — себе же во вред выйдет.

И вдруг один из телохранителей Забродина, Андрей, во время празднования чьего-то дня рождения спьяну проболтался своему шефу «под большим секретом», что Владимир Григорьевич раз в неделю ездит в пятизвездочный отель в центре столицы на какие-то заседания, на которых присутствуют его личные помощники Суханов и Шляго и приезжает еще какой-то тип со стороны, всегда один и тот же. Самойлов забеспокоился: как же так, отель не проверен, и он не может гарантировать безопасность Забродина, если сам все не посмотрит и не проинструктирует телохранителей. Может быть, имеет смысл направлять туда на время визитов хозяина дополнительную охрану, предварительно продумав ее расстановку... И Самойлов направился прямиком в кабинет Забродина.

— Володя, я тут узнал по случаю, что ты бываешь в гостинице, — начал он. — Почему я об этом не проинформирован? Это не дело. Ты лишаешь меня возможности должным образом организовать твою охрану.

— Да брось ты, — Забродин небрежно махнул рукой, — не парься. Это мое частное дело.

— Я не спорю, — терпеливо возразил Николай Павлович, — дело у тебя может быть любое, я в это не лезу, хоть ты там с бабами встречайся, хоть с агентами иностранных разведок. Но моя задача —

обеспечивать твою безопасность, а ты мешаешь мне эту задачу выполнять.

— А ты мешаешь мне работать, — внезапно взорвался Забродин. — Что ты приматываешься со всякой ерундой? Я же сказал: ничего не надо, это мое личное дело, и ничего в этом отеле со мной не случится. И вообще, я там не один. Так что иди, Коля, иди.

Вот именно, он там не один. Он там со своими личными помощниками Славиком и Юлей, которые, выходит, полностью в курсе, зачем Владимир Григорьевич ездит раз в неделю в отель, а он, его старинный товарищ, ничего не знает и знать не должен. Эти помощники, будь они неладны, вообще взяли слишком много власти, к хозяину мимо них не прорвешься, особенно Славка Суханов старается, прямо глотку рвет, чтобы все понимали, какое важное место рядом с шефом он занимает. Юлька-то — она поспокойнее, вперед не лезет, ничего себе не позволяет, голос не повышает, всегда улыбается и вообще любезная такая деваха, а вот Славку Самойлов своими руками придавил бы. И почему Володя этой молодежи доверяет больше, чем ему, Николаю, с которым вместе они не один пуд соли съели? Несправедливо это, неправильно.

Выйдя из кабинета Забродина, Николай Павлович первым делом разыскал того самого телохранителя Андрея, который, как оказалось, был выходным и отсыпался дома. Более того, Самойлов даже сам поехал к нему домой, полагая, что на своей территории парень будет менее зажат и более разговорчив. Но ожидания его не оправдались. Андрей краснел, бледнел, мялся, отводил глаза и невнятно бормотал:

— Владимир Григорьевич сказал, что уволит меня, если я проболтаюсь.

— Но ты ведь знаешь, зачем они ездят в отель, — настаивал Самойлов. — Ты ведь стоишь рядом, за дверью, ты же не можешь не слышать, о чем они говорят.

— Не могу, — понурив голову, признавался Андрей.

— Так о чем?

— Не могу сказать, я Владимиру Григорьевичу обещал никому ничего не говорить. Он уволить грозится.

— Послушай. — Самойлов перешел от настойчивых требований к увещеваниям. — Это ведь и в твоих интересах. Я — твой начальник, я — твой работодатель, моя задача, которую ты помогаешь мне выполнять, это обеспечение безопасности Забродина. Ну как мы с тобой можем эту безопасность обеспечивать, если отель совершенно не прикрыт? Ты сам своей головой подумай, ты же опытный работник...

Он хвалил Андрея, превознося его профессионализм, в котором, честно признаться, Самойлов сомневался, он взывал к долгу, к разуму, к логике, наконец, просил просто поверить ему на слово: Забродин никогда не узнает, кто проговорился Самойлову. Но ничего не помогало.

— Я не хочу, чтобы меня уволили, — твердил Андрей.

— Да кто тебя уволит! — заорал в конце концов

Николай Павлович. — Я тебя брал на работу, я, а не Забродин, и ты в штате ЧОПа, а не в штате холдинга. Не может Забродин тебя уволить, понимаешь ты это или нет? Нет у него для этого никаких полномочий.

Парень опустил голову и тихо проговорил:

— Тогда он меня просто убьет. Я его боюсь.

И с этим постулатом Николай Павлович уже ничего не смог поделать.

Ему было страшно обидно осознавать, что у Забродина есть некий секрет, которым он поделился с помощниками и о котором знает даже сопливый охранник Андрюша, но о котором не велено рассказывать ему, Николаю Самойлову. «Он дистанцируется от меня, — понял Николай Павлович, — отодвигает меня в сторону, дает понять, что я ему не нужен, что он мной не дорожит. Приблизил к себе этого выскочку Славку Суханова, а меня отстраняет. Наверное, хочет заключить договор с другим ЧОПом, его больше не устраивает, как работают мои ребята. Но почему он сам со мной не поговорил? Почему ничего не сказал, даже не дал понять, что чем-то недоволен? Я что, идиот, с которым нельзя нормально объясниться? Я что, слов человеческих не понимаю? Я бы все исправил, если Володю что-то не устраивает. Зачем же так-то, как тупого поганого пса, из дома гнать?»

С этого момента Самойлов стал внимательно приглядываться к каждому движению Забродина, вникать в каждое его распоряжение, обдумывать каждое слово, которое становилось ему известно. И с ужасом обнаружил, что Володя больше не зовет его в свой кабинет «просто так, посидеть, выпить по рюмочке, обсудить, обдумать», не останавливается в просторных холлах и коридорах холдинга, встречая своего консультанта по безопасности, а быстро проходит мимо, едва кивнув, как чужому. Самойлов больше не получает ни письменных, ни устных распоряжений от руководителя. Как будто нет ни в холдинге, ни вообще на этом свете Николая Павловича.

Он почти сразу понял, что это означает. Его хотят выжить, но выжить так, чтобы он ушел сам. Не хватает у Володи Забродина духу указать старому товарищу на дверь и напомнить о пенсионном возрасте, а вот создать такую обстановку, чтобы человек не выдержал и ушел сам — милое дело, и вполне в духе Забродина, которого Николай Павлович за годы знакомства успел неплохо изучить. Ну что ж, коль так...

Нет, он все-таки решил сделать последнюю попытку. Не может же быть, чтобы все оказалось так пошло и грубо. Наверное, он сам что-то не так понял, не так оценил, не то подумал. Он постарается до конца выполнить свой долг, как его понимал Николай Павлович Самойлов.

— Хорошо, — кивнул он после долгих раздумий, — я поговорю с Владимиром Григорьевичем, попрошу его принять вашего следователя и сохранить его визит в тайне даже от помощников. Я ведь правильно понял вашу просьбу?

— Совершенно правильно, Николай Павлович. Скажу вам по секрету, один из наших фигурантов — помощник Забродина Вячеслав Суханов, и нам в первую очередь хотелось бы именно его оградить от излишней информированности.

Ну что ж, это меняет дело. В корне меняет. Раз Славик попался, туда ему и дорога. Но все-таки надо сделать попытку защитить Володю, если он в этом нуждается. Самойлов нажал кнопку селектора на своем столе и связался с охраной на первом этаже.

— Сам здесь? — коротко спросил он.

— С утра приехал, не выходил, — послышалось в ответ.

— А Суханов и Шляго на месте?

— Суханов отъехал минут двадцать назад, Шляго только что прошла к выходу, стоит на крыльце и с кем-то разговаривает, бумаги передает. Позвать?

— Не надо.

Значит, Володя на месте, а его церберов рядом нет. Самое время.

— Посидите в приемной, — строго проговорил он, — подождите меня, я переговорю с Владимиром Григорьевичем.

Оперативник послушно вышел в приемную и занял место на стуле, сел, откинув голову и уперевшись затылком в стену. Самойлову даже показалось, что парень мгновенно задремал.

Николай Павлович доехал на лифте до этажа, где располагался кабинет Забродина. Секретарша мило улыбнулась ему и взялась за трубку:

— Владимир Григорьевич, к вам Самойлов.

Она что-то долго слушала, потом кивнула.

— Проходите.

Он вошел в кабинет, пытаясь вспомнить, как

давно был здесь последний раз. Да, пожалуй, в тот самый день, как приходил выяснять насчет отеля. Сколько прошло времени? Почти три месяца. А ведь прежде недели не проходило, чтобы они с Володей не посидели в комнате отдыха за разговорами и хорошим коньяком.

Забродин молча смотрел на своего консультанта по безопасности, не задавая ни одного вопроса, словно ему вовсе и не интересно было, зачем пожаловал Самойлов.

— Владимир Григорьевич, — начал Самойлов, решив соблюсти вежливость и субординацию, — с вами хочет встретиться следователь Рыженко. Что ответить?

Он ждал, что Забродин удивится, переполошится, рассердится, в конце концов, и обязательно спросит, что это за следователь, что ему нужно, и кто это вообще такой, поручит Самойлову немедленно навести справки как о личности Рыженко, так и о том деле, которое заставило следователя побеспокоить всесильного хозяина холдинга. Но ничего такого не произошло. Забродин даже не вздрогнул.

— Пусть приходит завтра, — он полистал ежедневник, — с четырнадцати до пятнадцати.

— Есть условие, — Самойлов очень старался, чтобы голос не выдал его разочарования и обиды, — об этом визите не должен знать никто. Вообще никто. Даже ваш секретарь. Не говоря уж о ваших помощниках. Это в интересах дела. Им требуется полная конфиденциальность.

Забродин снова не задал ни одного вопроса и

никак не выказал удивления или недовольства. Он снова открыл ежедневник и задумчиво поизучал записи. Потом потянулся к телефонной трубке.

— Маша, свяжись с Гудилиным, перенеси встречу на другое время, сегодня вечером я буду занят, — сказал он секретарше.

Закрыл ежедневник и поднял глаза на Самойлова.

— Пусть приходит сегодня с восьми до девяти вечера. Я буду в кабинете. Организуй все так, чтобы никто ничего не узнал. Сам встреть человека и проводи сюда, чтобы он не шел мимо охраны. Я всех отпущу. Дождешься в приемной, пока мы побеседуем, и точно так же выведешь из здания. Иди.

— Мне присутствовать при беседе? Моя помощь нужна? — спросил Николай Павлович, хватаясь за последнюю надежду.

— Зачем? — вздернул брови Забродин. — Ты мне не нужен. Я же сказал: будешь ждать в приемной.

Самойлов молча повернулся и вышел. Ну что ж, все сказано предельно ясно. Из этого и будем исходить.

Деньги портят человека. Деньги дают человеку возможность раскрыть лучшие свои качества, которые он не может проявить в бедности. Деньги толкают на подлость. Деньги позволяют быть великодушным. Ради денег человек способен на все...

Он очень хорошо помнил, как всё началось. Из памяти не стерлась та поездка в Сингапур, куда он полетел на длинные и трудные переговоры, взяв в собой обоих помощников. В Москве стояли предзимние холода, он маялся тридцатипятиградусной жарой в совокупности с почти стопроцентной влажностью, мало ел и много общался со Славиком и Юлей. Такое неформальное общение «на выезде»... Они сидели возле бассейна на «корабле», стоящем на трех высотных башнях отеля, с одной стороны внизу переливался и сверкал огнями огромный город, с другой стороны простирался порт, вмещавший в себя, казалось, тысячи кораблей. С чего начался тот разговор? Как обычно, с какой-то ерунды, и сейчас Забродин уже точно не скажет, какое слово оказалось решающим и вывело их легкую и веселую беседу на обсуждение вопроса, вроде бы не имеющего двух ответов. Он, человек, всю жизнь посвятивший преумножению собственного состояния, не имел оснований сомневаться. Деньги — цель, деньги — способ, деньги — надежда и опора в любых жизненных ситуациях. Одним словом, деньги — это хорошо и полезно. В общем-то ни один из помощников с этим не спорил. Но как-то так разговор повернулся, что они вдруг принялись обсуждать, как меняется человек, попадая из безденежья в обеспеченность. И есть ли различие в этих переменах между мужчинами и женщинами.

Спорили долго, ожесточенно, Владимир Григорьевич, помнится, страшно удивился, поглядев на часы: они так увлеклись обсуждением вопроса, что не заметили, как пролетели почти четыре часа. Юлечка, само собой, уверяла, что женщины в гораздо меньшей степени способны на подлость и предательство, это от природы так устроено, потому что в них нет генетической предрасположенности к борьбе, а подлость и предательство есть не что иное, как орудия борьбы, и посему есть у женщины деньги или нет — большого значения не имеет, от этого не изменится ни характер ее, ни нравственность, ни моральные принципы. Славка, напротив, с пеной у рта пытался доказать, что,.если уж речь идет о генетической предрасположенности, женщины испокон веку искали возможность продать себя повыгоднее, сперва тому, кто более удачлив и ловок в охоте, потом тому, кто побогаче, то есть продажность у женщины в крови, а вот мужчины куда благороднее, не зря же столько сказано и про надежную мужскую дружбу, и про мужскую солидарность. Забродин с любопытством прислушивался к аргументам, пытался сформулировать собственную позицию и вдруг понял, что ответа у него нет. Он не уверен. Он не знает.

Но ему было очень любопытно узнать.

Впервые за последнее время в нем проснулся живой интерес. И тогда он придумал свою игру. Свой эксперимент. Черт с ними, с деньгами, все равно их оставлять некому, а на его век и на век жены Аннушки хватит даже с излишком.

Над условиями эксперимента он думал несколько дней, а когда летели назад, предложил помощникам поучаствовать. Те сперва опешили, никак не могли осознать суть его задумки, а потом глаза у обоих разгорелись. Ну, само собой, деньги-то какие!

Забродин решил, что восьми пар будет достаточно: шестнадцать участников вполне могут показать общую картину и все разнообразие вариантов. Надо выбрать восемь пар, желательно с различными родственными и дружескими связями, но так, чтобы у каждого из шестнадцати участников была серьезная проблема. Серьезная, но — и это самое главное! — не витальная, потому что когда речь идет о смертельно больном человеке, нуждающемся в деньгах на лечение, проблема морального выбора как-то тускнеет: понятно, что лечение — приоритет, тут и думать не о чем. То есть проблема должна быть такая, которую хорошо бы решить, но можно и не решать, никто не умрет.

Один человек из пары получит деньги. Наследство. И посмотрим, как люди себя поведут.

Забродин поручил Славе Суханову подыскать подходящее детективное агентство, не слишком маленькое, потому что работы предстояло много и нужны будут люди, но и не слишком большое, чтобы можно было «купить» агентство на длительный срок, загрузив его только обслуживанием игры. Первым заданием стал подбор кандидатов в наследники и в наследодатели. К наследодателю тоже были определенные требования, к примеру, он не должен иметь большого количества родственников, которые претендовали бы на его деньги, и, кроме того, должен гарантированно скончаться в ближайшее время. Ну, и еще ряд условий, которые Владимир Григорьевич придумал сам, но великодушно обсудил с помощниками.

Наследников отбирали долго и придирчиво, оценивали серьезность проблем, имеющихся у них и их близких, стараясь при этом соблюдать баланс: всего должно получиться восемь мужчин и восемь женщин, и связи между участниками хорошо бы разнообразить. В итоге, после длительных обсуждений, выбрали двух братьев, двух сестер, брата и сестру, супругов, состоящих в зарегистрированном браке, супругов, живущих в гражданском браке, двух друзей, двух подруг, мать и дочь. Получилось девять женщин и семь мужчин, что, конечно, не совсем отвечало первоначальному замыслу, но привыкший иметь дело с цифрами Владимир Григорьевич Забродин быстро нашел решение: они будут подсчитывать не абсолютный результат, а среднее арифметическое.

Наследодателя нашли довольно легко, это оказался некто Чернецов, страдающий циррозом печени: по уверению лечащего врача, которому за разглашение врачебной тайны были заплачены очень приличные денежки, ему оставалось жить не больше месяца, а вернее — недели две-три. Он никогда не был женат, у него нет детей, есть только сестра где-то далеко, и племянник, сын этой самой сестры, проживающий вместе с дядюшкой. Информация о племяннике произвела на Забродина благоприятное впечатление: парень явно нацелился на столичную жизнь и ухаживает за тяжелобольным умирающим дядей с расчетом на квартиру. С таким можно договориться.

На переговоры послали Суханова. Уже через два дня стало известно, что Георгий Петрович Чернецов согласен съездить куда надо и подписать все необходимые бумаги. Конечно, здоровье уже не то, но если его отвезут на машине и сопроводят, то он готов посодействовать, тем более что за все его хлопоты ему предоставляется возможность оставить любимому племяшу, не бросившему больного старика на произвол судьбы, не токмо жилище, но и более чем солидную денежную сумму, исчисляемую в полмиллиона евро, разумеется, в российской валюте. Суханов отвез его в банк, где Георгий Петрович открыл на свое имя счет, на другой день на этот счет были переведены средства в необходимом размере. После чего на дом к Чернецову была приглашена нотариус Лилия Рудольфовна Муат для составления завещания. Нотариус была человеком со стороны, о сути игры не ведала ни сном ни духом, по ее лицу было видно, как она изумлена завещательными распоряжениями и фигурирующими в них суммами, поскольку ни то ни другое никак не вязалось с тем, как выглядел сам наследодатель и его жилье. Но выдержки ей было не занимать, и она не задала ни одного вопроса, просто выполняла свои обязанности. Завещание должно было быть безупречным. Все строго по закону, ни единого нарушения, ни единой зацепки, которая позволит впоследствии придраться к документу и оспорить его. А вот знать подоплеку нотариусу совсем не надо.

Поскольку в завещании были тщательно прописаны все данные наследников с указанием их адресов и даже паспортных данных, после наступившей вскоре смерти Чернецова Лилия Рудольфовна добросовестно известила каждого из восьми человек о том, что им оставлено наследство, которое они смогут получить через шесть месяцев после кончины наследодателя. По предварительному указанию Суханова Георгий Петрович специально оговорил при составлении завещания, что просит нотариуса известить наследников как можно скорее после его смерти. На этом настоял Забродин: ему было интересно, что станут делать люди, узнав о том, что получат деньги, как они себя проявят в тот период, пока денег еще нет, но уже точно известно, что они будут, и как впоследствии поведут себя, получив деньги в руки. Как только нотариус известила наследников, в игру вступили частные детективы, которые должны были собирать информацию о поведении испытуемых.

Вся соль эксперимента заключалась в том, что поступки испытуемых оценивались в «красных» и «синих» баллах. За честность, благородство, доброту, порядочность начислялись баллы «красные», а за обман, предательство, низость и жадность — «синие». По окончании эксперимента предполагалось суммировать баллы обоих видов отдельно по мужчинам и женщинам. Забродин самолично вывел формулу, по которой выявится соотношение суммарных «красных» и «синих» баллов и в итоге определится победитель — Шляго или Суханов. Приз за победу — пять миллионов евро. Конечно, в рублях. Если же рассчитанный по формуле результат окажется одинаковым для задействованных в эксперименте мужчин и женщин, победителя не будет.

В принципе Забродин готов был отдать эти пять миллионов, у него денег столько, что эта сумма погоды не сделает. Но он для себя решил, что будет стараться по мере возможности соблюдать баланс, «подсуживая», когда нужно, Славику, а когда нужно — Юлечке, не зря же он с самого начала определил, что баллы, конечно, обсуждаются, но последнее слово принадлежит ему. Он умело прятал усмешку и делал вид, что даже не смотрит на графики и расчеты, воспринимает все сведения только на слух, принимает решение о баллах, исходя из сиюминутной информации, и после каждого совещания выбрасывает все из головы. На самом же деле он тщательно следил за ходом эксперимента и в каждый момент точно знал, сколько и каких баллов набралось у мужчин и у женщин, и, давая окончательную оценку каждому поступку, исходил из своих собственных соображений. Однако так получалось не всегда, потому что существовали вещи очевидные, против которых невозможно было возразить. Например, убийство они с самого начала договорились оценивать максимальным количеством «синих» баллов. Снижать «оценку» за убийство можно было только тогда, когда оно совершено не из корыстных побуждений, а из любых других, как, например, получилось в ситуации с двумя друзьями, один из которых проиграл все деньги в казино.

И еще одно условие, жесткое и неоспоримое, выдвинул Владимир Григорьевич Забродин: если он узнает о том, что кто-то из помощников пытается влиять на ситуацию, уволит негодяя немедленно, да еще и кучу других неприятностей устроит. По мере того как эксперимент развивался, он приходил к выводу, что наблюдение за Сухановым и Шляго едва ли не интереснее всего остального. Они-то тоже дерутся за свои деньги, за пять миллионов евро, а он, Владимир Григорьевич Забродин, с удовольствием наблюдает бой тигров, сидя на холме.

И вот сегодня, слушая эту роскошную полнотелую красавицу-следователя, он понял, что Суханов ослушался. Испугался, что деньги могут уплыть. Побоялся, что Юля победит. И решил устроить одной из женщин-испытуемых максимальное количество «синих» баллов. Убийство родной сестры из-за денег. Куда уж круче! Тут ни одного смягчающего обстоятельства не найдешь. В общем-то понятно, как двигалась мысль Суханова. Первое убийство в игре произошло, когда дочь убила мать, чтобы получить деньги на спортивные занятия олимпийского уровня для ненаглядного чада. На «женской» стороне графика сразу вырос столбик синего цвета. Славка тогда буквально расцвел: что бы ни творили мужики, им на такой высокий столбик дурных поступков не совершить. А потом один друг убил другого. И баллы почти сравнялись. Суханов забеспокоился. И осмелился ослушаться шефа. Более того, даже набрался наглости думать, что шефа можно обмануть и мошенническим путем выманить у него пять миллионов евро. Щенок.

Мальчик хочет денег. Мальчик хочет свободы. Мальчик хочет стать взрослым. Ну что ж...

А Забродину скрывать нечего, он не сделал ничего предосудительного, нигде и ни в чем не нарушил закона. И даже, в общем-то, наоборот: осчастливил столько людей, дав им нежданно-негаданно такие огромные средства. А уж тот факт, что не все сумели ими грамотно распорядиться, только подтверждает его собственное давнее убеждение: не хватает русскому человеку культуры обращения с деньгами. Не умеют. Не приспособлены.

— Ну вот, я, кажется, все рассказал, — улыбнулся он красавице-следователю. — Если у вас есть еще вопросы, я с удовольствием на них отвечу. Выгораживать своего помощника я не намерен, он поступил мерзко, отвратительно, и должен быть за это наказан. Скажу вам больше: если это будет нужно, я готов выступить в суде и дать показания.

Разумеется, вопросы у следователя были. И не только конкретно по Суханову.

— Это к делу не относится, — сказала она, — но, может быть, вы поделитесь выводами? К какому заключению вы пришли в результате своего, с позволения сказать, эксперимента?

Забродин улыбнулся. Ему понравилась ее любознательность.

— Человек может совсем не измениться, а может из порядочного и спокойного превратиться в чудовище. Всё может быть, вариантов бесчисленное множество. Но вот одного точно не бывает: низость и духовная скудость при помощи денег никогда не превратятся в благородство. Плохой не может стать хорошим.

Виталий Кирган вышел из подъезда и сразу же достал из кармана сигареты. Всем хорош дом Маргариты Михайловны Усольцевой — и уютный, и хлебосольный, и душевно теплый. Один недостаток: в квартире нельзя курить. Марго не выносит запах дыма и вообще следит за здоровьем. Правда, Борис Леонидович покуривает от случая к случаю, под настроение или под рюмочку, и тогда он уходит к себе и Виталия приглашает. Но если у Райнера потребность в сигарете не возникает и он не удаляется на свою «половину», то Виталию приходится терпеть никотиновый голод.

Теперь он с удовольствием приезжал к Марго и Борису, в обществе которых словно отогревался. И было еще что-то неуловимое, такое, что и не сформулируешь сразу, но очень притягательное. И только сегодня Кирган, наконец, понял: он перестал быть одиночкой, каким был все годы, что практиковал в качестве адвоката. Адвокат всегда один, против него работает целая махина обвинительного правосудия — следствие, уголовный розыск, эксперты, прокуратура, суд. А он — один. И дело даже не в том, что ему никто не помогает, а в том, как оказалось, что его никто не поддерживает, не подставляет плечо, не прикрывает тыл. Марго, Борис, Ленар, даже Антон Сташис — все они стали его плечом, его тылом, его поддержкой. Его Командой.

Они все стали ему родными. Но какие же Ленар, Борис и Марго порой бывают забавные! Как с Луны свалились. У них всё представление о правосудии основано на кинофильмах, и им совершенно непонятно, почему нельзя немедленно арестовать злодея Суханова. Кирган и Антон потратили уйму времени, чтобы объяснить им всё насчет косвенных улик. Более того, Кирган даже рассказал то, о чем ему стало известно сегодня вечером: следователь Рыженко запросила данные с камер видеонаблюдения на шоссе и обнаружила «Лексус» Суханова на трассе по дороге к месту убийства и обратно. Время совпадает. Но это тоже еще ни о чем не говорит, потому что если задать прямой вопрос Суханову, будет получен такой же прямой и — главное — непроверяемый ответ: Лариса Скляр была его любовницей, он назначил ей встречу в районе поселка Ивановское, именно поэтому туда и ехал, стоял на обочине, ждал, что она придет, а она не пришла. Вот тебе и весь сказ. То есть никак невозможно на данном этапе доказать, что Вячеслав Константинович с Ларисой в тот вечер встречался. Нужна прямая улика, привязывающая Суханова к трупу Ларисы.

Они весь вечер обсуждали, какими же могут

быть мотивы у такого человека, как Суханов. Зачем он все это затеял? Какая ему выгода от убийства Кати Аверкиной и признания виновной в убийстве ее сестры? И тут Борис Леонидович сказал что-то насчет пресыщенности. Кирган даже не сразу понял и переспросил.

— От скуки все это, — повторил историк-таролог. — От пресыщенности. Когда человек не знает, чем занять душу, он начинает делать невероятные глупости. И я не исключаю, что здесь мы имеем дело именно с этим.

Виталию такие слова показались странными и неправдоподобными. Ну какая же может быть пресыщенность у мужчины, которому еще нет сорока и у которого есть далеко не все, о чем можно мечтать? Ведь понятно, что доходы у личного помощника Забродина не сравнятся с многомиллионными доходами иных бизнесменов. Да, он получает немало, но явно не столько, чтобы пресытиться и больше уже ничего не хотеть. Если бы речь шла о самом Забродине — тогда другое дело, а Суханов... Нет, не того полета эта птица.

Кирган помертвел. Какой же он идиот! Как же он сразу не догадался! Ведь не в Суханове все дело, а именно в Забродине! Именно Забродин в свои шестьдесят с лишком и при своих миллиардах мог почувствовать пресыщение и скуку. А это значит, что во главе всей преступной группы стоит именно он. И именно к нему сейчас поехала Надежда Игоревна. Поехала одна, даже никого из оперов с собой не взяла. А вдруг... Господи, что там происходит?

Он достал мобильник из кармана и нашел телефон Рыженко. Искать долго не пришлось, он названивал ей постоянно, начиная с девяти вечера, чтобы узнать, чем закончилась ее встреча с Забродиным, но аппарат ее «был выключен или находился вне зоны действия сети». И если до этого момента невозможность узнать о результатах беседы с Забродиным просто раздражала Киргана, то теперь он был не на шутку испуган. Почему она не отвечает? Уже полночь, сколько же можно разговаривать? Если по-хорошему, то допрашивать свидетелей, когда ситуация не экстренная, нельзя в такое время, и странно, что Забродин соглашается на столь поздние встречи. Может, ему нечего скрывать, и он искренне хочет помочь следствию? Но в такие удачи адвокат Кирган не верил. Вероятнее всего другое: Забродин понял, что следователь на правильном пути, и предпринял меры для ее ликвидации.

Виталий снова позвонил, и снова с тем же результатом. Он уже успел проделать изрядную часть пути к своему дому, но тут резко развернул машину и рванул в сторону проспекта, на котором находилось здание головного офиса холдинга. Припарковав машину, не доезжая одного квартала до здания, он вышел и отправился пешком. Парковка перед зданием холдинга была почти пустой, с краю притулились две машины, вероятнее всего, принадлежащие ночным охранникам, и прямо перед главным входом красовался «Майбах», возле которого прогуливались, попыхивая сигаретами, два дюжих молодца. О том, что Забродин ездит на «Майбахе», Виталий знал с тех самых пор, когда, только услышав о Суханове, перелопатил весь Интернет в поисках информации о его месте работы. Значит, хозяин еще здесь. А где же Надежда? Почему ее телефон не отвечает? Неужели она до сих пор там, внутри? Хорошо бы, чтобы оказалось так, а то ведь может статься, ее уже увезли куда-нибудь и заперли. Или еще что похуже.

Он вернулся к машине, проехал вперед, поставил ее так, чтобы видеть главный вход, и снова позвонил следователю. Аппарат по-прежнему был выключен. Он звонил каждые пять минут и нервничал все больше и больше. От выкуренных подряд сигарет горчило во рту.

Наконец двери открылись, дюжие молодцы, которые, накурившись всласть, грелись в салоне, выскочили из «Майбаха» и кинулись к хозяину, вышедшему в сопровождении еще одного охранника. Машина Забродина отъехала, и Кирган снова схватился за телефон. Почему Забродин вышел один? Где Надежда? Куда она подевалась? Почему у нее выключен аппарат? Его охватила паника, с которой он уже с трудом справлялся.

И в этот момент раздался звонок.

— Господин адвокат, у меня сообщение, что вы звонили мне двадцать четыре раза. Это так? — послышался спокойный голос Рыженко.

— Да, — только и смог выдавить Виталий. — Я звонил. А вы где?

— Я только что вышла из здания холдинга.

— Но я вас не вижу.

— А вы здесь? — удивилась Надежда Игоревна. — Меня вывели через служебный вход. Что вы тут делаете?

— Я приехал за вами. Просто подумал, что поздно уже, и незачем вам в такое время одной возвращаться. Ну и любопытство, конечно, гложет. Хочу узнать, что вам сказал Забродин.

— Где вы? — коротко спросила она.

Кирган объяснил, где стоит его машина.

Рыженко появилась совсем не с той стороны, с какой он ее ждал. Она шла быстро, несмотря на гололедицу, и очень уверенно. Виталий заметил ее слишком поздно, чтобы пойти навстречу, и успел только выйти из машины и открыть ей дверь.

— Ну что? — спросил он. — Расскажите же, не томите.

— Расскажу, — она улыбнулась краешком губ, — если вы заведете двигатель и поедете, а то нам тут придется еще долго стоять, если вы будете ждать окончания рассказа. А я хочу домой, спать, есть и вообще помолчать.

По дороге она рассказывала то, о чем поведал ей Забродин, а Кирган слушал и удивлялся, до чего может довести человека жажда денег. Да, он много повидал на своем веку преступников, которые из-за денег творили бог весть что, но чтобы такое... Конечно, пять миллионов евро — это не кот начхал, на преступление идут и за куда меньшие суммы, но все-таки это не по-человечески: убить одну сестру, подбросить улики против второй, чтобы заработать лишние сто баллов в споре и выиграть приз ценой в пять миллионов. И до какой же степени пресыщенности и скуки надо было дойти, чтобы, не раздумывая и не сожалея, выкинуть на собственное развлечение восемьдесят четыре миллиона рублей, отданных в качестве наследства Чернецова, и быть готовым отдать еще примерно двести миллионов призовых выигравшему. А затраты на детективное агентство? О «президентском» люксе отеля можно уже и не вспоминать, а ведь номер арендован на год. Уму непостижимо! Прочитал бы где-нибудь — не поверил.

Кирган остановил машину возле дома, где жила Рыженко.

— Спасибо, что подвезли, — сказала она устало и потянулась к ручке двери.

— Надежда Игоревна, я вас обманул, — внезапно выпалил Виталий.

Она опустила руку, повернулась всем корпусом, строго и удивленно посмотрела на него:

— В чем обманули? Опять ваши адвокатские штучки?

— Я сказал вам, что звонил двадцать четыре раза, потому что очень хотел узнать о результатах вашей встречи с Забродиным.

— А что, разве не хотели?

— Хотел, но во вторую очередь. На самом деле я просто волновался за вас, как только понял, что к Суханову пресыщенность не подходит, а вот к Забродину — вполне. Испугался, что вы там одна в логове льва. Мало ли что могло с вами случиться.

— А как вы догадались насчет пресыщенности? — Она с любопытством заглянула ему в лицо.

— Это не я, — признался Виталий, — это один умный человек подсказал. Я сначала не понял и пропустил мимо ушей, а когда до меня дошло, я здорово перепугался. Не сердитесь на меня.

— За что?

— За обман.

— Не буду, — широко и одновременно мягко улыбнулась Рыженко. — Спокойной ночи, Виталий Николаевич. И еще раз спасибо.

Дочери стало намного лучше, она уже довольно резво носилась по квартире и постоянно просила то фруктов, то конфет. Однако врач велел еще несколько дней не выпускать ребенка на холод. Оставив Лику с няней, Алена Суханова отправилась туда, куда собиралась наведаться все последние дни: в паспорте, найденном в пиджаке мужа, она нашла сведения о временной регистрации соперницы с указанием адреса. Вот туда она и поедет, посмотрит в ее бесстыжие глаза и устроит такое, что мама-не-горюй, после чего у девочки должна напрочь пропасть охота умыкать чужих мужей.

Дорога заняла много времени, но Алене спешить некуда. Найдя нужный дом, она поднялась на третий этаж и принялась настойчиво давить на кнопку звонка. Даже если ей никто не откроет, она зайдет к соседям, познакомится, объяснит, что к чему, заручится их поддержкой, которая поможет прижать девицу к ногтю. Постоянная регистрация у нее где-то в Пермском крае, она приезжая, из провинции, москвичи таких не любят и всегда готовы объединить усилия в борьбе против «понаехавших», в этом Алена, коренная москвичка, была твердо убеждена. Ей казалось, что по-иному просто быть не может.

Ей действительно никто не открыл, и она без колебаний позвонила в соседнюю квартиру.

— Лариса? — открывшая дверь женщина была, казалось, поражена. — Ой, это как раз...

Алена не успела понять, что имелось в виду под «как раз», когда из комнаты вышел красивый молодой парень с ранней сединой.

— Старший лейтенант Колосенцев, уголовный

розыск, — представился он. — Вы ищете Ларису Скляр?

— Ну да, — кивнула Алена, еще не понимая толком, возмущаться ей или удивляться.

— Ваши документы можно посмотреть?

Она вынула из сумочки права и паспорт, старший лейтенант внимательно прочитал все, что там было написано, и почему-то покачал головой.

— Значит, вы супруга Вячеслава Константиновича Суханова?

Алена быстро сообразила, что что-то пошло не так. Оперативник перелистал все страницы ее паспорта и, конечно же, видел штамп о регистрации брака, где указано, с кем именно этот брак зарегистрирован, но ведь там только фамилия и инициалы. Откуда он мог знать, что В.К. расшифровывается именно как Вячеслав Константинович, а не как-нибудь иначе?

— И что вам нужно от Ларисы Скляр? Зачем вы ее ищете? — продолжал задавать вопросы Колосенцев.

Ну и ладно, что ей терять? Сейчас она еще и милицию на свою сторону перетянет, может, они ее пугнут как следует, чтобы небо с овчинку показалось.

Алена вздернула подбородок и смело посмотрела прямо в глаза оперативнику.

— Эта сучка — любовница моего мужа. Я хотела с ней поговорить. Что, нельзя?

— Любовница? — переспросил он. — А вы, собственно говоря, откуда об этом узнали? С чего вы это взяли?

— Я нашла у него паспорт этой нахалки, — объяснила Алена.

С Колосенцевым что-то произошло, она даже

не поняла, что именно, просто из расслабленного и спокойного он в один миг превратился в готового к мощному прыжку хищника.

— И где сейчас этот паспорт?

Она снова открыла сумочку.

— Да вот он. Хотите убедиться?

Колосенцев убеждался долго, и выражение его красивого лица постоянно менялось.

— Откуда он у вас? Где вы его нашли?

— Вытащила у мужа из кармана пиджака. А что случилось-то?

— Дело в том, уважаемая госпожа Суханова, что Лариса Скляр убита. И, поскольку ее паспорт оказался у вас на руках, у меня есть все основания думать, что это именно вы убили женщину, которую считали любовницей вашего мужа. Так как? Вы убили?

Алена обомлела. Как — убита? Это что же, получается, что Слава... Нет, не может быть, наверное, ее убил кто-то другой, а ее паспорт оказался у Славы, потому что он планировал какую-то совместную поездку и собирался брать билеты. Ну, конечно, все именно так и было. Но этот симпатичный милиционер с покрасневшими от бессонницы глазами говорит, что это она убила Ларису. Как же так?

— Это не я, — пробормотала Алена, тяжело опускаясь на стул, который ей услужливо пододвинул хозяин квартиры.

— Тогда кто? Ваш муж?

— Я не знаю. Поверьте мне, я ничего не знаю. Это все нелепая случайность... — И тут ей в голову пришла спасительная мысль: — И вообще, в законе написано, кажется, что я имею право не давать показаний против своего мужа.

— Верно, это пятьдесят первая статья Конституции, — слегка усмехнулся оперативник. — Но вы поймите, госпожа Суханова, у вас находится паспорт убитой. Это факт, требующий хоть какого-то объяснения. И объяснение вы должны дать следователю, который составит протокол. От вас никто не требует, чтобы вы давали показания против супруга, от вас требуется только объяснение того факта, что паспорт потерпевшей у вас в руках. Так что вам придется проехать со мной к следователю.

— А если я не хочу?

— Тогда привод. Принудительное доставление. И замечу вам, госпожа Суханова, если вы ни в чем не виноваты, то ваш отказ ехать к следователю выглядит более чем странно.

— Но мне нужно домой, у меня ребенок болеет.

Оперативник снова усмехнулся.

— Простите, как вас зовут?

Она даже обиделась. Он же смотрел ее документы, там ведь написано! Не обратил внимания? Не запомнил? Ну вот, а она все еще считает себя красавицей... Да когда ж такое было, чтобы мужчина не запомнил, как ее зовут! Хотя какая теперь разница, вопрос-то серьезный, убийство какое-то, Слава, паспорт...

— Алена. Можно без отчества.

— Так вот, Алена-без-отчества, больной ребенок как-то не помешал вам ехать к Скляр выяснять отношения. Может, вы и следователя осчастливите своим присутствием? Давайте-ка без лишних разговоров сядем в машину и поедем. Чем быстрее вы дадите показания, тем быстрее освободитесь.

Алена была настолько ошеломлена неожиданным поворотом событий, что не сразу смогла собраться с мыслями и начать обдумывать происходящее. Она молча сидела в машине на заднем сиденье, за спиной у оперативника, и постепенно мысли обретали некоторую стройность и последовательность. Если все это правда, если Славка убил свою девицу, то его посадят, это без вариантов. Может ли она, Алена, его жена, чем-то помочь и сделать так, чтобы Славу не посадили? Ничего умного в голову не приходило, она уже сказала, что нашла паспорт у мужа, и назад эти слова никак не взять, их слышал не только оперативник с ранней сединой и усталым лицом, но и соседи, мужчина и женщина. Не отпереться никак. Значит, придется все повторять и подтверждать. Чем это ей грозит? Остаться одной с ребенком на руках? Боже мой, она так боялась, что Слава ее бросит и уйдет к другой женщине, она ревновала, сходила с ума, следила за ним, подслушивала, подсматривала, подозревала, задавала вопросы, а, оказывается, бояться надо было вовсе не этого. Неужели Слава способен на убийство? Выходит, что способен. Или все-таки нет, и убил девицу кто-то совсем другой, а паспорт оказался у Славы совершенно случайно? В этом случае ей абсолютно нечего бояться, она даст показания, потом Славу тоже вызовут на допрос, и он все объяснит, и его отпустят. И все будет как прежде. Как прежде... А хочет ли она этого? Хочет ли снова бессонных ночей, переполненных страхом остаться одной, потому что если Слава разведется, то половину имущества он оставит себе, то есть придется продавать и делить роскошную квартиру, обе машины, дачу... Нет, делиться Алена Суханова не хочет, это однозначно.

Так, может, пусть он сядет? И все достанется ей одной. Конечно, ей страшно оставаться без Славы, который приучил ее к тому, что он сам решает все проблемы, и без него она боится почувствовать себя беспомощной и неприспособленной, но если ей достанутся все его деньги и все имущество, то можно этим разумно распорядиться и нанять специально обученных людей, которые будут решать все ее проблемы. В конце концов, сам Слава работает личным помощником у миллиардера Забродина, а кто сказал, что у нее, у Алены Сухановой, не может быть личного помощника? Вот только не отняли бы деньги. Кажется, это называется конфискацией.

— Скажите, — она легонько тронула сидящего впереди оперативника за плечо, — а если это мой муж убил девушку, то за что, не знаете?

Тот молча пожал плечами.

— Понимаете, — продолжала Алена, — у меня ведь на руках ребенок, и мне важно понимать, не грозит ли мне конфискация имущества.

— Не грозит, — ответил оперативник, и Алене по голосу показалось, что он улыбнулся.

Впрочем, может быть, ей это только показалось.

Оказалось, воздух за пределами здания СИЗО пахнет совсем иначе, чем тот, который она вдыхала во время разрешенных режимом прогулок. Накануне Виталий Николаевич приходил к ней и сказал, что настоящего убийцу арестовали, и завтра ее выпустят. С самого утра Наташа была как во сне, плохо понимала, что говорят ей сокамерницы, и даже когда пришла контролер, худая жилистая женщина с весьма заметными усиками над верхней губой, и велела: «Аверкиной на выход с вещами», не сразу сообразила, что все закончилось. И только вдохнув сладковатый влажный воздух, какой бывает только в конце февраля, Наталья почувствовала, что проснулась и кошмарный сон больше не снится.

На улице ее ждал адвокат Кирган, а чуть поодаль, напряженный и растерянный, стоял Ленар. Она не успела понять, что именно так изменилось в нем, то ли осанка, то ли взгляд, то ли седина блеснула в густых темно-русых волосах. Ленар бросился к ней, крепко обнял, прижал к себе, и ей показалось, что его плечи стали шире, а руки — сильнее. И только в этот момент ее отпустило окончательно, она уткнулась лицом в воротник его куртки и отчаянно разрыдалась, впервые с момента ареста. До этого она все время плакала, и слезы лились как бы сами собой, не принося облегчения, а теперь она рыдала в голос и чувствовала, что боль и страх постепенно выходят из нее. Теперь рядом есть этот бывший мальчик, ставший мужчиной, и ничего плохого с ней больше не случится. Наташа Аверкина в этот миг поняла, что она не одна.

— Ну, друзья мои, куда вас везти? — Кирган подошел к ним и тоже обнял Наташу. — У нас сегодня большой день, и можете распоряжаться мной как вашим водителем.

— Если можно, я хотела бы познакомиться с теми людьми, которые помогли Ленару, — попросила Наташа. — Хочу поблагодарить их за всё, что они для меня сделали.

— Не вопрос, — развел руками Виталий Николаевич. — Сейчас я позвоню и, если они дома и ничем не заняты, отвезу вас к ним.

Он позвонил, очень коротко переговорил и широко улыбнулся:

— Поехали, нас ждут.

Ленар сел рядом с ней на заднем сиденье и всю дорогу держал Наташу за руку. И не отпускал эту руку до тех пор, пока она не перестала рыдать, только теперь уже на плече невысокой худенькой женщины по имени Маргарита Михайловна.

Марго первым делом хотела накормить Наташу, но та стала отказываться, у нее от волнения и переживаний не было аппетита.

— Это у тебя нервное, — твердо произнесла Маргарита Михайловна, — твой организм истощен, потому что какое там питание в этой тюрьме, смех один. Тебе нужно обязательно поесть, чтобы набраться сил.

Наташа смутилась, дело было, конечно же, не в том, что она не хотела есть, а в том, что она чувствовала себя грязной после двухмесячного пребывания в камере, о чем, набравшись смелости, потихоньку сказала хозяйке.

Марго понимающе кивнула и проводила ее в ванную, принесла чистое полотенце и какие-то свои вещи. Теперь Наташа смутилась еще больше и стала корить себя за то, что не поехала сначала домой и не отмылась от тюремного запаха, который проник, казалось, не просто в кожу — в кости.

— Мне так хотелось вас увидеть, вас и Бориса Леонидовича, поблагодарить за все, что вы для меня сделали. И для Ленара. Мне Виталий Николаевич все рассказал, и я знаю, как вы Ленара поддерживали и помогали ему. И Виталия Николаевича тоже вы нашли. От меня очень воняет?

Ей самой казалось, что запах тюрьмы и немытого тела распространяется на всю квартиру. Просто в тот момент, когда она вышла на улицу из здания СИЗО и увидела Ленара и Виталия Николаевича, она про все забыла, да и на холодном воздухе запах не так ощущался, а теперь, в тепле квартиры, он сводил Наташу с ума. Ей было стыдно и неприятно, особенно при мысли о том, что этот запах может почувствовать Ленар.

— Не волнуйся, детка, — успокоила ее Маргарита Михайловна, — запах у тебя в голове, а на самом деле он почти не чувствуется. Иди помойся как следует, переоденься, и будем кушать. Забудь обо всем, начинается новая жизнь.

— Почему? — не поняла Наташа. — Жизнь будет такой же, как до... Ну, в общем, вы понимаете. Только Катюшки не будет со мной, а так все то же самое.

— Ничего подобного! — улыбнулась Маргарита Михайловна. — Рядом с тобой теперь будет Ленар, он очень изменился за последнее время, разве ты сама не заметила? Это совсем не тот мальчик, с которым мы познакомились в новогоднюю ночь.

— Заметила, — согласилась Наташа. — Он как-то повзрослел, что ли, стал мужественнее.

— Он стал умнее и мудрее. Кроме того, рядом с тобой теперь будем мы с Борисом Леонидовичем, на нашу помощь и поддержку ты всегда можешь рассчитывать. Так что готовься, деточка, с сегодняшнего дня жизнь будет совсем иной и принесет тебе массу сюрпризов. Кстати, — она понизила голос и прикрыла дверь в ванную, где они с Наташей стояли, — я хотела тебя спросить: почему ты не сказала Ленару о том, что лечишься от бесплодия? Он был очень расстроен, когда узнал, что у тебя есть проблема, которой ты с ним не поделилась.

— Вот потому и не сказала. Зачем молодому мальчику это знать? Ему вообще о детях рано думать. И потом, он же не собирался на мне жениться, так что ему и знать незачем.

— Ты не права. Может быть, он и не собирался жениться, тут я не судья, он со мной об этом не говорил. А вот то, что ты не поделилась своей проблемой, его очень задело. Он расценил это как проявление недоверия. Он от всей души хотел бы помочь тебе. Так прими его помощь, порадуй человека.

— Как же Ленар может мне помочь? — удивилась Наташа.

— У его мамы близкая подруга — известный гинеколог, очень опытный специалист по лечению бесплодия. Ты не знала?

— Откуда же? — развела руками Наташа. — Мы про его родителей и про мои болячки вообще не говорили.

— Вот и плохо, — Маргарита Михайловна укоризненно покачала головой. — Запомни, деточка, если ты не дружишь со своим партнером по сексу, ты в первую очередь унижаешь и оскорбляешь саму себя. Никогда не ложись в постель с тем, с кем не можешь дружить. А настоящая дружба предполагает полное доверие и полную открытость. Запомнила?

— Запомнила, — улыбнулась Наташа.

— Тогда я иду накрывать на стол, а ты отмывайся. Надеюсь, тебе мои вещи подойдут, мы с тобой примерно одной комплекции.

Наташа долго стояла под горячим душем, несколько раз намыливала жесткую мочалку, изо всех сил терла себя, смывала пену и снова терла, и снова смывала. Наконец ей показалось, что вся грязь с нее сошла. Она вытерлась большим белоснежным полотенцем и несколько минут постояла посреди ванной, прежде чем начала примерять на себя одежду Маргариты Михайловны. Вещи оказались впору, только джинсы были чуть-чуть тесноваты, но это ничего.

Сели за стол, налили кто вино, кто коньяк, Виталий Николаевич попросил позволения сказать тост, горячо поблагодарил Маргариту Михайловну и Бориса Ленидовича и шумно порадовался их общему успеху. Ленар его активно поддержал:

— Правда же, мы все молодцы? Мы, непрофессионалы, сумели сделать то, что не удалось опытному следователю. И Наташа теперь свободна! Ура! — громко заявил он.

Марго молча отпила глоток вина и покачала головой:

— Не нужно так радоваться, голубчик.

— Но почему? — удивился Ленар. — Разве мы не победили?

— Гоша, только не Конфуций! — взмолился Борис Леонидович. — Я даже знаю, какую цитату ты собираешься сейчас привести.

— Хорошо, — неожиданно покладисто согласилась Марго. — Если знаешь — скажи сам.

— Может, не надо?

— Надо, Боренька, — рассмеялась она. — Говори.

— Ладно, — тяжело вздохнул Райнер. — В общем, этот ее китаец говорил примерно следующее:

«Если ты констатируешь факт преступления, то пожалей преступника, а не восхищайся своим умом». Что-то в этом роде.

— Так вы что, предлагаете нам пожалеть Ларису Скляр и этого Суханова, что ли? — изумился Ленар. — Или я вас не понял?

Кирган тронул его за плечо и негромко проговорил:

— Ты не понял, Ленар. А китаец прав, уж ты мне поверь.

Разговор повернул в сторону будущей книги Ленара, и неожиданно Виталий Николаевич произнес:

— Слушай, брось ты дурью маяться. Зачем тебе эта книга? Какой от нее прок? Кому ты поможешь? А вот то, что ты сделал для Наташи, — это реальная помощь, настоящая. И кайф от реальной помощи человек получает намного более сильный, чем от осознания того, что он написал книгу, которую еще неизвестно сколько людей прочитают и прочитают ли вообще. Я сам это понял только благодаря тебе и тому делу, с которым ты ко мне пришел. Раньше я оказывал услуги и не понимал, что такое по-настоящему оказывать помощь. А теперь прочувствовал, какой душевный подъем испытывают люди, когда кому-то реально помогают. Это как наркотик, один раз попробуешь — и уже не откажешься.

Наташа сидела за столом, смотрела на людей, которых еще совсем недавно не было в ее жизни и которые ей так помогли, и никак не могла сосредоточиться и уловить смысл того, о чем они говорят. Она так переволновалась и устала от эмоций, что мозг отказывался воспринимать дополнительную информацию. Однако среди всех звучащих за столом слов она то и дело слышала голос Ленара, который говорил:

— Мы с Наташей... у нас с Наташей... нам с Наташей...

Его рука лежала на спинке ее стула, Наташа чувствовала тепло этой руки и понимала, что он не отстраняется. Он не бросил ее, он помогал ей не только потому, что так велит долг мужчины, как она думала, а потому, что искренне и по-доброму к ней относится. Может быть, он даже любит ее. При мысли об этом Наташе Аверкиной захотелось плакать. Но за праздничным столом, за которым собрались такие радостные люди, плакать было стыдно.

Степка в большой комнате на полу играл на отцовском айпаде, натягивая что-то, напоминающее пращу, и стреляя из нее по крепостной стене с башенками. Больше в комнате никого не было, хотя вроде и время не позднее, Антон сегодня вернулся с работы раньше обычного.

— А где Вася? Где Эля? — встревоженно спросил он.

— Вася плачет, — деловито сообщил Степан, не прерывая своего занятия. — А Эля ей помогает.

— Почему Вася плачет? Что-то случилось? Ее кто-то обидел?

— Дядька какой-то.

Антон помертвел. Неужели с его девочкой, с его принцессой, случилось то самое страшное, чего всегда боятся родители всех девочек?

— Какой дядька?

— Я не запомнил, трудный какой-то.

Антон развернулся и ринулся в детскую. Из-за двери он услышал, как всхлипывает дочь и как Эля тихонько говорит ей что-то утешительное своим мягким голосом. Он распахнул дверь и бросился к Василисе.

— Что произошло? — Он грозно посмотрел на няню: — Кто ее обидел?

— Оскар Уайльд, — безмятежно улыбнулась Эльвира.

— Кто?!

— Оскар Уайльд. Она прочитала «Счастливого принца» и стала готовиться отвечать на вопросы. Вот и расплакалась.

— На какие еще вопросы?

— Антон, вы совсем не в курсе, как проходит процесс обучения в современных школах? — насмешливо спросила Эля. — Детям задают прочесть текст, а потом они должны ответить на сформулированные в учебнике вопросы по этому тексту.

— В наше время этого не было, — пробурчал он.

— В наше тоже, — кивнула няня. — А теперь так. И все, что читает Василиса, я заставляю ее осмысливать при помощи вопросов. Сегодня она прочитала «Счастливого принца». Вы помните эту сказку?

— Помню.

— Ну, тогда вас не должно удивлять, что девочка расплакалась. Сказка и в самом деле невероятно грустная.

Антон погладил дочь по голове, потом поднял на руки и почувствовал, как она прижалась к его груди и как горячие слезы текут по его шее.

— А вы, наверное, поставили перед ребенком

слишком сложные вопросы, — недовольно произнес он.

— Я... — начала было Эля, но тут Вася оторвала лицо от отцовского плеча и заявила:

— Папа, не ругай Элю, я сама заплакала.

— Ну, уж понятно, что Эля тебя не заставляла, — улыбнулся Антон. — Ты на все вопросы ответила?

— Нет, я только начала, и мне так жалко стало Принца, и Ласточку тоже, что я не выдержала. Не ругайся, ладно?

— Не буду, — пообещал Антон, целуя мокрое от слез личико. — Давай мы с тобой успокоимся, вместе посмотрим Элины вопросы, и я помогу тебе ответить. Хочешь?

Вася вырвалась из его рук и села на кроватку. В ее глазах появилось выражение упрямства и непреклонности.

— Нет, я сама буду. Это мое задание, его Эля мне дала, а не тебе. Я сама.

— Ну ладно, — пожал плечами Антон, — сама так сама. Но можно я хотя бы вопросы посмотрю?

Вася молча достала тетрадку и открыла на нужной странице. Красивым каллиграфическим почерком Эльвиры были записаны вопросы:

«Почему Принц счастливый?

А счастлива ли Ласточка?

Почему Принца и Ласточку назвали лучшим, что есть в городе?

Что было бы, если бы Ласточка улетела?

Был бы Принц в этом случае счастливым?

Назвали ли бы его и Ласточку лучшим, что есть в этом городе?

Почему сердце счастливого Принца не расплавилось?»

Н-да, вопросы такие, что впору взрослому отвечать, а не восьмилетнему ребенку. Впрочем, Эля права, он так мало понимает в своих детях! Они, наверное, куда умнее и сообразительнее, чем он думает. И история с пятью тысячами рублей — яркое тому подтверждение. Вася оказалась умнее и добрее взрослой Галины Тишуниной, которая уже, кажется, напокупалась всего досыта, а так и не поумнела, так и не поняла, что самое лучшее и самое приятное, что человек может сделать в своей жизни, это помочь другому. Вася это поняла. И Счастливый Принц тоже это понимал, потому он и стал счастливым.

Хотя, если посмотреть с другой стороны, закончилась-то эта история — хуже некуда. Может, и не надо так отчаянно и искренне помогать другим?

Да, но все-таки Принц и мертвая Ласточка были признаны лучшим, что есть в этом городе. Значит, все было не зря. Ах, черт возьми, где ж набраться мудрости, чтобы правильно жить? У детей, что ли, позаимствовать? Они ведь мудры не от разума, а от сердца, а это и есть самое правильное.

Антон посмотрел на часы. Скоро Вася ляжет спать, а он поедет к Галине, но не раньше, чем дети уснут. Он проводит с ними преступно мало времени и должен хотя бы сам уложить их. И снова Антон испытал ставшее уже привычным чувство отвращения к себе. Когда-то в юности он прочел роман Моэма «Бремя страстей человеческих» и искренне недоумевал, чего главный герой так мучается? Ведь понимает, что женщина пустая, недостойная, нечистоплотная в сексуальных отношениях, почему же он так ее хочет, жить без нее не может и все ей прощает? Тогда Антону это показалось ужасно глупым и каким-то надуманным. А вот теперь он сам попал в те же силки. Он все понимает про Галку, про ее ум, характер и нравственные качества. И точно знает, что не любит ее и не имеет намерения связывать с ней свою дальнейшую жизнь. Каждый раз, уходя от нее, он клянется сам себе, что больше сюда не вернется. А уже через полчаса начинает понимать, что вернется, и ненавидит себя за свою слабость, но ничего не может поделать с ней.

Антон оставил дочь с няней в детской, а сам пошел играть с сыном, который все никак не желал выпустить из рук айпад, хотя глазки у него были уже совсем сонные.

«Господи, как же я их люблю, — думал Антон. — Интересно, я буду любить их так же отчаянно, когда они вырастут и превратятся... В кого? В таких, как Галка Тишунина или Денис Чернецов? Или в таких, как братья Щелкуновы или две коллеги, которые отдали деньги на лечение чужого ребенка? Какими они будут, когда вырастут? И как сделать так, чтобы они не стали моральными уродами? Сейчас они оба такие сладкие, такие нежные, такие трогательные и добрые, что просто невозможно представить, как из этих чудесных созданий вылупятся монстры, тупые и жадные. Но ведь все дети такие сладкие и нежные, а потом откуда-то берутся жестокие и глупые взрослые. Откуда?»

Судебный процесс затянулся, и до заслушивания показаний Владимира Григорьевича Забродина и Юлии Николаевны Шляго дело дошло только в середине июля. Обоих вызвали на один и тот же день. Сперва свидетельские показания давал Забродин, потом выслушали Юлию, после чего они остались в зале суда. Ей хотелось взглянуть на то, как держится Слава Суханов, и одновременно было неприятно и стыдно видеть его в «клетке» на месте подсудимого. Суханов был спокоен, холоден, чисто выбрит, на вопросы не отвечал, воспользовавшись своим правом не давать показаний против себя. За него вовсю старался адвокат. Юлия посматривала на сидящего рядом шефа и видела, что он тоже наблюдает за своим бывшим помощником, только вот непонятно, о чем думает.

Она то и дело оборачивалась и рассматривала присутствующих, и ей порой казалось, что она видит Николая Павловича Самойлова, но присматривалась и понимала, что это не он, а просто очень похожий комплекцией и прической мужчина, совершенно посторонний, незнакомый. Да и откуда Самойлову здесь взяться? Он еще в феврале написал заявление об уходе с должности консультанта по безопасности и продал свой ЧОП. Юлию тогда страшно поразило, что Забродин подписал его заявление без звука, даже не удивился, когда Шляго принесла ему бумагу от Самойлова. Она была уверена, что Владимир Григорьевич непременно вызовет своего старого товарища, спросит, в чем дело, будет уговаривать остаться. Но ничего этого не произошло. ЧОП перешел в собственность нового владельца, и Юлия почему-то думала, что холдинг расторгнет контракт с этим предприятием и будет искать другого партнера, которому поручит обеспечение безопасности, но и этого не случилось. Контракт возобновили, только безопасность теперь обеспечивали совсем другие люди, потому что почти все сотрудники ЧОПа, преданные Самойлову, не захотели оставаться и работать с новым хозяином. Владельцу пришлось заново набирать кадры, и, по мнению Юлии Шляго, получалось у него это не очень здорово. Вон у самой двери сидит мальчик, которому поручена охрана Забродина в здании суда. В машине его ждут водитель и телохранитель, оба при оружии, а в здание суда с оружием не пройдешь, и мальчика-охранника привозили специально, чтобы он обеспечивал тылы шефа. Мальчик-то совсем неопытный, ну что он сможет, особенно без оружия?

Вот Алена Суханова, сидит рядом со свекровью, спокойная, собранная, видно, за время долгого процесса ей удалось взять себя в руки и примириться с неизбежным. А у матушки Суханова выражение лица разочарованное, недовольна она сыном, не оправдал он надежд, не превратился в хозяина жизни.

А вон в последних рядах наследники Чернецова, им тоже интересно, что же на самом деле произошло. Хотя нет, одернула себя Юлия, интересно-то не всем, наследников было восемь, трое погибли, должно остаться пятеро, а их всего двое: Павел Щелкунов и женщина-микробиолог. Остальным, наверное, все равно. Хотя нет, вон еще сидит Михайлова, та, у которой лицо изуродовано. Она не наследница, а всего лишь бывшая жена наследника.

Судья объявил перерыв до четырнадцати часов. Все встали и потянулись к выходу из зала.

— Не понимаю, на что Славка рассчитывал, когда затевал такое. Он что же, надеялся, что преступление не раскроют и я ничего не узнаю? — проговорил Забродин, медленно двигаясь по узкому проходу.

— Конечно, — кивнула в ответ Юлия, — он же считает себя самым умным, а всех остальных — идиотами.

— Включая и меня? — удивился Владимир Григорьевич.

— Вас — в первую очередь, — усмехнулась Юлия, идя вслед за ним.

Он оглянулся, посмотрел задумчиво и даже с интересом. И замолчал. Вновь заговорил только тогда, когда они оказались на улице. Народу в зале суда было много, выходили все единой толпой, и сидевший у самой двери мальчик-охранник все норовил занять «правильную» позицию, но никак не мог сообразить, что ему делать в таких условиях: то ли впереди идти, расталкивая людей и освобождая дорогу охраняемому лицу, то ли двигаться сзади, прикрывая спину. Когда Забродин и Юлия Шляго вышли из здания и остановились, охранник встал рядом.

— А ты, оказывается, смелая, — сказал Владимир Григорьевич. — А я думал — тихая мышка, даже удивлялся, что при своей красоте и интеллектуальных данных ты такая скромная, почти забитая. Надо же, оказывается, я совсем тебя не знал, а ведь был уверен, что давно научился разбираться в людях, и готов был дать голову на отсечение, что ты не возьмешь эти деньги. Я же видел, вся эта затея тебе с самого начала не нравилась, но ты не смела мне перечить, и правильно делала. На этих деньгах кровь, за них Славка двух человек угробил и одного чуть не посадил. Не должна была ты их брать. А ты взяла. Ты меня очень разочаровала.

— Я все понимаю. Это плохие деньги, я не должна их брать. Знаете, мне пришлось делать очень трудный выбор. Я понимаю, что теряю ваше расположение, более того, теряю свою работу, которую люблю и очень ценю. Я отдаю себе отчет в том, что вы не потерпите рядом с собой человека, который вас разочаровал. Но поверьте, взяв эти деньги, я приобретаю нечто очень значимое для себя.

— Интересно, что же? Мужика себе покупаешь?

— Нет, не мужика и не себе. Я покупаю счастье для человека, которого люблю.

— И опять ты меня разочаровала, — осуждающе покачал головой Забродин. — Никогда бы не подумал, что такой человек, как ты, может полюбить мужчину, счастье которого можно купить за деньги. Не твой это уровень, не твоя песня.

Юлия равнодушно пожала плечами. Сейчас его оценки были ей безразличны.

— Что поделать. Видимо, вы действительно ничего не понимаете в людях и не умеете в них разбираться.

— Что же это за мужик такой, что его счастье стоит пять миллионов?

— Обыкновенный. Просто он хочет нормально существовать в том мире и при тех правилах, которые вы и подобные вам установили. Вы сами решили, что правила игры должны быть такими, что ж вы теперь удивляетесь? Лично мне эти правила не нравятся, но я существую в мире, которым управляют мужчины, и вынуждена им подчиняться, если хочу сохранить социальный статус.

Юлия с облегчением вздохнула. Впервые за несколько лет она посмела сказать в лицо шефу то, что думала на самом деле.

Она заметила Валерию Михайлову, женщину с изуродованным лицом, которая вдруг почему-то оказалась слишком близко к ним.

Мальчик-охранник ничего не понял.

И ничего не успел.

Надежда Игоревна ехала на служебной машине из тюрьмы, где допрашивала очередного обвиняемого. Она не любила ездить с этим водителем, потому что он постоянно держал радиоприемник включенным.

— Я про пробки слушаю, — огрызался он, если Рыженко просила его убрать звук. — Сами же хотите побыстрее проехать, а потом сами же ругаетесь. Не поймешь вас.

Сначала звучал какой-то шлягер с совершенно немыслимым текстом, потом начались новости. Первым шло сообщение об убийстве известного предпринимателя Владимира Забродина на крыльце здания суда, где он выступал в качестве свидетеля. Преступница задержана, ею оказалась некая Валерия Михайлова.

Валерия Михайлова. Та самая женщина, в квартире которой Ромчик Дзюба нашел фотографию с вырезанными из денежных купюр и наклеенными словами: «Будьте вы прокляты». И ведь Рома пытался обратить ее внимание на это, а она отмахивалась. Как же она недальновидно поступила, когда не прислушалась к словам Дзюбы. Ведь уже тогда следовало понять, что проклятия шлются не людям, а деньгам, и ненависть Михайловой может оказаться направленной на того, кто эти деньги дал. Более того, она, Надежда Игоревна Рыженко, должна была догадаться: женщина с таким уродливым шрамом никогда не станет фотографироваться в ателье и делать портрет. Дзюба и Колосенцев — молодые мужчины, практически мальчишки. Им это не могло прийти в голову, потому что они еще мало понимают в женской психологии, но она-то, сорокадвухлетняя баба, должна была догадаться. Все-таки надо принять меры к тому, чтобы Ромчика не испортили, у него большое будущее, если он не разочаруется в профессии, как Гена Колосенцев и огромное множество других.

Владимир Забродин убит. Валерия Михайлова задержана. И всего этого могло бы не быть, если бы она прислушалась к словам Дзюбы.

Рыженко медленно зашла в здание следственного комитета, раздумывая, не взять ли больничный: что-то ей от последних новостей стало нехорошо, голова покруживается, сердце колет. Или это не от новостей, а от осознания собственной вины? Однако дежурный сразу развеял мысли о посещении врача:

— Надежда Игоревна, вас «сам» спрашивал, велел, чтобы вы зашли к нему сразу, как вернетесь.

Она, не заходя к себе, направилась в кабинет начальника.

— Ну, слыхала уже? — спросил он, едва Рыженко переступила порог.

— Вы о Забродине? По радио сообщили.

— На труп выезжал дежурный следователь, завтра дело примешь к своему производству.

— Но у меня и так... — попыталась возразить Надежда Игоревна, хотя понимала, что все возражения бесполезны. Дело об убийстве Забродина все равно передадут ей.

— Я знаю, что у тебя «так», а что «не так», — проворчал начальник. — Ты в теме, в материале, а там и расследовать-то нечего, преступница задержана и ни от чего не отказывается. Твое дело только бумажки правильно оформить.

Н-да, поболела, называется, отдохнула... Может быть, ей принять предложение Виталия Киргана съездить вместе на дачу? Само предложение в первый момент показалось ей неуместным и каким-то пошлым, но в эту минуту, идя по длинному казенному коридору, Надежде Игоревне вдруг страшно захотелось тишины на берегу озера и неспешного чаепития на веранде. Она не знала, есть ли озеро там, куда приглашал ее адвокат, и есть ли в том доме веранда, но ей хотелось верить, что все это обязательно будет.

Литературно-художественное издание

КОРОЛЕВА ДЕТЕКТИВА

Александра Маринина

БОЙ ТИГРОВ В ДОЛИНЕ

Том 2

Ответственный редактор *Е. Соловьев*
Редактор *Т. Чичина*
Художественный редактор *А. Сауков*
Технический редактор *О. Лёвкин*
Компьютерная верстка *Л. Панина*
Корректор *Е. Сербина*

ООО «Издательство «Эксмо»
127299, Москва, ул. Клары Цеткин, д. 18/5. Тел. 411-68-86, 956-39-21.
Home page: **www.eksmo.ru** E-mail: **info@eksmo.ru**

Подписано в печать 10.07.2012. Формат 84×108 $^1/_{32}$.
Гарнитура «Гарамонд». Печать офсетная. Усл. печ. л. 18,48.
Доп. тираж 8100 экз. Заказ № 7783.

Отпечатано в ОАО «Можайский полиграфический комбинат»
143200, г. Можайск, ул. Мира, 93
www.oaompk.ru, www.оаомпк.рф тел.: (495) 745-84-28, (49638) 20-685

ISBN 978-5-699-55179-8